LES ÂMES PERDUES

1984, la nuit d'Halloween dans une petite ville du Middle West. Un officier de police, Lawrence, prépare à manger pour son chien, Max. Depuis son divorce, il vit replié sur lui-même. Mais un appel arrive cette nuit-là. Une petite fille de trois ans est portée disparue. Dans une pile de feuilles mortes devant la maison de Lisa Kendell, la mère de l'enfant, Lawrence voit d'abord les ailes cassées d'un ange, le costume d'Halloween de la fillette, puis le corps de l'enfant qui gît là depuis plusieurs heures. Il aperçoit aussi des traces de pneus indiquant qu'une voiture a zigzagué dans la rue. L'enfant a visiblement été victime d'un chauffard, qui s'est enfui.

Un témoin conduit Lawrence sur la trace d'une camionnette appartenant à la star de football locale, Kyle Johnson, sur qui la ville a placé tous ses maigres espoirs pour la saison qui arrive. Le maire et le chef de la police font alors comprendre à Lawrence qu'il vaudrait mieux pour tout le monde que l'enquête s'éloigne de Kyle...

Sous couvert d'une enquête policière remarquablement construite, Michael Collins livre ici une chronique sans illusion sur l'Amérique profonde, ses petites villes moribondes, ses habitants corrompus par une société de consommation qui leur vend « le péché sans la culpabilité » et ses rêves de gloire brisés.

Michael Collins est né à Limerick, en Irlande, en 1964. Il est diplômé de l'université de l'Illinois, à Chicago. Son premier livre, La Filière émeraude, *a été salué en 1993 par le* New York Times *comme l'un des plus remarquables de l'année. Son second roman,* Les Gardiens de la vérité, *a été sélectionné pour le Booker Prize en 2000.*

Michael Collins

LES ÂMES PERDUES

ROMAN

Traduit de l'anglais (États-Unis)
par Jean Guiloineau

Christian Bourgois Éditeur

TEXTE INTÉGRAL

TITRE ORIGINAL
Lost Souls

ISBN 2-02-066684-7
(ISBN 2-267-01712-1, 1re publication)

www.seuil.com

Pour mes parents, ma femme et mes enfants.

Remerciements particuliers à :

Rich et Teri Frantz
Richard Napora
Jim Tyler
Judy Wesley

Chapitre premier

Il était plus de minuit quand je suis rentré chez moi, la nuit d'Halloween. La lumière des phares a balayé la cour. On avait décoré la maison avec du papier-toilette. Je suis descendu de voiture et j'ai vu que les gosses avaient décoloré la pelouse pour écrire le mot PORC. L'air sentait le détergent chimique. J'en avais l'habitude. En tant que représentant de l'ordre dans la ville, j'étais la cible des farces, des jeux d'initiation des adolescents, de leurs premiers actes de révolte. Je m'entendais bien avec les gens, surtout depuis mon divorce. Quand ma voiture n'était pas là les gosses savaient qu'il n'y avait personne chez moi, à part mon chien Max.

Je l'ai entendu aboyer dans le sous-sol, où il était enfermé. Je suis descendu et je l'ai laissé monter dans la maison.

On disait que cette nuit, les morts se promenaient au milieu des vivants, et la soirée s'était déroulée avec le spectacle habituel, des groupes hétéroclites quémandant des bonbons de maison en maison. Dans ma voiture de flic, j'avais suivi les spectres qui erraient dans le quartier, des gosses déguisés en fantômes avec des chaînes, des sorcières couvertes de verrues, des diables à queue fourchue, des squelettes armés de faux, des sorciers et des magiciens, des mariées monstrueuses, et tout l'assortiment habituel des superhéros : Superman, Spiderman, Batman, l'Incroyable Hulk. De temps en temps, je mettais la sirène et le gyrophare, simplement pour ajouter au fantastique de la soirée.

Le seul crime de la nuit avait été commis par quelques gosses qui avaient attaché un ruban de pétards à la queue d'un chat, plus un incident bidon rapporté par un gosse mauvais joueur qui disait avoir trouvé une lame de rasoir dans une pomme.

Max était groggy mais il est venu me lécher la main. Je lui avais donné un calmant parce qu'il aboyait beaucoup. Je ne voulais pas que les gosses le harcèlent pendant que j'étais de service. Il a grogné un peu, comme s'il était furieux contre moi. Je lui ai parlé du chat. Le mot « chat » lui a fait dresser les oreilles. Rien que d'entendre ma voix le faisait haleter. Il a regardé par la fenêtre comme s'il y avait eu un chat dans le coin. C'était agréable de voir ce genre de fidélité, même si ça venait d'un chien. On s'accroche à ce qu'on a.

J'ai ouvert le frigidaire. Une odeur de viande s'est répandue dans la cuisine. J'ai mis du ketchup dessus, comme il aimait, et je lui ai donné à manger.

J'ai bu un verre de lait pour tuer le temps. Je ne dormais pas bien. Mon reflet me fixait dans la fenêtre – comme si je regardais dans un vieux souvenir.

J'avais vécu deux ans auparavant un divorce qui m'avait retourné. Ma femme, Janine, était partie avec mon fils. Je n'avais pas encore appris à vivre dans le silence de la maison. Mon fils me manquait, voilà ce qu'il y avait. Les vacances y étaient pour quelque chose. Pour certains elles représentaient le bonheur, pour d'autres le regret.

Plus tôt dans la soirée, j'avais vu mon fils au centre commercial où se tenait la distribution municipale officielle de bonbons. C'était deux ans après les assassinats au Tylenol à Chicago et l'affaire n'était toujours pas résolue. J'avais installé un détecteur de métaux dans le centre commercial afin de contrôler les bonbons des enfants. J'étais habillé en Obi-Wan Kenobi et un gosse déguisé en E. T. est venu vers moi vider son sac de friandises. Je les ai passées au détecteur de métaux en forme d'épée de lumière. Il avait le costume complet – c'est-à-dire jusqu'à ce que je voie les yeux de mon fils qui me regardaient par les trous du masque, et à ce moment-là j'ai su, mais Eddy n'a rien dit. Il s'est retourné pour regarder derrière lui. Il ne savait pas quoi faire, comme s'il avait peur de se faire gronder s'il me parlait. Ce n'était pas le jour où je devais l'avoir. Il était plus perdu que l'extraterrestre qu'il faisait semblant d'être, mais je n'ai pas voulu le démasquer. Ce n'était pas lui le problème.

Alors qu'il s'en allait, je lui ai simplement dit : « Téléphone à la maison, E. T. »

Un peu plus loin, j'ai vu mon ex-femme avec son nouveau mari, Seth Hansen. Ils étaient déguisés en vampires, enchaînés l'un à l'autre, et chacun traînait un boulet, exactement comme je les voyais dans la vie réelle.

La queue pour recevoir les « Paquets de la peur » s'étirait jusqu'au juge, notre maire, le maître des cérémonies, déguisé en Gomez Adams. Nous avons dû garder le centre commercial ouvert jusqu'à vingt-deux heures passées pour que tous les enfants puissent serrer la main du maire. Tout ce que j'ai gardé comme souvenir c'est une photo du maire donnant un prix à Eddy pour son costume. Eddy était caché par son masque et il regardait Janine. J'avais espéré qu'il me regarde aussi, là, au milieu des spectateurs.

Malgré tous mes efforts au centre commercial ce

soir-là, je n'ai trouvé qu'une lame de rasoir dans une pomme, et j'ai compris qu'il s'agissait d'un canular parce que je connaissais le gosse, Bobby James. Il n'arrêtait pas de regarder la foule derrière lui. Les grands frères de Bobby James étaient des bons à rien. Ils l'avaient poussé à faire ça. Ma parole, je ne voulais pas participer à ces conneries. Mon fils se promenait dans le centre commercial. Légalement, je n'avais pas le droit d'entrer en contact avec lui.

Nous avons interrogé Bobby James, parce que je devais considérer le canular comme quelque chose de sérieux. Arnold Fisher, un agent de sécurité du centre commercial qui avait travaillé à mi-temps pour nous, a dû chercher dans quelles maisons le gosse avait reçu des friandises. On a pris sa photo avec la pomme et la lame de rasoir. L'image allait définir Halloween pour notre communauté, un de ces témoignages de notre innocence perdue. Je me demandais toujours comment les plus dépravés entraient dans notre esprit, comment ils ressentaient les courants souterrains de nos vies, comment ils anticipaient notre déclin.

Je regardais Max qui lapait. Son museau noir poussait le bol sur le carrelage et sa langue rose apparaissait. Sur la table, il y avait un numéro du *National Enquirer* que j'avais pris au supermarché avec un article sur un vendeur de hot-dogs de New York qui avait enlevé la porte de son four à micro-ondes : en quelques mois, il s'était cuit la main.

J'aurais peut-être pu décrire mon propre mariage comme ça.

J'ai bâillé et je me suis levé. J'avais quelques jours de congé, un long week-end que j'avais prévu de passer dans ma cabane de chasse. J'étais prêt à aller me coucher. Mais pendant que Max faisait son petit tour dans la nuit froide, j'ai reçu le coup de téléphone à propos de la petite fille qui avait disparu.

La standardiste, Lois Gains, m'a dit qu'à son avis ce n'était qu'une erreur, une petite fille qui avait décidé de rester chez une amie, parce que c'était Halloween.

Je l'écoutais sans rien dire.

« Je déteste t'obliger à sortir, Lawrence, mais tu seras revenu dans ton lit avant de t'en apercevoir. » Elle parlait vite. « Cette gosse dort sûrement chez quelqu'un. Elle a suivi d'autres gosses, c'est tout. »

Mais il y avait quelque chose de bizarre dans sa voix.

J'ai dit : « Quel âge a-t-elle ? »

Lois a hésité : « Trois ans.

— Tu crois qu'une gosse de trois ans peut aller dormir chez quelqu'un sans que personne ne le remarque ? »

Lois n'a pas répondu tout de suite. « Avec les masques et les costumes qu'ils portent aujourd'hui, qui peut distinguer un gosse d'un autre ? »

J'ai demandé : « C'est qui la mère ?

— Je ne la connais pas... une mère célibataire qui habite dans un des appartements des résidences sur East Pine. »

Je ne sais pas pourquoi mais j'ai compris tout de suite que ce n'était pas seulement une gosse qui n'était pas rentrée parce qu'elle couchait chez quelqu'un.

Le froid de la nuit m'a fait frissonner quand j'ai ouvert la portière de ma voiture. Maintenant il faisait nuit dès l'après-midi. Les économies d'énergie nous avaient volé une heure de jour.

Max aboyait dans la maison. Quand il restait seul, il pissait par terre car il souffrait de l'angoisse de la séparation. Je l'ai entendu alors que je sortais en marche arrière. J'aurais dû le redescendre au sous-sol, mais je ne l'avais pas fait. Deux ou trois fois, des gens avaient appelé pour se plaindre parce qu'il aboyait, disant que je le traitais mal. Dans un sens, c'est lui qui avait écopé du pire dans le divorce, à être ainsi enfermé dans le sous-sol pendant mon service.

Je n'avais pas envie de passer du temps dehors à la recherche d'une enfant disparue. J'attendais un appel qui me dirait que ce n'était qu'une erreur, mais l'appel n'est jamais arrivé. Quand j'y repense, j'ai parfois l'impression que, si on m'avait tout dit, j'aurais pu changer les choses, faire que ça se termine autrement.

J'ai rangé la voiture derrière la mairie. Le maire était déjà là, toujours dans son costume de Gomez Adams de la fête au centre commercial. Il buvait du café. Je l'ai vu derrière la vitre, dans le bureau du commissaire, près du commissaire qui téléphonait et de la secrétaire du commissaire qui avait des rouleaux dans les cheveux mais pas son déguisement – ça la rendait encore plus pitoyable.

Le maire parlait fort et la secrétaire du commissaire tapait ce qu'il disait. Le journal local voulait une déclaration.

Quand je suis entré, Lois m'a expliqué qu'Arnold Fisher interrogeait la mère de l'enfant parce qu'il habitait à côté de chez elle. Lois m'a dit : « La mère est saoule... je veux dire, vraiment saoule. »

Dans la lumière violente de la salle de repos qui a fini par servir de poste de commandement parce que c'est là que se trouvait la machine à café, nous avons mis au point un plan de recherches rudimentaire. Des pompiers volontaires avaient déjà commencé.

Arnold Fisher est arrivé au milieu de la réunion et nous a annoncé que la mère avait été transportée d'urgence à l'hôpital du comté après s'être évanouie. Il a dit qu'il y avait des amphétamines dans son appartement et qu'elle en avait pris avec de l'alcool. On l'avait conduite à l'hôpital pour observation. Son café fumait sous son menton tandis qu'il parlait. Je voyais son pyjama bleu rayé qui dépassait sous son uniforme.

D'après ce qu'on avait pu tirer de la mère, on a appris que la petite fille avait fait le tour des maisons avec les autres gosses du quartier. Elle était rentrée à huit heures et demie. La mère l'avait couchée à neuf heures passées. Puis elle aussi s'était endormie. Elle avait reconnu qu'elle avait bu toute la soirée. C'est un courant d'air froid qui l'avait réveillée. Il était onze heures moins le quart. La porte était grande ouverte. Elle ne l'avait pas fermée à cause des gosses qui quémandaient des friandises, et ensuite elle avait oublié.

Étant donné qu'il gelait, il fallait qu'on fasse vite. Le commissaire a entouré des zones sur une carte et nous avons commencé les recherches dans la nuit.

J'ai traversé le vieux quartier éclairé par le sourire malveillant des citrouilles et les flammes des bougies qui vacillaient dans le vent glacé. Je suis passé devant les pelouses transformées en cimetières avec des pierres tombales penchées et des mains qui sortaient du sol. Quelqu'un avait attaché une sorcière grandeur nature, à cheval sur un balai, à un poteau téléphonique, et on avait l'impression qu'elle s'était écrasée en plein vol.

J'ai dirigé mon projecteur sur les jardins, explorant le voisinage tranquillement endormi à deux heures du matin. Je voyais le tremblement argenté des écrans de télé allumés toute la nuit : de vieux films d'horreur aidaient les insomniaques à attendre le matin. De temps en temps, la radio de la voiture grésillait et on désignait le groupe d'immeubles qui avait été inspecté.

Cela a pris la nuit entière, chaque groupe d'immeubles était vérifié et signalé au bureau où on l'inscrivait sur la carte, et toujours aucun signe de l'enfant disparue. J'ai tourné dans ma propre rue, je suis arrivé à la hauteur de ma maison, j'ai éclairé le mot PORC menaçant, que les gosses considéraient comme malveillant ou maléfique.

Bien sûr, ils n'en savaient rien, pas encore.

J'avais besoin d'un allié, quelqu'un qui m'aiderait à écarter la tristesse. De la gelée blanche s'était déposée sur tout et la température avait beaucoup baissé.

J'ai entendu les aboiements de Max. Il avait reconnu la voiture. Enfin, j'espère que c'était la voiture et qu'il n'avait pas aboyé comme ça tout le temps.

Après cette nuit de recherches, après des heures de fatigue et de cafés bus au commissariat, alors que j'étais sur le point d'abandonner, j'ai laissé Max sortir pour qu'il coure à côté de la voiture alors que je roulais lentement. Nous étions revenus dans la rue où habitait l'enfant, à quelques maisons de chez elle, quand Max s'est arrêté et s'est mis à pousser des petits gémissements, puis il a aboyé contre quelque chose dans un tas de feuilles mortes au bord de la chaussée.

J'ai arrêté la voiture, je suis descendu et lentement, à genoux sur le bas-côté, j'ai enlevé les feuilles mortes et j'ai découvert les armatures métalliques couvertes de plumes de deux ailes brisées. Le halo jaunâtre de ma lampe électrique a éclairé le visage.

C'était comme si je découvrais un ange endormi, abandonné entre le monde des vivants et celui des morts.

Puis j'ai vu où le sang avait coulé et collé les feuilles mortes. Quand j'ai touché l'enfant, elle était déjà raide. Elle était morte depuis plusieurs heures.

Max a reniflé mon manteau. Il a émis des petits bruits mécontents comme le font les chiens puis il s'est assis. Je l'ai fait remonter en voiture et j'ai demandé des renforts à la radio.

C'était difficile de former les mots, de parler dans un micro. Il y a eu des sifflements. Lois me parlait mais je n'entendais pas ce qu'elle disait. Je regardais une petite sentinelle sur une bouche d'incendie qui ressemblait à un soldat d'autrefois.

Je suis descendu de voiture et, debout près du tas de feuilles mortes, j'ai observé la rue, en rassemblant dans ma tête la terrible vérité de ce qui s'était passé, comment cette enfant était morte, et j'ai vu les traces zigzagantes des pneus entre les feuilles humides.

Chapitre 2

Enlever le corps a pris du temps. Le commissaire avait demandé de l'aide au bureau du coroner et à l'unité d'enquête sur les accidents. Il a fallu attendre presque jusqu'à neuf heures pour qu'on emporte l'enfant, mais la silhouette fantomatique est restée, dessinée à la craie. Je voyais la position repliée de la petite fille, comme une bête installée pour hiberner, et non un corps étalé après avoir été renversé par une voiture.

On m'a mis à la distribution des cafés devant une petite table installée sur le côté de la rue avec des beignets. Un des experts du comté est venu en prendre un. Je l'ai entendu dire à un journaliste : « La mort a été instantanée. »

C'était une maigre consolation.

L'expert a dit : « En ce moment des gens sont chez eux et ils ne savent sans doute même pas qu'ils ont écrasé une enfant. » Il s'est retourné et a vu que j'écoutais, le journaliste aussi.

« C'est vous qui avez découvert l'enfant ? » La question du journaliste s'adressait à moi.

J'ai fait oui de la tête.

Le journaliste a voulu que je lui donne mon nom et mes impressions sur cette tragédie. J'ai refusé de faire des commentaires. J'ai simplement indiqué l'heure à laquelle j'avais découvert l'enfant.

L'expert a hoché la tête. J'étais coupable dans cette affaire – c'était ce qu'il laissait entendre –, responsable de ne pas avoir maîtrisé le désordre de la nuit précédente. Il a dit : « Les gosses font ce que la loi leur laisse faire », et le journaliste a noté la phrase.

L'expert a regardé plus haut dans la rue et nous avons suivi son regard. Nous avons vu les sacs noir et orange remplis de feuilles mortes dont certains avaient été crevés par des voitures. Nous avons vu la pulpe orange des citrouilles écrasées, soit jetées des voitures, soit posées comme des têtes décapitées, pour tromper les élèves du lycée ou les inciter à rouler dessus. Le genre de festivités habituelles, la signification d'Halloween : les maisons habitées de vampires, les feux de joie qui illuminaient la campagne, une folie contrôlée, les représentations de nos peurs et de nos superstitions qui remontaient à l'époque des moissons d'automne et des offrandes rituelles.

Mais ce qui ornait cette mort réelle, ce sacrifice, c'était le ruban jaune de la police qui frémissait dans la pluie froide, les projecteurs qui grésillaient et qui fumaient en donnant à la scène une blancheur chimique qui blessait les yeux si on la regardait. Cela ressemblait à un décor de cinéma.

Lois m'a appelé sur la radio de ma voiture. L'arrêt du bus scolaire se trouvait en haut de la rue. Je devais aller dans chaque maison de la rue, réunir les enfants et les emmener prendre le bus.

Lois a dit : « La mère est hors de danger.

— Est-ce qu'elle sait que sa gosse est morte ? »

Il y a eu un silence et Lois a murmuré : « Non. »

J'ai dit : « Comment se fait-il que les gens qui veulent mourir n'y arrivent pas ?

— Ça va, Lawrence ?

— Non. »

Je suis ressorti de ma voiture sous la bruine glaciale. Je suis allé de porte en porte. Dans certaines maisons, je voyais la rue à la télé. C'était étrange de regarder la rue sur des écrans. Dans une maison, je me suis vu sur l'écran. Un type pointait une caméra sur moi.

J'ai demandé aux gosses de se tenir par la main et j'ai conduit cette petite chaîne humaine jusqu'au bus scolaire. Ils ressemblaient à de petits asticots dans leurs manteaux épais sur lesquels étaient imprimés leurs personnages de télé préférés, Mickey Mouse, Wonder Woman, Superman; ils portaient leurs boîtes de repas avec *Scooby Doo* et *Mon Petit Poney* peints dessus en couleurs vives. Une caméra nous a suivis dans la rue.

Une jeune journaliste a demandé : « Comment allez-vous, les enfants ? » Un des gosses a répondu timidement : « Je ne dois pas parler aux inconnus », et cela disait toute la tristesse de ce que nous étions devenus.

La journaliste a dit : « Je ne suis pas une inconnue. C'est la télé. » Un autre gosse précoce a répliqué : « Pas de commentaires », comme un vieux cheval de retour politique, et cela a coupé la chique à la journaliste. Je pense que nous connaissions le scénario. Nous attendions seulement les vrais événements.

Le bus jaune stationnait au bout de la rue. Je connaissais le chauffeur, un ventriloque amateur qui avait toujours son copain, la marionnette Lord Marbles, assis sur ses genoux. Lord Marbles avait les mains posées sur le volant. Il penchait la tête en souriant, et demandait ce qui s'était passé au-dehors. Les gosses grimpaient dans le bus et le lui racontaient aussitôt.

Lord Marbles faisait la plus incroyable des grimaces heureuses, mais le chauffeur déplaçait ses yeux d'un côté et de l'autre pour exprimer son inquiétude; puis il a tiré la portière et le bus a quitté la bordure du trottoir et disparu dans la rue suivante.

Un silence étrange régnait dans les couloirs obscurs de la mairie. Il n'était pas loin de dix heures. Le commissariat de police était une annexe, une caravane double largeur reliée au bâtiment principal par une passerelle qui ressemblait à la rampe d'embarquement d'un avion. La caravane était sur ses roues. Nous l'appelions l'unité mobile. Nous avions voté de nombreuses fois, nous avions fait des pétitions afin d'obtenir des fonds pour construire un local en dur, mais cela n'avait jamais été approuvé. La force de police, si on pouvait appeler ça une force, avait été réduite après des coupes sombres dans le budget et nous comptions sur l'aide des services du shérif. Nous n'avions même pas de prison.

J'ai rencontré le commissaire à la porte de son bureau. Il avait accroché au mur, derrière lui, un support en acajou laqué avec un énorme brochet à la gueule ouverte, premier prix d'un concours de pêche. C'était sans doute la plus grosse prise que le commissaire ait jamais faite, que ce soit au bout de sa ligne ou en service. Sous le brochet, gravé sur une plaque dorée, on pouvait lire : « Les poissons me font peur. »

Le commissaire a dit : « Ça me déplaît de vous demander ça, mais vous croyez que vous pouvez reporter votre congé ? On peut avoir besoin de vous pendant un jour ou deux. Vous les récupérerez plus tard, d'accord ?

— Bien sûr.

— Écoutez, donnez-moi quelques minutes, le temps que je règle quelque chose. Allez prendre un café. J'irai vous chercher. » Il est sorti de son bureau.

Lois était assise dans la salle de repos et regardait la télé. Un filet de fumée s'élevait sur le côté de sa tête. Elle avait posé près d'elle un petit déjeuner composé d'œufs et de pain grillé.

Le son de la télé était baissé mais j'entendais des cris. Un type sautait sur place en serrant dans ses bras Burt Reynolds qui l'avait aidé à gagner la « grande pyramide de vingt mille dollars ». Le public devenait complètement fou et il pleuvait des confettis dans le studio.

J'ai dit : « J'aimerais pouvoir partager le bonheur de quelqu'un comme ça. »

Lois m'a regardé. « On dirait que tu t'es fait renverser par un camion. » Elle a écrasé son mégot dans un cendrier métallique.

« À ce point-là ? »

Lois a souri malgré tout ce qui s'était passé. « Une bonne douche et un bon repas maison viennent à bout de tout. »

C'était le genre d'ouverture auquel je n'aurais jamais pensé à aucun moment de ma vie, mais j'ai dit : « Voyons comment va se passer la matinée. Je dois parler avec le commissaire. »

Lois a allumé tout de suite une autre cigarette et son visage s'est éclairé devant la coupe de ses mains réunies. Elle m'en a offert une que j'ai allumée avec la sienne. Je me suis assis en face d'elle. La pièce n'avait pas de fenêtre. Les appareils distributeurs vibraient de temps en temps. En fait, je n'avais rien à dire. Entre les publicités, un flash d'information signalait la tragédie d'Halloween. Je me suis vu à l'arrière-plan me dirigeant vers le bus scolaire avec les gosses. C'était comme si je regardais un inconnu.

Quand j'ai pris mon gobelet de café, mes mains tremblaient. Lois les a regardées et a détourné les yeux.

Le bulletin d'information continuait avec l'accident, en le décrivant comme un enchaînement tragique d'événements, expliquant comment une porte laissée ouverte pour Halloween avait permis à une enfant de sortir de l'appartement. Dans l'obscurité et le froid, l'enfant avait sans doute été désorientée et s'était couchée sur les feuilles. Ce simple récit ressemblait à une fable, une histoire édifiante.

L'expert que j'avais vu sur la scène de l'accident prenait l'empreinte des pneus du véhicule impliqué dans l'accident avec du plâtre. La caméra s'est attardée sur lui. Il semblait totalement absorbé par une discussion avec un autre officiel. Il secouait la tête comme si quelque chose n'allait pas. Quand il s'est rendu compte qu'il était filmé, il s'est éloigné.

J'ai regardé Lois pendant un moment. « Il y a quelque chose qui cloche, là-bas ? » Mais avant qu'elle ait pu répondre, la caméra a tourné vers le tas de feuilles mortes puis elle a reculé pour mettre en perspective le profil tracé à la craie du corps de l'enfant devant le décor de la rue, bordée de chaque côté d'arbres dénudés, de pelouses très bien entretenues dont on avait ratissé les feuilles mortes, de citrouilles symbolisant des têtes et de masques macabres d'Halloween moins effrayants en plein jour.

La voix off demandait, de façon rhétorique, qui parmi nous n'avait pas gardé en mémoire le souvenir de nos pères debout dans le froid en train de ratisser les feuilles mortes, qui parmi nous n'avait pas entendu le craquement des feuilles qui brûlaient, qui parmi nous ne s'était pas au moins une fois allongé sur un lit de feuilles pour sentir comme on y était bien ?

L'image est retournée au studio. Le reste de l'histoire se concentrait sur la mère, dont on n'avait pas dévoilé l'identité, mais qu'on décrivait comme une célibataire originaire d'un autre État. Une journaliste qui parlait en direct de l'hôpital du comté s'est lancée dans une séquence préenregistrée qui récapitulait les événements de la nuit, et tout ce que m'avait dit Lois. La mère était presque incohérente quand elle avait appelé le service des personnes disparues juste après onze heures. On avait déterminé un taux d'alcool de 0,2 gramme.

On est revenu en direct sur la journaliste qui hochait la tête alors que le cameraman lui indiquait qu'elle était à nouveau à l'antenne. Elle tenait un écouteur près de son oreille et un bloc de papier dans l'autre main, ce qui rendait son reportage plus immédiat. Elle a terminé sur un moment d'angoisse en disant que la mère était depuis quelque temps sous surveillance parce que suicidaire.

Il y a eu une publicité sur la location de meubles et d'appareils ménagers.

J'avais la gorge serrée de parler simplement de ce que j'avais vu. J'ai dit : « L'enfant n'a rien senti. C'est au moins quelque chose dont on peut se féliciter. » Je me suis tu et j'ai tiré une longue bouffée de ma cigarette. « Tu ne t'es jamais demandé pourquoi les choses arrivent ainsi ? »

Lois a levé sa cigarette. « Il y a longtemps que j'ai renoncé à comprendre ce monde. »

J'ai dit doucement : « Je suis content que tu aies attendu. » J'ai posé ma main sur la sienne pendant un instant et j'en ai senti la chaleur.

Nous avons partagé ce moment d'intimité parce que nous étions divorcés tous les deux, enfin pas exactement. Le mari de Lois s'était suicidé. Notre relation se résumait à quelques soirées devant un verre, un rôti à la cocotte, parmi d'autres choses qu'il valait mieux garder pour nous. Ce que je pensais d'elle c'est simplement qu'elle s'imposait dans mes moments de besoin. J'ai commencé à la regarder alors que j'étais en train de divorcer. Son mari était mort à ce moment-là. Lois m'a donné un de ses costumes quand je suis allé au tribunal. On avait la même taille. De son vivant, il était voyageur de commerce et s'habillait de façon très stricte. En fait, il s'était pendu avec une de ses cravates dans un motel du sud de l'État.

Quelqu'un est entré. J'ai entendu des voix à l'extérieur de la pièce. Un type qui travaillait à la mairie est venu prendre un coca et un Twinkie.

Lois s'est mordu la lèvre. Elle a retiré sa main. Elle m'a regardé droit dans les yeux.

Je lui ai demandé : « Qu'est-ce qu'il y a ? »

Elle s'est passé les doigts dans les cheveux, elle a tiré une longue bouffée, a fermé les yeux et a soufflé lentement la fumée.

J'ai dit : « C'est quoi ? »

Elle a rouvert les yeux. « Un voisin... » Elle s'est éclairci la gorge. « Quelqu'un a vu une camionnette près de l'endroit où la gosse est morte. Il a retenu une partie du numéro d'immatriculation.

— Et ?

— J'ai fait une recherche et la camionnette est enregistrée au nom de Kyle Johnson. »

Kyle Johnson était le quarterback de l'équipe de football américain de notre lycée. C'était ce qui s'approchait le plus d'une célébrité dans notre ville depuis des années. Il nous avait fait passer de la neuvième à la deuxième place pour la saison, avec sept victoires depuis le début du mois de septembre. Considéré comme un des meilleurs quarterbacks du pays, il nous avait menés au match de qualification du championnat d'État, pour la première fois depuis trente-six ans.

J'avais du mal à respirer. « Ce voisin, il a vu la voiture rouler sur la gosse ?

— Tout ce qu'il a vu c'est le numéro d'immatriculation.

— C'est pour ça que le commissaire veut me voir ? C'est pour ça qu'il y a une réunion ? »

Lois a écrasé son mégot. « Je ne sais pas. »
Puis elle m'a embrassé sur la joue, quelque chose qu'elle n'avait jamais fait en public. Je pense qu'elle a fait ça pour s'empêcher de pleurer.

Chapitre 3

La secrétaire du commissaire m'a dit qu'il voulait que je le rejoigne dans le bureau du maire. C'était au deuxième étage, au bout d'un long couloir ciré de la mairie. Tout le deuxième étage avait un plafond cintré, peint dans des teintes sourdes, brun et vert, une scène de la vie des premiers pionniers, des hommes avec des chapeaux à la Daniel Boone et des haches, qui construisaient des maisons et des canoës.

Le plafond cintré amplifiait l'acoustique. J'entendais la secrétaire du maire, Betty Webber, qui tapait quelque chose à toute vitesse. Quand je suis entré dans le bureau, elle a simplement levé les yeux et m'a prié d'attendre. Je voyais deux silhouettes à travers le verre dépoli.

Betty m'a demandé : « Vous voulez un café ? »

La cafetière glougloutait près de la fenêtre. Il y avait aussi une boîte de beignets Dunkin et des condiments. Je me suis versé une tasse de café en regardant par la fenêtre. Le temps avait changé, le ciel sombre de ce matin était moutonneux. Cela rendait la mort de l'enfant encore plus triste.

Je voyais le parking en bas. Max était dans la voiture. J'aurais dû le ramener à la maison avant de venir au commissariat, mais dans quel but ? Vers le silence et la solitude ?

C'était à nouveau un de ces moments qui me tuaient le moral, le fait de vivre seul.

Plus loin, sur la berge du fleuve, les lumières se reflétaient dans les vitres brisées des anciens entrepôts. J'ai porté le café à mes lèvres. Il avait un goût de machine, fort et amer – ce dont j'avais besoin.

J'entendais les voix sourdes qui venaient du bureau du maire et j'avais conscience aussi de Betty qui tapait à la machine derrière moi. C'était une amie de Lois, une femme qui en savait plus sur moi que je ne le voulais. Elle organisait la vie locale, la « Table de huit », un groupe de méthodistes qui, le samedi soir, écumaient le quartier, armés d'une marmite, de beaucoup d'autosatisfaction et d'un jeu de Scrabble. Après mon divorce, j'avais été submergé de petits plats, de pain à l'ail et de desserts à la gelée, que des mains anonymes laissaient devant ma porte. Je ne suis pas allé au fond des choses, mais j'ai toujours soupçonné Betty.

Quand je me suis retourné, j'ai vu qu'elle me fixait, mais elle a regardé ailleurs.

Telles étaient les eaux dans lesquelles j'ai nagé pendant des années.

Le maire sentait le déodorant *Old Spice* mêlé à une odeur de whisky. Il était debout quand je suis entré, vêtu de son blazer habituel en tissu écossais, celui qu'il portait dans le garage qu'il possédait en ville. Son titre de gloire, c'était qu'il pouvait mettre son poing entier dans sa bouche. D'une certaine façon, c'était sa principale compétence en politique. Il m'a souri, mais la couleur de son visage était celle d'un type qui a une attaque cardiaque.

Le commissaire m'a regardé et a prononcé mon nom. Il était assis sur le côté mais il s'est levé.

Il y avait un petit poste de télé sur le bureau du

maire. Ils diffusaient toujours des images du lieu de l'accident. Le maire s'est approché et a posé la main sur mon épaule. « Comment ça va, Lawrence ? »

Le fait qu'il me demande comment j'allais m'a obligé à retenir mon envie de bâiller. Mes yeux se sont remplis de larmes.

Le maire avait l'air anéanti. Il est allé s'asseoir sur le bord de son bureau. « Vous avez vu ça ?

— J'ai regardé la télé dans la salle de repos. »

Le maire a poussé un long soupir : « Permettez-moi de vous dire que vous avez déjà fait du bon boulot. Nous allons vous payer en heures supplémentaires pour le mal que vous vous êtes donné. » Il s'est arrêté brusquement.

À ce moment-là, à la télé, ils montraient le profil de l'enfant tracé à la craie. Je me suis vu dans le plan.

Le maire a secoué la tête puis a baissé le son. « Pourquoi est-ce que de telles choses nous arrivent à nous, Lawrence ? » Il a dit cela d'une voix pénétrante, comme si j'avais les réponses, mais bien sûr, je n'en avais aucune.

« Vous savez, Lawrence, en tant que maire, en tant que gardien de cette ville, je redoute des nuits comme celle-ci. Rien ne peut sortir de nuits pareilles, sauf la peine et le regret. »

Je n'ai rien dit.

« Cela peut changer l'équilibre fragile de la ville, voilà ce que ça peut faire. »

Le commissaire a brisé le silence qui s'était installé. « Je me souviens d'avoir entendu parler de Pearl Harbour à la radio, comment les choses ont changé... »

Mais le maire a levé la main et a dit :

« Avec tout le respect que je vous dois, je crois avoir déjà entendu cette histoire, commissaire. »

Le visage du commissaire a viré au rouge.

Je les regardais et je savais où ils me menaient.

Le maire baissait la tête, comme s'il avait été à l'église.

« Je ne sais pas par où commencer, Lawrence. Je vais vous dire les choses directement, je ne suis pas quelqu'un qui demande des faveurs. Je ne me souviens pas de choses comme ça. L'amitié... l'amitié n'est pas une chose que l'on compte, qui a fait quoi pour qui. »

Mais bien sûr, ça l'était.

Le maire faisait référence à l'époque où il m'avait sorti de prison lors de mon divorce. J'avais enfoncé la porte d'une chambre au Motel 6, où ma femme s'était installée, et j'avais braqué un revolver sur elle. Ma seule défense, c'était que le revolver n'était pas chargé. Dans les jours qui avaient suivi, j'étais complètement désespéré, et face à la perspective d'aller croupir en prison ; alors que j'avais accepté le fait que ma vie était finie, le maire avait réussi à faire lever les charges qui pesaient contre moi. Grâce à des tractations en coulisse il avait étouffé l'affaire. Je suis resté dans la police. Je n'ai jamais osé demander pourquoi ni comment, comme si poser une question aurait pu tout remettre en cause.

Aussi tout ce que j'ai pu dire au maire c'est : « Si je peux être utile... » J'ai laissé ma phrase en suspens.

Le maire a saisi l'occasion : « Lawrence, je n'ai pas besoin de vous dire ce que signifie pour nous le week-end prochain. Nous sommes au bord de quelque chose de mythique, une équipe de la cambrousse qui monte et qui s'attaque aux équipes de la ville. C'est une histoire vieille comme le monde, David contre Goliath. Les journaux de Chicago, d'Indianapolis et même de plus loin vont couvrir l'événement... »

Le maire a écarquillé les yeux. Il me fixait avec ce regard intense et soucieux qu'il utilisait pour convaincre les gens. C'est pour cela qu'il était maire, cette attitude théâtrale. C'est pour cela qu'il possédait le plus grand garage de voitures d'occasion de la ville. C'était une caricature dans tous les sens du terme, mais parfois ces gens-là sont ceux à qui il est le plus difficile de dire non. Tout ce qu'on pouvait faire dans de telles circonstances c'était de le laisser parler.

« Ici, nous sommes au cœur du rêve américain... »

Sa voix a tremblé, il a serré les poings.

« Un rêve américain où l'honnêteté et le dur labeur sont récompensés. Nous, *notre ville*, nous sommes dépassés par notre époque, dans un monde technologique qui devient plus cruel avec chaque année qui passe, mais regardez-nous, avec notre intégrité salutaire, et ce qu'une vie honnête et la foi peuvent nous permettre d'atteindre. Nous vivons parmi les amish, Lawrence ! Nous, la descendance directe de nos pères fondateurs, ceux du *Mayflower*. »

Je voyais bien que c'était ce qu'il avait préparé pour les journalistes mais je ne savais pas si ces faits historiques étaient exacts. Je ne croyais pas que les amish étaient arrivés sur le *Mayflower*, mais je comprenais où il voulait en venir.

« Je vais vous dire, Lawrence. Vous savez ce que ça signifierait, si ce match nous faisait connaître, pour les revenus tirés du tourisme, les escapades pendant un long week-end ? J'ai demandé des chiffres à une société d'études de marché sur une aubaine possible, sur ce qu'une vedette de premier plan dans un journal pourrait apporter à une ville comme la nôtre, et c'est énorme. Les gens ont changé d'habitudes pour leurs vacances, voilà ce qu'ils m'ont dit. Les gens veulent prendre davantage de petits congés. Ils ne se marient plus aussi jeunes. Ils veulent sortir ensemble, partir en week-end pour se connaître. Ils veulent des escapades loin de l'agitation des métropoles. Et nous pouvons être ce lieu d'escapade ! »

Le maire s'est arrêté brusquement et a pris un verre d'eau à la bonbonne qui se trouvait sur le bureau.

« Alors, vous voyez comment ce qui s'est passé cette nuit, cette *tragédie*, peut remettre en cause tout ce pour quoi nous avons travaillé si dur ? »

Le commissaire a fait chorus. « Un accident avec délit de fuite, c'est quelque chose qu'on ne peut supporter. »

Le maire s'est retourné, en colère : « Nom de Dieu, qui a parlé d'accident avec délit de fuite ? Il n'est pas question de ça ! Est-ce que quelqu'un a parlé d'accident avec délit de fuite ? »

Le commissaire a regardé le maire et le maire a baissé la voix : « Excusez-moi... d'accord ? Écoutez, commissaire, limiter les dégâts, c'est une question de sémantique, de façon dont les choses sont dites et entendues. »

Le commissaire a approuvé d'un signe de tête et le maire a repris : « On a établi que la personne qui a écrasé l'enfant ne s'en est probablement pas rendu compte. Pour moi, c'est simplement une *tragédie*. Nous ne voulons pas associer cet accident avec un délit de fuite, parce que ce n'est pas de cela qu'il s'agit, mais si cette phrase est prononcée hors d'ici, alors ça va être une traînée de poudre. »

Le commissaire a admis : « Je vois ce que vous voulez dire. » Le commissaire était un personnage marginal, qui occupait le poste de commissaire grâce à un népotisme de longue date. Cela remontait à une soi-disant aventure de sa sœur avec un ancien gouverneur de l'État, en tout cas c'est ce que j'avais entendu dire.

Le maire a desserré son nœud de cravate. « Merde, où est-ce que j'en étais ? »

J'avais le sentiment étrange qu'ils me manipulaient tous les deux, que le maire n'avait cloué le bec au commissaire que pour me mettre de son côté. Il m'a regardé droit dans les yeux.

« Je n'essaie pas de minimiser ce qui s'est passé, Dieu sait qu'une enfant est morte. » Il a hésité un instant. « Ce que j'essaie de comprendre c'est ce qui a bien pu se passer. C'est pour ça que nous sommes réunis ici. C'est pour ça que je vous ai demandé de venir, Lawrence, pour essayer de reconstituer l'affaire. Nous voulons savoir ce que vous avez vu quand vous avez trouvé l'enfant. J'essaie d'établir les faits avant que nous fassions quoi que ce soit. À la télévision, ils disent que d'après les premières conclusions, l'enfant était couchée dans les feuilles, que la personne qui l'a écrasée n'a sûrement pas su qu'elle roulait sur quelque chose. Est-ce que c'est ce que vous avez compris, un accident tragique ? »

C'était une de ces questions insidieuses auxquelles je me sentais obligé de répondre. Nous valsions tous les trois autour de l'inévitable et lentement je leur ai dit ce qu'ils voulaient entendre, même si j'ai ajouté : « Je ne suis pas un spécialiste. J'ai simplement découvert l'enfant... » Je faisais des efforts pour dire ce qui convenait : « Je n'ai pas vu de traces de freinage... peut-être que la personne qui conduisait n'a même pas su ce qu'elle avait fait. » Je me suis arrêté brusquement. « Mais je ne suis pas un expert.

— Eh bien, voilà, monsieur le maire. Lawrence n'a pas vu non plus de traces de freinage ! » Le commissaire ignorait les réserves que j'avais faites.

Le maire est allé se servir du café et il a attendu quelques instants avant de se retourner. Je savais qu'il regardait le commissaire, qu'ils s'évaluaient mutuellement.

« D'accord, nous en sommes là, Lawrence. Nous devons examiner cette tragédie, pas seulement pour la mère et sa fille, mais aussi pour celui qui a écrasé l'enfant. »

J'ai su qu'ils parlaient de Kyle Johnson. J'ai dit : « Je comprends. »

Le maire avait l'air épuisé, mais il a hoché la tête et m'a souri. « Vous voyez, commissaire ? Lawrence a un sens politique inné. Ce genre d'intuition, ça ne s'apprend pas. Vous n'avez jamais essayé d'attraper quelque chose, Lawrence ?

— Attraper... Non, perdre plutôt. Je fuis ma femme depuis deux ans ! » C'était exactement le genre de dénigrement de soi qu'on attendait.

Le maire a souri, puis son sourire a disparu et il m'a regardé. Il a parlé d'une voix grave. « Ce que je recherche, c'est cette sorte d'instinct, Lawrence. Est-ce que vous avez eu le sentiment de quelque chose de *tragique* ? »

Je lui ai rendu son regard et j'ai avalé ma salive : « Elle était couchée dans les feuilles mortes, exactement comme si elle dormait. » J'ai dû m'arrêter un instant et le maire a paru comprendre intuitivement. Il a simplement hoché la tête, ensuite le silence s'est installé et a duré plus longtemps que d'habitude lorsqu'il y a trois personnes dans une pièce.

Quand le maire a repris la parole, il a dit : « On a un renseignement d'un soi-disant témoin qui dit avoir vu une camionnette battre la rue, et taper dans les sacs de feuilles. Il a téléphoné. »

Un nouveau silence. Je ne pouvais que regarder le maire. Depuis le début, il me menait là où il voulait que j'aille. Il secouait la tête, refusant ce qu'il disait, au moment même où il parlait. « Ce renseignement, ce lien est fragile... au mieux. Mais on a téléphoné, alors nous devons vérifier, non ? Il n'est pas question que je me dérobe à mes devoirs civiques et politiques dans cette affaire, mais nous sommes simplement devant un cas de conduite imprudente, des gosses éméchés qui s'amusaient, c'est tout, mais on a téléphoné – c'est enregistré. »

J'ai attendu, en sachant ce qu'il allait dire.

« Je ne vais pas étouffer l'affaire, Lawrence. Nous avons vérifié et la camionnette correspond à celle de Kyle Johnson. »

J'ai sursauté : « Kyle Johnson ? »

Le maire a élevé la voix : « Écoutez, Dieu m'est témoin, on ne va pas essayer de minimiser ce qui est arrivé. Pas question. Mais, vous savez, ce qui est exaspérant c'est de voir que la simple mention de l'implication de Kyle, étant donné que c'est la seule personne intéressante de l'enquête, peut ruiner sa carrière. Dès que son nom sera cité, il deviendra la proie des journalistes. C'est le procès par les médias, le harcèlement permanent, les caméras braquées sur son visage, tout ça, alors que Kyle n'a peut-être rien fait. Vous voyez ce que je veux dire, le tact dont nous devons faire preuve ? Nous devons établir les faits, d'abord et avant tout. Ce gosse va jouer le plus grand match de sa vie ce week-end et nous devons le respecter pour cette raison, nous devons enquêter en coulisse avant de lâcher quelque chose aux médias. Nous court-circuitons les médias uniquement pour que les choses ne nous échappent pas. Ils ne recherchent pas la vérité, mais le sensationnel. Ils aimeraient faire de nous des gens étranges, un cirque minable, c'est comme ça. Je pense que le vrai problème c'est de savoir si nous sommes à la merci des médias insatiables ou si nous menons notre enquête pour aller au fond des choses. »

Je n'ai rien répondu parce que le maire a recommencé à parler, le visage sévère. « Il s'agit de *notre* ville, de *nos* vies. On en a connu de dures au cours de ces dernières années, les usines qui fermaient, les emplois qu'on délocalisait, mais les choses sont en train de changer. » Il a laissé sa phrase en suspens. « Je n'ai pas peur de l'avenir. Nous sommes en train de remonter la pente. Je le crois vraiment. Les choses se remettent en place. Je sens derrière des succès impalpables. »

Le maire a montré le commissaire du doigt. « Le commissaire pensait prendre sa retraite cette année. Y a-t-il une meilleure façon de s'en aller que de le faire sur une réussite, debout à l'arrière d'une décapotable dans le défilé qui célèbre la victoire au championnat, en tenant quelque chose qui restera dans la postérité ? Pourquoi pas ? »

Le maire s'est approché de moi et a posé une main sur mon épaule : « Vous savez que vous êtes dans cet avenir, Lawrence. Je crois que je suis en train de regarder le prochain commissaire. Je pense que vous avez le sens politique nécessaire à ce genre de travail. Dans cette ville, tout marche ensemble, ou alors rien ne marche. »

Dans une petite ville, c'était ainsi que les vies et les carrières se décidaient dans des marchandages politiques d'arrière-salle.

J'ai regardé le commissaire. Je savais que le poste avait été réservé à Arnold Fisher, son gendre, étudiant en criminologie à l'université locale, mais pendant que le maire parlait, le commissaire souriait. Il n'y avait pas tellement de postes comme celui-ci dans notre ville.

Le maire a claqué des doigts : « Lawrence ? »

J'ai sursauté sur ma chaise.

« Ce que nous voulons, c'est que vous alliez chez Kyle pour examiner sa camionnette afin de savoir si elle peut être potentiellement impliquée dans l'accident. »

Mes jambes se sont couvertes de sueur. À ce moment

précis, j'ai su que Kyle avait tué la gosse, mais j'ai acquiescé : « D'accord.

— Bien. Allez-y vers, disons vers... qu'en pensez-vous, commissaire ? »

J'ai regardé à nouveau le commissaire, en essayant d'évaluer sa réaction parce que le maire m'avait pratiquement offert son poste, mais il ne laissait paraître aucune émotion. Il a simplement répondu : « Vers cinq heures. »

Le maire s'est éclairci la gorge et a bâillé. « C'est entendu, grâce à Dieu. »

À la télé, on voyait à nouveau le profil du corps dessiné à la craie.

Le maire a dit : « Ils vont montrer ça toute la journée. Ils vont nous graver ce seul instant dans le cœur, ils vont arrêter le temps, et tout ça pour quoi, pour l'Audimat ? »

Il avait une façon subtile de vous convaincre de choses qui n'étaient pas exactement comme il les décrivait. J'avais vu des gens sortir de son garage dans des voitures qu'ils ne voulaient pas acheter, des gens coincés par des mensualités qu'ils auraient bien du mal à payer pendant des années. Mais tout en sachant que pour eux je n'étais qu'un moyen d'étouffer l'affaire, j'avais l'impression d'être quelqu'un de bien, comme s'il s'agissait de la seule chose correcte à faire.

Je le croyais à ce moment-là, en partant, ou je me forçais à le croire, parce qu'il n'y avait aucune possibilité de faire demi-tour.

Parfois nous pouvons être nos pires ennemis.

Chapitre 4

Au-dehors, Max aboyait contre quelque chose alors que je finissais de manger un sandwich grillé au fromage. Je me suis levé et je l'ai fait taire, puis j'ai lavé mon assiette et ma tasse, toutes ces choses impliquées par le divorce qui ne font que renforcer le vide la maison. J'étais fatigué. Je me surprenais sans cesse à piquer du nez, je secouais la tête et je voyais un tunnel où tout sonnait creux.

De temps en temps, je revoyais l'image de l'enfant. Je me suis souvenu d'une nuit, des années plus tôt, avec mon ex-femme, quand les choses allaient mal entre nous. On rentrait à la maison par une route obscure. On criait, et brusquement nous avons senti un choc sourd et un grondement sous les roues. Je me suis rappelé que cela nous avait calmés, nous retenions notre souffle. J'étais descendu de voiture et, dans la lueur sanguinolente des feux arrière, j'avais vu la masse sombre d'un opossum qui se tortillait sur la route. J'avais sorti mon arme et tiré jusqu'à ce qu'il ne bouge plus. Je me suis souvenu qu'en me retournant j'avais vu que l'intérieur de la voiture était éclairé. Janine était penchée à la portière et vomissait. Elle était enceinte de six semaines, une grossesse qui se terminerait par une fausse couche.

J'ai fait rentrer Max, je suis monté au premier et j'ai réglé le réveil.

La fatigue s'est abattue sur moi, je me suis glissé sous les couvertures et j'ai dormi tout l'après-midi, d'un de ces sommeils dont on sort la nuque raide parce qu'on n'a pas bougé.

Il commençait déjà à faire sombre quand le radio-réveil s'est mis en marche. J'ai appuyé sur le bouton. Max était allongé à côté de moi. Il haletait et attendait que j'ouvre les yeux, et quand je l'ai fait, il a agité la queue et m'a léché le visage.

J'avais l'impression de sortir d'un cauchemar. Le radio-réveil s'est remis en marche et des parasites ont couvert *I'm on Top of the World* par les Carpenters, une chanson étrange quand on songe que Karen Carpenter était morte de faim.

Je suis descendu, j'ai branché la bouilloire et j'ai allumé la radio de la cuisine pour avoir la météo. Le mercure tombait.

Je n'avais pas très envie d'aller voir Kyle Johnson. La force de persuasion du maire s'était refroidie, non parce que je pensais qu'il n'avait pas raison de vouloir garder tout cela confidentiel, mais parce que je ne voulais pas être embarqué dans cette affaire. J'avais mes propres problèmes. Je voulais m'en aller dans ma cabane pour le week-end, fuir ma propre vie.

J'ai pensé appeler le maire pour lui dire que j'étais impliqué sur le plan émotif. Le fait d'avoir découvert l'enfant m'avait dérouté. L'excuse me paraissait raisonnable. Je n'avais qu'à me conduire comme quelqu'un de perturbé, appeler le maire et lui dire que je voyais l'enfant dès que je fermais les yeux.

Mais je n'ai pas téléphoné. Je ne pouvais plus reculer. Le maire m'avait fait sortir de prison et je lui en serais redevable jusqu'à la fin de mes jours. Cette histoire revenait me hanter. Je ne m'en étais pas tiré comme je l'avais cru.

Debout dans la cuisine, j'ai su que ma vie allait changer, que je ne pouvais rien tenter contre ce que j'avais entendu appeler le destin, faute d'un autre mot. Si l'affaire tournait mal, le maire et le commissaire nieraient y être pour quelque chose. J'étais devenu un personnage secondaire, quelqu'un qu'on pouvait sacrifier, qui tomberait si nécessaire. Ce n'était pas l'état d'esprit qu'on peut souhaiter pour aller chez les Johnson mais parfois on n'a pas le choix – c'est aussi simple que ça. Nous faisons des choses terribles par nécessité, pour survivre.

Je suis allé remettre un bloc de sel dehors pour des cerfs et des biches qui étaient venus me voir ces dernières années. C'était une des choses que Janine et moi nous faisions avec Eddy. On se plaçait devant la fenêtre et on regardait les cerfs et les biches venir au coucher du soleil. Mais il était encore trop tôt.

Le soleil était bas sur l'horizon, et on avait l'impression qu'il pouvait rester pris au piège dans les squelettes dénudés des arbres de l'autre côté des champs.

J'avais dû parler tout seul parce que Max a aboyé comme s'il croyait que je m'adressais à lui.

Je voulais me convaincre que la chance me souriait, que grâce à ces circonstances tristes et invraisemblables, je finirais par occuper le poste du commissaire quand il prendrait sa retraite à la fin de l'année. C'était une de ces occasions qu'on saisit ou qu'on laisse filer. Peut-être la principale différence entre Janine et moi. Elle cherchait toujours le bon côté des choses. Moi jamais. Je pensais qu'il s'agissait peut-être d'une différence fondamentale entre les sexes. Je n'ai jamais été doué pour reconnaître mes échecs.

Mais en ce moment même, je voulais voir le bon côté des choses. C'était ainsi que je voulais penser.

Avec ma promotion, je pourrais me sortir de mes dettes, mettre au point un échéancier pour les remboursements et renverser la situation. Le commissaire avait une voiture de luxe, une grande maison, et un équipement de pêche dernier modèle qui n'était pas donné, avec un bateau et un vrai pavillon de chasse. J'ai évalué qu'il devait gagner trois fois plus que moi. Voir les choses comme ça rendait tout plus facile.

Dans le sous-sol, la chaudière s'était mise en route avec un bruit sourd et ce choc soudain m'a fait ressentir le froid. Je suis resté dehors pendant quelques minutes à regarder Max creuser un trou au fond du jardin. Il grognait en grattant à deux pattes comme le font les chiens, le cul en l'air et battant de la queue. Il aimait que je le regarde. Ma présence suffisait à le rendre heureux.

Nous voulons tous que quelqu'un nous observe, afin de savoir qu'on s'intéresse à nous.

La bouilloire a sifflé derrière moi. Je suis rentré dans la maison et j'ai mangé une moitié de sandwich qui restait avec de la salade de chou et une soupe instantanée. J'ai regardé le courrier en séparant ce qu'il fallait payer des conneries, et j'ai réglé quelques factures.

Parmi elles, j'ai trouvé l'enveloppe de l'avocat de Janine, un avertissement parce que je n'avais pas payé la pension alimentaire de mon fils pour le mois précédent. J'avais l'intention de demander une avance à la banque afin de payer la pension. Bien sûr je m'enfonçais en payant des intérêts sans jamais rembourser mes dettes.

Je ne sais pas comment j'en étais arrivé là, vraiment pas, mais cela m'avait changé – le divorce, les dettes, mon amour perdu, mon fils. Après mon divorce, je me sentais comme un imposteur dans mon uniforme. J'ai remplacé les matins par les soirs en prenant le service de nuit. Cela m'a rendu introspectif, ces longs moments de solitude dans ma voiture de patrouille, des moments de réflexion silencieuse, pendant lesquels je m'attardais sur le gouffre de l'inconscient, comme si on pouvait y trouver des réponses. J'ai parcouru des guides pratiques à la bibliothèque, pour obtenir la formation que je n'avais pas acquise quand j'étais plus jeune, étudié des livres sur la façon de se débrouiller dans les relations interpersonnelles, des traités pratiques comme *L'amour ne suffit pas*, *Au-delà de la codépendance*, *Que dire quand on se parle à soi ?*, *Comment devenir son propre thérapeute ?*, *Adulte et nulle part où aller*, et d'autres livres pour découvrir en quoi je m'étais trompé dans mon mariage.

J'ai lu des choses sur les étapes psychologiques du divorce, des détails cliniques sur ce que je ne pouvais décrire que comme le désir de me plonger la tête dans la cuvette des toilettes, mais qui était cité dans des stages comme « Abandonner ses doutes », « Restructurer son malaise », « Redéfinir la découverte », « Retrouver la compréhension », et « Se libérer pour s'intégrer » – celui-ci m'évoquait une émission que j'avais vue une fois à la télé sur la réintégration de loups dans des parcs nationaux. Pendant un temps, j'ai pensé que je pouvais m'amender. Puis j'ai lu un livre qui me demandait *Quelle quantité de joie pouvez-vous supporter ?*

Mais au bout du compte, tout ce que j'ai réussi à comprendre c'est que maintenant je connaissais le contraire de ce qu'était l'amour. Je pense que la plupart des gens vivent comme moi plutôt que de le reconnaître.

Assis là, je savais que je me dirigeais vers Lois, vers les tons bruns de son living-room, un décor des années cinquante, vers sa chambre avec des oreillers de dentelle rose tendre, je savais que le désir m'y entraînait. Une nuit, après mon divorce, il faisait froid, et elle m'avait passé le pyjama de son mari. Ce simple geste a fait que je me suis senti autrement.

Après la mort de son mari, Lois avait été une Marie-couche-toi-là pour tout homme de passage. Elle était même sortie avec le commissaire, ce que je n'avais pas trouvé malin, mais au cours de la première nuit que nous avions passée ensemble, nous avions partagé quelque chose qui m'avait fait comprendre qui elle était, une femme qui aurait mené une vie normale avec son mari sans ce qu'il avait fait. J'avais vu en elle une volonté de continuer. C'était une survivante.

J'ai levé les yeux et j'ai remarqué que le témoin du répondeur clignotait. J'ai écouté le message. C'était Eddy. Il parlait à voix basse. « Je t'ai vu à la télé, papa. E. T., c'était moi. Je t'ai vu au centre commercial... C'était moi. »

Il y a eu du bruit derrière lui. J'ai entendu la voix de Janine.

Eddy a parlé plus vite. Il a demandé : « Quelle est la boisson préférée des arbres, papa ? » Il a attendu un instant puis il a dit : « Le *root beer.* » Et il m'a expliqué le jeu de mots sur *root* (« racine ») à la manière des gosses.

Le deuxième message était de Lois. Sa saleté de perroquet, Petey, poussait des cris tandis qu'elle parlait. Je sentais qu'une migraine montait. Petey me haïssait. La simple mention de mon nom le faisait se balancer d'avant en arrière comme le font les perroquets, dans une sorte de mouvement ondulant, et il ébouriffait ses plumes et doublait de volume.

Lois a dit : « Tais-toi maintenant, Petey. Maman peut bien avoir un ami à elle. »

En fait, Petey était le perroquet du mari de Lois, un animal familier qu'il emmenait avec lui quand il était voyageur de commerce, ce qu'il appelait un

« brise-glace ». Petey avait été le seul témoin du suicide du mari de Lois. Il était perché sur l'épaule de Lionel quand la femme de ménage était entrée pour faire la chambre. Petey était le seul témoin, mais il ne parlait pas, pas du suicide en tout cas.

Lois ne cessait de s'adresser à lui comme à un bébé : « Tu aimes Lawrence, Petey », et cela déclencha un véritable vacarme, simplement parce qu'elle avait prononcé mon prénom. J'ai entendu Lois hurler. Petey aimait mordre.

« Merde, Petey ! Non ! »

Il y a eu un froissement de plumes et j'ai entendu la tonalité. On avait coupé la ligne.

J'ai écouté le message suivant. C'était à nouveau Lois. « Tu crois que tu pourras te libérer ce soir ? Dis-le-moi. Il faudra que je fasse des courses si tu peux venir. »

Je l'ai appelée mais ça ne répondait pas. J'ai laissé un message pour dire que j'arriverais vers sept heures. J'avais eu l'intention de lui dire que je ne pourrais pas venir.

J'ai sorti mon uniforme de rechange du plastique du teinturier. Ce que j'allais faire m'effrayait. Ma vie était devenue une prison, mais je m'en sortirais, un glissement presque imperceptible au cours duquel je pourrais me raconter des histoires, en me disant que je pourrais m'en tirer, qu'il y avait quelque chose et quelqu'un là-bas, pour moi. Je vivrais dans un silence perpétuel lors de mes rondes et dans la maison, où seul le tremblement de mes mains ou de mes genoux trahissait une émotion au plus profond de moi.

En boutonnant ma chemise, j'ai senti ce tremblement nerveux. J'ai eu du mal à aller jusqu'au dernier bouton. En plus du simple fait de dissimuler ce qu'avait fait Kyle Johnson, je revoyais sans cesse ce dont j'avais été le témoin aux premières heures de la matinée. L'image de cette petite fille ne me quitterait plus jamais. Je ne m'en remettrais pas.

Je me suis demandé : Pourquoi Dieu n'a-t-il pas empêché cet événement ? Dans quel but une enfant de trois ans a-t-elle été mise au monde si c'était pour mourir si jeune ? Je me suis dit qu'il ne pouvait pas y avoir de réponse satisfaisante. C'était une erreur. Dieu avait regardé ailleurs pendant quelques instants. Je voulais que tout soit corrigé, que le sable du temps remonte dans le sablier.

Mais en ce moment, l'enfant était à la morgue, allongée sur une table froide d'acier inoxydable, et l'autopsie avait déjà commencé, on découpait et on examinait son corps pendant que je dormais. Cette pensée m'a fait frissonner.

J'ai fait rentrer Max, je lui ai donné à manger dans sa gamelle et j'ai écouté une nouvelle fois la voix de mon gosse. J'ai dû jeter l'os en caoutchouc de Max dans le living-room pour l'éloigner de la porte. Pendant combien de temps peut-on tromper un chien ?

Les rubans de papier-toilette de la nuit précédente étaient détrempés. Le mot PORC se voyait plus distinctement – l'herbe décolorée avait la couleur de la paille.

Chapitre 5

Les Johnson habitaient à la périphérie de la ville. Ils avaient hérité de leur ferme, mais comme on hérite du gène du cancer. C'était un vrai fardeau, impossible à vendre. Quelque chose qui pouvait gâcher une vie. Ils survivaient grâce aux gens qui, par nostalgie, achetaient leurs produits au bord de la route.

J'ai écouté les nouvelles en me rendant chez eux. Le compte rendu de la radio était plus retenu que ceux de la télé, pas de sensationnalisme, mais entendre une voix raconter simplement comment l'enfant était morte était d'une tristesse encore plus accablante.

Le reportage se terminait sur une déclaration du commissaire demandant que toute personne passée en voiture dans la rue entre vingt-deux heures et minuit vienne aider les enquêteurs. J'ai pensé que c'était ainsi qu'on aurait dû mener l'affaire.

Je suis entré dans la longue allée qui conduisait chez les Johnson et j'ai senti que la voiture était prise dans les ornières creusées par des pneus. Il pleuvait fort. La nuit était tombée. Je suis arrivé dans une cour désolée que mes phares éclairaient. Trois chiens sont apparus et se sont mis à aboyer sauvagement. Un flot de poussins a traversé rapidement le faisceau de mes phares.

La porte de la grange s'est ouverte et dans la brusque lumière se tenait quelqu'un qui ressemblait à un extraterrestre, avec un masque et le doigt bleu d'une flamme. L'intérieur de la grange rougeoyait.

Earl a baissé la flamme. Je l'avais connu des années plus tôt au lycée, mais nous n'avions jamais été amis. Il avait été un très grand joueur de football américain, connu sous le nom d'« Earl la Perle », mais les choses n'avaient jamais bien marché pour lui. Il n'avait pas osé devenir exceptionnel, une des pires situations dans lesquelles on pouvait se trouver. Aujourd'hui, il avait la réputation de boire beaucoup.

Il a relevé le masque de soudeur sur sa tête. Je suis descendu de voiture malgré les chiens, et j'ai avancé vers lui.

Il m'a laissé parler en premier : « Comment allez-vous, monsieur Johnson ? » C'était la voix que j'utilisais quand je voulais me montrer professionnel, la voix formelle et autoritaire de la loi.

« On fait aller. » Son haleine sentait l'alcool. Il semblait regarder au-delà de moi, vers la maison. Je me suis retourné et j'ai aperçu une ombre à une fenêtre du premier étage. Puis on a tiré le rideau.

Quand je me suis de nouveau tourné vers Earl, il a demandé d'une voix qui manquait de naturel : « Qu'est-ce qui vous amène par une nuit pareille, officier ? » Il a dit cela comme un type qui a besoin de prendre des leçons d'art dramatique.

« Oh, je vérifie des petites choses. Je me demandais si je pourrais parler à Kyle.

— Kyle est en train de faire ses devoirs. » Il n'avait pas l'air de vouloir qu'on aille vers la maison. À la place, il a tourné la tête vers la camionnette, comme si je devais la contrôler, comme si cela avait été prévu d'avance, alors j'ai joué le jeu.

J'ai dit : « Vous savez, avant de parler à Kyle, ça ne vous dérange pas si je jette un coup d'œil à sa camionnette ? »

Earl a répondu de sa voix artificielle : « Qu'est-ce qui se passe ?

— Oh, c'est simplement pour vérifier quelque chose, monsieur Johnson, ne vous inquiétez pas. »

J'ai vu qu'Earl était en train de souder les chaînons d'une lourde chaîne pour sa batteuse. Ça n'avait aucun rapport avec la camionnette, que j'ai examinée pendant environ cinq minutes. Les écrous des roues étaient propres. On les avait enlevés et remis. On avait inversé les pneus. J'ai inspecté le pare-chocs et les essieux pour y chercher une marque, quelque chose qui signalerait l'accident, un reste de sang ou de vêtement, mais on avait lavé le dessous de la voiture et effacé toute trace. Alors j'ai su qu'une enfant était morte sous cette camionnette. J'ai frissonné et j'ai fermé les yeux, pris d'un soudain vertige.

Quand je me suis relevé, Earl était debout au-dessus de moi avec son arc à soudure. J'ai vu la flamme bleue dans ses yeux. « Alors ?

— Ça va. J'ai simplement besoin d'une déclaration de Kyle. »

La pluie tombait en longues aiguilles d'argent dans la lumière de la grange. Earl a traversé la cour. Un des chiens est sorti de quelque part et s'est mis à grogner. Earl lui a donné un coup de pied dans le ventre et le chien s'est sauvé en glapissant.

L'intérieur de la maison était un taudis obscur avec de nombreuses pièces.

« Enlevez vos bottes. »

Sous le porche, il y avait une odeur de foin et de fermentation. J'ai entendu un grattement et j'ai vu des clapiers remplis de lapins.

« Vous en voulez un ? Ils sont très bons. »

Je n'ai pas répondu. Je l'ai suivi dans un couloir mal éclairé vers ce qui était une cuisine, une grande pièce avec un feu qui ronflait dans la cheminée. Ça ressemblait au décor de *La Petite Maison dans la prairie*.

Kyle était attablé, un livre de maths et une feuille de papier millimétré posés devant lui. Il y avait aussi deux autres gosses, une fille de quatorze ans et un garçon de sept ans environ. Ils travaillaient avec un stylo et du papier. Les deux plus jeunes ont levé les yeux vers moi. Kyle tapait sur ses dents avec son crayon et faisait comme s'il n'avait rien remarqué. Il baissait la tête.

Helen, la femme d'Earl, a dit : « À quoi devons-nous ce plaisir ? »

C'était le genre de phrase que les gens ne disaient pas par chez nous. Et à ce moment-là, je me suis rappelé qu'elle travaillait comme femme de ménage au Motel 6, là où Janine avait habité juste après m'avoir quitté. C'était encore une de ces coïncidences difficiles.

« Je voulais simplement parler un peu avec Kyle, madame.

— Est-ce que Kyle a des ennuis ?

— Non... non, il n'en a pas, madame. »

Kyle a déplacé les pieds. Il était aussi grand que son père mais plus mince. Il a levé les yeux de ses devoirs. C'est à ce moment-là que j'ai vu que le côté droit de son visage était enflé et qu'un réseau de veines avait éclaté dans son œil.

Earl a vu ce que je regardais. « Il a reçu un gnon à l'entraînement aujourd'hui. »

Kyle a répondu du tac au tac : « Vous auriez dû voir l'autre type. » Quand il a essayé de sourire, son œil a pleuré. Je voyais bien qu'Earl l'avait frappé. Earl luttait contre ses propres démons. Les succès de son fils ne faisaient que mettre en évidence ses propres échecs. Leurs bagarres personnelles étaient bien connues dans le coin. Lors de la première sélection de Kyle dans l'équipe, Earl lui avait donné une raclée sur le parking parce qu'il avait raté une interception.

J'étais désolé pour Kyle de le voir assis devant la table, en train de faire ses devoirs. Il avait l'air dépassé comme si l'école n'était pas son fort. Je l'avais observé et admiré au cours des deux dernières années, en constatant ses progrès comme quarterback. J'avais emmené Eddy à certaines rencontres locales. J'encourageais Kyle jusqu'à ce que je sois enroué mais rien dans la maison, dans cette cuisine, n'évoquait son potentiel ni qu'un jour il signerait un contrat avec une équipe de la Ligue nationale, ni qu'un gamin comme lui pourrait gagner plus d'un million de dollars par an. Assis là, il n'était qu'un de ces beaux gosses improbables qui sortaient des tas de fumier des petites villes comme la nôtre, un de ces gosses destinés en général à se marier rapidement, à avoir beaucoup d'enfants et à décliner à toute vitesse au milieu de la trentaine.

Helen s'est tournée vers le poêle. « Vous avez peut-être envie d'un café ? Je viens d'en faire chauffer.

— Merci. »

Elle était relativement jeune pour avoir un fils de près de dix-huit ans. Son corps n'avait pas changé depuis le lycée même si elle était un peu plus forte des hanches et si l'on voyait quelques rides autour de ses yeux. Mais elle était devenue très stricte. On aurait pu dire qu'elle s'était tournée vers la religion – qu'elle avait rencontré Jésus-Christ. Il y avait une prière d'action de grâce au point de croix, au-dessus du poêle. On ne voyait nulle part de dessins d'école ni de trophées sportifs. J'ai cru comprendre qu'Helen considérait qu'Earl avait tout raté et que cela rendait l'ascension de Kyle encore plus précaire. Il suffisait de regarder Earl pour voir le mauvais côté du succès.

Je pense que même les petits le comprenaient. C'était dans l'air.

Helen a dit : « Pourquoi ne passes-tu pas au salon, Kyle ? Je vous apporterai le café tout à l'heure. » Elle parlait comme au dix-neuvième siècle.

Earl a lancé un regard méchant à Kyle. J'ai pensé qu'il allait nous suivre, mais j'ai dit : « J'aimerais parler à Kyle seul. »

J'ai entendu Helen dire sèchement aux deux petits : « Occupez-vous de vos affaires, vous m'entendez ? » J'ai entendu le bruit d'une claque et la fille a poussé un cri.

Il ne m'a pas fallu longtemps pour être certain que Kyle savait qu'il avait écrasé la petite. Il me l'a dit tout de suite. Je ne le lui avais pas demandé. Il s'est essuyé le nez d'un revers de main et s'est éclairci la gorge.

Malgré sa popularité, il était poli et respectueux. Ce n'était pas le sportif standard. On lui avait imposé sa notoriété et ça ne lui était pas monté à la tête. Peut-être subissait-il trop l'influence de la religion de sa mère, fondée sur la peur. J'ai imaginé qu'il y avait eu une sacrée bagarre avant mon arrivée. Mais bien sûr, Earl avait eu le dessus.

C'était difficile de parler à Kyle sans faire allusion au fait qu'on allait étouffer l'affaire. J'ai dit : « Tout ce que tu viens de me dire, c'est entre nous. Je te respecte parce que tu ne fuis pas la vérité, parce que tu es honnête. » Je cherchais ce que j'allais dire ensuite. « Écoute, je me suis arrêté simplement pour m'assurer que tu allais bien. » J'ai avancé un mauvais argument religieux : « C'est entre Dieu et toi, Kyle. »

Il était appuyé à une fenêtre. Le vent la secouait. Au-dehors, il faisait nuit noire. Je ne voyais pas son visage dans l'ombre.

Il a dit calmement, sans se retourner : « Je n'étais pas seul dans la camionnette. »

J'ai tressailli. Il m'a fallu un moment pour reprendre mes esprits. Je lui ai demandé : « Il y avait qui ?

— Ma copine... Bobby Hallard était là aussi, avec sa copine. » Il s'est tourné vers moi pour la première fois. « On s'amusait, c'est tout, on n'avait pas bu, rien... » Il a regardé vers la porte et a baissé la voix : « Elle ne sait pas que je bois. »

Il s'est tu.

J'ai réduit la distance qui nous séparait : « Que s'est-il passé, Kyle ?

— On s'amusait, c'est tout... On zigzaguait pour rouler sur les sacs de feuilles mortes. Bobby n'arrêtait pas de me dire d'aller plus vite, et j'accélérais... et j'ai senti ce coup sourd. J'ai pensé que c'était peut-être un râteau ou quelque chose comme ça.

— Tu t'es arrêté ? »

Kyle a fait non de la tête.

« Alors comment sais-tu que tu avais écrasé la petite ? »

Sa voix est devenue plus calme. « Après avoir déposé Bobby et sa copine, je suis revenu. » J'ai entendu le pied de Kyle qui grattait le plancher. « Cheryl était avec moi. » Il a plongé la main dans sa poche et en a sorti un porte-clefs. « J'avais ce porte-clefs avec une lampe. » Il l'a allumée vers moi. Un rayon de lumière étroit m'a éclairé le visage. « C'était comme dans un rêve. Elle était allongée là... »

Des taches jaunes flottaient devant mes yeux. « Tu as vérifié si l'enfant vivait encore ? »

Il a fermé les yeux. « Elle était morte. »

Cheryl Carpenter était au courant de tout. À ce moment-là, je ne pouvais pas penser à autre chose. J'ai hoché la tête. Est-ce que le maire le savait ? Ce n'était pas possible, n'est-ce pas ? J'ai pensé l'appeler mais, alors que tout me tournait dans la tête, Kyle a murmuré : « Tout ça est arrivé à cause de ce que Cheryl et moi on allait faire, après avoir péché comme on l'avait fait.

— Péché... comment ça, péché ?

— Forniqué. » Kyle s'est approché de moi et sa taille était troublante. Il a posé une main énorme sur mon épaule. J'étais tendu. « On ne peut échapper au salaire du péché, c'est ce que dit ma mère. »

L'entendre dire quelque chose d'aussi absurde, employer des mots comme « forniquer » et « salaire du péché », a rendu la scène irréelle.

« Es-tu en train de me dire que ta copine est enceinte ? »

Kyle a regardé vers la porte de la cuisine. J'ai vu l'ombre des pieds en dessous. « C'est comme ça que j'ai écrasé la petite fille... alors que j'étais avec Cheryl et que je la laissais me faire commettre des péchés. C'est ce que dit ma mère, l'enfant a été mis dans la rue devant moi. »

J'ai élevé la voix : « Écoute, Kyle, ça n'a rien à voir avec rien. » Je voyais la tache sombre sous son œil, là où on l'avait frappé.

Kyle a baissé la tête : « Je ne sais plus. »

Pendant le silence brutal et ma propre inaction, Kyle n'a rien dit, il est resté immobile, les yeux fixés sur la porte de la cuisine.

Je voyais toujours les pieds en dessous. Ils attendaient.

Kyle a fait un pas vers moi. Sa respiration était brûlante. « Cheryl ne veut pas du bébé. » Sa main m'a serré le bras. « C'est comme ça que c'est arrivé, ce qu'on allait faire à notre bébé. »

Je voyais l'éclat de la peur dans ses yeux, cette religion de l'Ancien Testament, le Dieu vengeur, œil pour œil.

« Écoute-moi, Kyle. Cette femme, dont l'enfant est morte, a laissé sa porte ouverte et la petite est sortie de l'appartement. Tu n'as rien fait de mal. C'était un accident. Cela n'a rien à voir avec ce que Cheryl et toi avez fait, absolument rien. »

Kyle m'a regardé. « Alors pourquoi est-ce que c'est arrivé à ce moment-là ?

— Je ne sais pas. »

Kyle me tenait toujours le bras. « Je veux que cette femme sache que je suis désolé. C'est tout ce que je veux lui dire, que je suis désolé. C'était un accident. Je le jure. »

J'ai dit : « Tu ne peux pas... tu ne peux pas simplement dire ça. Il faudrait que tu reconnaisses que tu es revenu sur les lieux de l'accident. Es-tu prêt à reconnaître que tu as fui la scène d'un crime ?

— Je n'ai rien vu. C'était simplement une sensation. Je ne me cachais pas. Je suis revenu.

— Et tu es reparti une deuxième fois...

— J'ai eu peur.

— Ça ne marchera pas, Kyle. Tu as vu cette enfant quand tu l'as écrasée, n'est-ce pas ? Tu dois l'avoir vue.

— Non, je ne l'ai pas vue.

— Mais tu t'es débarrassé de tes amis avant de revenir. N'importe quel avocat voudra savoir pourquoi tu n'as pas arrêté ta camionnette quand tu as écrasé l'enfant. Tu l'as vue avant de la renverser. C'est la seule explication logique. Tu l'as vue, ne serait-ce qu'une fraction de seconde. »

Kyle a posé les mains sur sa tête. « Je ne sais pas... non ! Je le jure, je... je ne sais pas.

— C'est ça le problème, tu ne sais pas. Quelque chose comme ça peut se produire en une fraction de seconde. Tu ne sais pas. Je te crois, mais la seule chose dont un avocat a besoin, c'est de semer le doute, et il mettra ta petite histoire en lambeaux. »

Je me rendais compte que Kyle commençait à accepter ce que je disais. Avait-il vu la forme de l'enfant, une image fugitive juste au moment de la heurter ?

Il a croisé mon regard et a détourné les yeux.

J'ai dit : « Kyle, écoute-moi, tu as les capacités pour faire de grandes choses, tu le sais ? » J'ai dû redire son prénom pour qu'il me regarde à nouveau.

« Tu te souviens de l'histoire de Babe Ruth qui a ramené un enfant qui mourait à l'hôpital, comment Babe a décidé de faire des choses comme ça, pas pour la gloire mais pour les autres ? »

Kyle me regardait sans rien dire.

« Tu peux en faire autant, Kyle.

— Comment ?

— En réussissant dans le football. Quand tu seras riche et célèbre, tu donneras quelque chose aux femmes qui sont sans mari, aux femmes qui sont acculées à la pauvreté et au désespoir. Avec ton argent, tu pourras améliorer leur vie. »

C'était ce qu'il fallait faire pour attirer l'attention d'un gosse comme lui, la technique des entraîneurs, pour lui donner une leçon de vie.

Une larme est apparue dans l'œil droit de Kyle. « Vous pensez que ça pourrait compenser pour tout ? » Il m'a à nouveau serré le bras.

« Il faut que la main droite ignore ce que fait la main gauche, ce n'est pas ce qu'on dit dans la Bible ? Tu peux rattraper ce que tu as fait. La religion nous enseigne le pardon et la rédemption. Les actes de bonté et de charité. » Pendant que je parlais, Kyle écarquillait les yeux.

« Je vais faire exactement comme vous dites. C'est très important pour moi. »

Pendant une fraction de seconde, j'ai ressenti

quelque chose de profond; c'était un gosse qui répondait à des paroles d'encouragement. Je me sentais comme le maire quand tout allait bien, quand il concluait une vente.

« Utilise le don que tu as, pour le Seigneur. Quand tu seras célèbre, donne de l'argent anonymement. Apporte la joie et l'espoir aux gens, et arrange-toi pour qu'ils ne sachent jamais d'où ça vient. Cela peut être ton destin. Prends ce qui est arrivé comme le signe que tu consacreras ta vie à faire le bien. Maintenant, les choses sont entre Dieu et toi. »

Nous avons attendu quelques instants avant d'appeler Helen et Earl.

Earl est resté à l'entrée, une ombre massive. Helen s'est avancée en pleurant. « Kyle a été bien élevé. Je veux que vous le sachiez. Il s'est laissé entraîner par les autres. » Elle est allée près de lui. J'ai pensé qu'elle avait calomnié Cheryl Carpenter pendant quelque temps au cours de cette longue journée, avant mon arrivée, en l'accusant d'avoir entraîné Kyle. C'était ainsi qu'elle allait participer à l'étouffement de l'affaire. On n'avait rien à reprocher à son fils. Cheryl était au centre de tout ce qui était arrivé.

Et c'est ainsi que les choses se sont passées. Chacun de nous, à sa façon, empêchait Kyle de se dénoncer. Nous nous disions qu'il y avait énormément de choses en jeu. Kyle Johnson ne comprenait pas comment allait le monde, comment on a une chance d'atteindre le sommet, à saisir avant qu'elle s'en aille. Il pouvait la saisir maintenant.

Mais bien sûr, c'étaient nos raisonnements, pas celui de Kyle, et il aurait à affronter les conséquences de ce que nous décidions ce soir-là, parce que aucun retour en arrière n'était possible. Cela était parfaitement clair cette première nuit.

En partant, j'ai dit : « Je ne pense pas qu'il y ait quelqu'un à accuser ici. Les accidents... les choses comme ça peuvent toujours arriver », et Helen avait beau approuver en hochant la tête, ses convictions ne lui permettaient pas de croire que la vie n'était pas contrôlée par une autorité supérieure ; elles ne lui laissaient pas la liberté de croire que son Dieu n'était pas un Dieu vengeur.

Elle a dit d'une voix sévère : « Nous nous réconcilions avec le Créateur. Nous exécutons ses commandements comme il nous l'a ordonné. »

Je ne savais de quels commandements elle voulait parler. Je ne le découvrirais que lorsqu'il serait trop tard – le courroux que le juste peut faire s'abattre sur les damnés.

J'ai eu beau refuser, ils m'ont quand même donné un lapin. Il était dans une caisse en bois, à côté de moi, sur le siège du passager, et il reniflait par les trous quand je me suis arrêté sur le bas-côté avant de descendre de voiture. J'ai penché la caisse jusqu'à ce que le lapin bouge à contrecœur, en griffant les côtés de la boîte avant d'en sortir. Mais il ne s'est pas éloigné. Il est resté là à flairer le bord de la route. Il pleuvait des cordes et le lapin ne semblait pas avoir décidé s'il voulait vraiment sa liberté, si ce qui l'attendait dans les champs de tiges de maïs noirâtres n'était pas pire que la captivité.

Chapitre 6

L'euphorie d'avoir parlé à Kyle a passé et je me suis senti fatigué. Je me suis demandé si je l'avais vraiment convaincu de quoi que ce soit. Même si j'avais réussi à atteindre Kyle, je ne savais pas quel sentiment de culpabilité rongeait Cheryl Carpenter. Tout cela m'inquiétait. J'avais lu quelque part : deux personnes ne peuvent garder un secret que si l'une d'elles est morte.

J'étais toujours en uniforme quand je me suis arrêté dans un bar qui s'appelait Les Cinq Coins. J'ai enfilé mon lourd manteau d'hiver pour me faire moins remarquer. Le bar baignait dans une lumière tamisée, ses murs étaient couverts de boiseries sombres. Il ressemblait à une salle de repos. Il était presque vide. J'ai commandé une bière et je me suis assis tout seul en tambourinant sur le comptoir, les yeux fixés sur les publicités pour bière ambrée qui étaient éclairées sur le mur. J'ai regardé ma montre.

J'ai voulu appeler le commissaire, histoire de voir s'il était au courant pour les autres passagers de la camionnette. Je laisserais les choses en suspens, à lui de décider. La situation ne se présentait pas comme on l'avait imaginé. Je le laisserais aussi appeler le maire. Je ne me sentais pas très à l'aise à l'idée de court-circuiter le commissaire, de prendre le poste qu'il avait gardé pour son gendre. Je voulais au moins lui parler, pour me rendre compte de ce qu'il ressentait, une fois que nous étions tous les deux loin du maire. Je n'avais qu'une chose à dire : il y avait des témoins. Cheryl au moins, et cela nous fournissait une issue. J'ai pensé que si je disais cela au commissaire il téléphonerait au maire et annulerait l'accord que nous avions passé pour étouffer l'accident. C'était dans l'intérêt du commissaire d'appeler le maire, et cela me tirerait du mauvais pas de devoir reprendre ma parole.

Mais sans que je sache pourquoi, je n'ai pas appelé le commissaire. J'ai seulement essayé d'imaginer à quoi cela ressemblait d'être commissaire, d'avoir une augmentation, de n'avoir plus de dettes. J'ai bu ma bière et j'en ai commandé une autre et encore une autre.

Sur le chemin du retour, j'ai fait un crochet pour passer devant chez ma femme, ce que je n'aurais pas dû faire, mais j'avais besoin de penser à autre chose. Elle habitait une maison à deux étages et façade blanche, en retrait de la route, d'une esthétique un peu austère, avec de très grandes fenêtres sans rideaux. Les lumières étaient allumées. La maison ressemblait à un décor de théâtre. J'avais du mal à imaginer qu'elle vivait là avec mon fils.

Seth Hansen, le nouveau mari de ma femme, était un chrétien fanatique qui vendait des polices d'assurance et travaillait avec la communauté amish. Il vendait sur catalogue leurs meubles fabriqués à la main, car la communauté amish haïssait le monde moderne mais voulait bien de son argent. Seth conduisait aussi leur minibus parce qu'à nouveau, les amish ne craignaient pas de voyager avec des moyens de transport modernes, ils ne voulaient simplement pas les conduire. Ça valait le coup de les voir dans leur minibus, comme un chargement d'épouvantails.

Je n'ai jamais compris Seth, comment Janine l'avait trouvé, mais je sais que c'était une histoire d'argent. Il le fallait. Seth boitait et avait un peu de ventre, mais il était habillé de façon très stricte. Il portait des costumes des années soixante-dix, complètement démodés, et des bottes noires reluisantes. Ce n'était pas le genre d'homme à qui l'on pouvait donner des coups de pied au cul, parce qu'il n'y avait aucun point de comparaison, aucune cause d'envie, de bravade masculine, ni de pose quand je l'ai rencontré à la première audience de divorce. En guise de cravate, il portait un de ces cordons qu'a rendus célèbres le colonel Sanders de la chaîne de fast-foods KFC. Il ressemblait à un vieil oncle gentil et plein de sous, mais c'était un self-made-man, il avait créé une entreprise qui répandait des pesticides sur les récoltes. Il avait cinquante-trois ans, quinze de plus que moi.

Je crois que je n'ai jamais pu imaginer Janine avec Seth. Merde, nous avions vécu la révolution sexuelle, imité les positions de *La Joie du sexe*, recherché les zones érogènes et le point G, toutes ces choses qui devaient nous amener à un niveau supérieur. Elle avait tout voulu, les gémissements du désir, les girations, une sexualité intense, épuisante, et nous avions fini comme ça, moi presque célibataire, et Janine repliée dans cette existence crépusculaire, à moitié dans le dix-neuvième siècle, à moitié dans le vingtième.

Mais notre fils était un enfant de la fin du vingtième siècle, un enfant de la thérapie, et des conseils pour l'incontinence nocturne, la dyslexie et l'hyperactivité.

Je n'étais pas tout à fait assez saoul pour leur rendre une petite visite, pour sauver mon enfant de son prétendu complexe d'infériorité.

Quand je suis arrivé chez moi, j'ai fait sortir Max du sous-sol. J'ai appelé Lois et je lui ai dit : « Excuse-moi. »

Elle a émis un petit bruit de mécontentement. « Ne t'en fais pas. Il y a longtemps que je n'attends plus rien des hommes. Alors, qu'est-ce que tu veux ?

— Je n'ai pas pu me libérer. » J'avais l'impression d'être dans un antifeuilleton télé, si jamais une telle chose existe.

« Où se trouve cet endroit où il n'y a pas de téléphone ? »

Derrière elle, Petey a poussé un cri. J'ai entendu le bruit de sa cage. Lois a dit brusquement : « Ne déchire pas ça, Petey, arrête ! Petey est méchant ! » J'ai entendu un autre cri, puis le bruit de la cage.

Je savais que Lois la recouvrait d'un tissu, pour qu'il croie que c'était la nuit. Pour Petey, la vie n'était qu'une journée perpétuelle parce que son horloge interne n'était commandée que par la lumière. C'est Lois qui me l'avait dit. Il n'y avait ni levers ni couchers de soleil, aucune nuance dans sa vie en captivité.

J'ai entendu que Lois fredonnait un air de Cole Porter que son mari aimait jouer, quelque chose dont il avait appris une partie à Petey. Lois a chanté le refrain : « Tu pourrais faire une grande carrière, tu as les dons. Une seule chose t'en empêche, tu es trop bon. »

Petey a repris : « Tu es trop bon. »

Quand Petey a été calmé, Lois a dit : « Tu es toujours là ? »

J'aurais voulu disparaître.

« Cette chanson me donne la chair de poule. » J'ai fait le bruit de quelqu'un qui frissonne. J'étais encore un peu saoul. « Tu sais, de temps en temps, je me demande ce que ça peut bien être pour Petey, pour une espèce des tropiques, de finir au milieu des États-Unis à assister à...

— À un suicide dans une chambre de motel ? »

J'ai respiré un grand coup : « Excuse-moi... je n'aurais pas dû dire ça. »

Elle a dit d'un ton sec : « Ce qui est fait est fait.

— Tu crois ? Écoute, je suis très content de te connaître, Lois, je veux que tu le saches. Tu vaux mieux que ma femme. Je suis sincère.

— Ça ressemble à une mauvaise relation sexuelle au téléphone. C'est ça ? J'ai l'impression que tu veux remettre ça à une autre fois, non ?

— Ne le prends pas personnellement.

— Il y a une autre façon de le prendre ? »

L'effet de l'alcool que j'avais bu au bar commençait à disparaître alors j'ai sorti mon bourbon et j'ai emporté mon verre et la bouteille sous la douche avec moi, ce que je n'avais pas fait depuis très longtemps. J'avais tendu le fil du téléphone jusque dans la salle de bains au cas où le commissaire m'appellerait pour savoir comment les choses s'étaient passées.

Je suis resté bien trop longtemps sous la douche, jusqu'à en avoir la pointe des doigts fripée. L'eau chaude se mélangeait à l'alcool. Les cubes de glace fondaient. J'avais du mal à tenir debout.

J'ai regardé le téléphone et j'ai essayé de le faire sonner par ma simple volonté, mais bien sûr, ça n'a pas marché.

Je suis sorti de la douche et je suis allé m'asseoir dans la cuisine. Max est venu me lécher les pieds, j'ai senti sa langue rêche sur ma peau. J'ai mis la radio sur la station locale pour faire du bruit.

Ils parlaient de Kyle Johnson et du match de vendredi soir. Il y avait de l'optimisme dans la voix de ceux qui téléphonaient. L'émission était en direct depuis un bar local. Et brusquement, je me suis rendu compte que j'avais interrogé Kyle la veille du plus grand match de sa vie. Pas étonnant qu'il ait eu peur, aller à un match pareil avec la mort d'une enfant sur la conscience.

J'ai pensé que son désir de se confesser pouvait avoir été une façon inconsciente de se soulager, afin d'être en mesure de jouer son match. C'était bien ça.

Cette nuit-là, j'ai rêvé à nouveau de cette enfant, un petit ange endormi sous les feuilles. J'ai vu Kyle Johnson qui me fonçait droit dessus avec sa camionnette. Je lui ai crié de s'arrêter jusqu'à ce qu'il soit presque trop tard. J'ai couru dans la rue et je suis tombé sur l'enfant, je me suis pelotonné autour d'elle et j'ai senti le choc sourd de la camionnette avant de pousser un cri. Mais ce n'était que Max qui sautait sur le lit.

Chapitre 7

J'ai attendu le maire dans son bureau. Une frénésie d'activité emplissait les couloirs. Le quart de finale avait lieu le soir même. Betty portait des vêtements aux couleurs du lycée, un mélange qui tenait du cauchemar : une jupe bouffante, des chaussures bicolores et des socquettes.

Elle m'a regardé et m'a dit : « Comment tu te sens, Lawrence ? »

J'ai haussé les épaules et j'ai attendu en silence.

Le maire est enfin sorti de son bureau. Il portait un sweater de champion, comme les gosses chez les glaciers dans les années cinquante. Ça m'a coupé le souffle.

Le maire parlait à un jeune journaliste venu en ville couvrir le match. Il lui disait que notre rivière Saint-Joseph coulait dans le sens inverse des autres, vers le nord, pour se jeter dans le lac Michigan. « Il y a une métaphore là-dedans. » Le maire a posé la main sur l'épaule du journaliste.

Quand il m'a vu, il m'a adressé un grand sourire. « Lawrence, eh bien, c'est un plaisir. » Il a repris la parole avant que j'aie pu dire quelque chose. « On a attendu cette journée toute notre vie, pas vrai ? »

J'ai dit : « C'est un moment décisif. » Je n'avais pas la moindre idée de ce que cela signifiait mais c'était le genre de phrase que prononcent les hommes politiques.

Le maire a dit : « Citez-le. "C'est un moment décisif !" Ça me plaît... Phil, permettez-moi de vous présenter l'étoile montante, le représentant de la loi dans cette ville. »

Le journaliste m'a demandé : « Comment s'écrit votre nom ? » et le maire a profité de ce bref instant pour me fuir, en disant à Betty : « Si quelqu'un a besoin de moi, je suis au lycée. »

Je l'ai suivi dans le couloir. Je lui ai dit : « Il y en avait trois autres dans la camionnette avec Kyle. »

Le maire s'est arrêté et a attendu tandis qu'un type de chez Titles and Deeds sortait de son bureau, portant la chemise blanche et le nœud papillon d'un serveur de sodas, avec les lunettes caractéristiques à monture noire.

Puis le maire a posé un bras sur mes épaules, et il a murmuré : « C'est le destin qui nous tire en avant. Vous ne le sentez pas, Lawrence ? Voulez-vous rester à la traîne du destin ? »

Il était parti avant que j'aie eu le temps de répondre.

Après le départ du maire, le commissaire est apparu dans l'escalier. Il tenait une de ces énormes mains en mousse avec un index dressé qui signifiait : « Nous sommes n° 1. » Le commissaire a levé les yeux vers moi assez longtemps pour que nos regards se croisent : « Vous avez déjà rédigé votre rapport ? »

J'ai dit : « Je suis en train. »

Je suis passé devant le bureau de Lois. Elle téléphonait. Elle aussi s'était métamorphosée en vieille vendeuse de sodas débutante. Elle portait un col à la Peter Pan et un collier de fausses perles. Elle avait les cheveux attachés en queue de cheval. Elle m'a vu mais elle n'a rien dit et s'est retournée pour ne pas parler.

Je n'ai terminé mon rapport qu'en fin d'après-midi. Les bureaux étaient pratiquement déserts. Lois n'était pas venue me voir. Je l'avais appelée sur son poste et elle n'avait pas décroché. Je me suis arrêté devant son bureau, mais elle était partie pour le week-end. J'ai senti l'odeur de pin des crayons qu'on vient de tailler. Sa tasse était lavée et posée à l'envers sur une serviette.

J'ai enfilé le long couloir du vestibule principal, puis j'ai grimpé l'escalier de bois en colimaçon jusque sous le dôme du dernier étage. Pendant un moment, j'ai regardé l'histoire de la région peinte sur les lattes en bois, et j'ai vu comment les Grands Lacs s'étaient formés avec le retrait des glaciers pendant des milliers d'années, jusqu'à la vie des premiers colons indiquée par des cabanes en bois au milieu d'une clairière, dans une lumière de miel ; la bénédiction divine brillait entre les arbres.

Une autre fresque représentait un Indien Potawatomi vêtu de fourrures, à qui un missionnaire français donnait le baptême dans une petite chapelle de bois. Sur un parchemin stylisé, il y avait une simple déclaration de ce que nous avions fait à la population indigène, quelque chose qui s'intitulait *Reproche du Peau-Rouge* :

Hélas pour nous, nos jours ont pris fin,
D'un rivage à l'autre nos feux sont éteints,
Pour nous le cerf sauvage ne bondit plus,
Nos terrains de chasse sont livrés à la charrue.

Il n'y avait personne au deuxième étage. Je suis resté dans le bureau de Betty où j'ai regardé les vitres dépolies du bureau du maire déformer la lumière extérieure. Des bruits montaient d'en dessous. Une voiture a klaxonné, quelqu'un a ri, la fin du grand exode vers le match de ce soir.

Les vieux radiateurs sifflaient et dégageaient une chaleur sèche de couveuse. Sur le bureau de Betty, il y avait une machine à écrire et un Dictaphone relié à une pédale, une boîte de Kleenex et un tube de crème pour les mains, un modèle familial d'une taille absurde. Je ne sais pas pourquoi je me suis senti obligé de faire ça, mais j'ai fouillé sa corbeille à papier, j'y ai vu des Kleenex roulés en boule avec de nombreuses marques de rouge à lèvres, les nombreux baisers non payés de retour.

Et brusquement, je me suis demandé si elle aussi savait ce qui se passait, si le maire avait des secrets pour elle.

Mon propre avenir n'était pas encore scellé. Mais je suis allé dans le bureau du commissaire, j'ai posé le rapport sur son bureau, un rapport qui affirmait qu'il n'y avait pas de traces matérielles sur la camionnette indiquant un accident avec délit de fuite et que, en outre, lors d'un interrogatoire, Kyle Johnson avait déclaré n'avoir rien vu ni rien entendu cette nuit-là. J'avais remarqué que son comportement pendant qu'il répondait aux questions ne faisait que renforcer sa crédibilité. Il était sous le coup de l'émotion, répondait à toutes les questions avec une grande franchise, sans aucune hésitation dans la voix.

Je terminais mon rapport sur ces mots : « C'est une fausse piste. »

Le match avait lieu à l'université, parce qu'ils avaient l'éclairage nécessaire et la possibilité d'accueillir la foule qui viendrait. Je n'avais pas à patrouiller à proximité parce que l'université avait son propre service de sécurité, et le campus n'était pas sous ma juridiction.

J'aurais dû assister au match mais j'avais peur de ce qui pourrait se passer si Kyle ne gagnait pas. Il n'affrontait pas seulement l'image de l'enfant qu'il avait tuée, mais aussi la vengeance d'Earl. Leurs destins étaient inextricablement liés et je voyais que plus Kyle progresserait plus Earl le mépriserait. Il ne s'agissait pas seulement de ce match, ce seraient tous les matches de sélection puis sa carrière à l'université et chez les professionnels. Mais pour l'instant, seules comptaient les rencontres qui devaient nous mener jusqu'à la finale du championnat d'État.

J'avais l'image de Kyle perdant à la fin du match, découvrant l'absurdité de sa vie, s'immobilisant lors d'une passe. Je l'imaginais recevant un choc, tombant à terre et restant là longtemps, replié sur lui-même comme l'enfant qu'il avait tuée.

J'ai pensé faire demi-tour pour aller reprendre mon rapport sur le bureau du commissaire et attendre pour voir comment se terminerait le match. Dans un sens, j'espérais qu'il perde. Cela me permettrait de m'en sortir. Kyle pourrait s'en tirer quand l'affaire retomberait après la défaite. L'histoire de son implication dans l'accident aurait perdu tout sensationnalisme. La course vers la victoire serait terminée.

Je suis rentré chez moi, j'ai donné à manger à Max et je l'ai à nouveau enfermé dans le sous-sol. J'allais partir quand il s'est mis à geindre et à gratter la porte. Je l'ai laissé sortir et je l'ai emmené avec moi, et l'excitation de ses aboiements m'a fait sourire.

J'ai décidé d'aller à l'université où avait lieu le match et j'ai emmené Max dans la foule des voitures qui se suivaient, au milieu du vacarme de la musique, parmi tous ceux qui se pressaient sur l'immense parking de l'université, et les types impatients en veste de chasse qui tendaient leurs verres en plastique sous les robinets des tonnelets de bière mousseuse et bon marché. Les femmes buvaient du schnaps et du café pour lutter contre le froid, elles s'affairaient autour de grils de fortune sur lesquels elles faisaient cuire des steaks et des bratwursts, et elles disposaient des brownies et des gâteaux de riz sur des tables de pique-nique.

Nous étions l'une des communautés américaines les plus stéréotypées et c'était notre titre de gloire, une population blanche trop grosse qui aimait les sandwiches, et qui servait de test pour les grandes sociétés d'alimentation. Nous étions l'inconscient collectif. Chaque jour, nous donnions forme à ce que nos compatriotes trouveraient sur les étagères de leurs magasins, ayant décidé à un moment dans le passé, tout à fait à notre insu, de l'intérêt d'avoir à la fois du beurre de cacahuète crémeux et du beurre de cacahuète en motte, de la chair à saucisse en pâté et des saucisses en chapelet, des céréales en fibres et des produits pauvres en calories, et de la crème qui ne soit pas à base de lait. Nous avions été les premiers à goûter le sandwich McRib et le Filet o'Fish.

Je me suis arrêté à un stand dans lequel un type habillé en chips distribuait des chips débarrassées de cent pour cent de matière grasse. On les testait avant de les lancer sur le marché. C'était le Saint Graal de l'industrie alimentaire – le goût sans les conséquences, le péché sans la culpabilité. Un autre type habillé en pomme de terre, avec le nom « Chips » inscrit sur une étiquette, expliquait comment ça marchait, comment la graisse ne se digérait pas et traversait directement l'intestin. Cela semblait extraordinaire.

Les pompiers volontaires locaux offraient leurs côtelettes et leur porc rôti traditionnel. Le porc luisait en tournant sur une broche et on avait fourré une pomme dans sa gueule grimaçante. Le concours du lancer de bottes de pompier en caoutchouc était chaudement disputé. Le premier gagnerait cent dollars.

J'ai continué à marcher, et de l'autre côté de

l'immense étendue du parking, j'ai vu les projecteurs géants du stade qui créaient un halo de lumière et j'aurais parié que des extraterrestres pouvaient le voir de l'espace.

Je suis remonté en voiture et je suis parti. Je me suis retrouvé en train d'ouvrir la porte de Lois avec la clef qu'elle m'avait donnée. Elle était allée voir le match. J'ai laissé Max dans la voiture parce que Petey détestait les chiens, entre autres choses.

Le perroquet s'est mis à voler dans sa cage et à pousser des cris quand il m'a vu. Il a gonflé ses plumes. J'ai recouvert la cage avec le rideau.

J'ai trouvé l'endroit où Lois rangeait sa vodka et je me suis mis à boire. Il était près de dix-huit heures quarante-cinq et le match ne commençait pas avant vingt heures.

À dix-neuf heures quarante-cinq, j'ai laissé Petey sortir de sa cage. Au cours d'une discussion sérieuse pour savoir pourquoi il ne pouvait pas me blairer, il s'est envolé pour atterrir sur les placards de la cuisine. J'ai pris un balai pour le chasser de là-haut, mais il s'est rapetissé et s'est tassé dans le coin. Je savais que Lois me ferait la gueule.

J'ai continué à boire en regardant l'heure. Je crois que j'attendais le début du match pour allumer la télé.

Il serait bientôt vingt heures.

Je n'arrivais pas à le croire. Il y avait un spectacle d'avant-match pour une rencontre avec une équipe de lycée. Un reportage préenregistré sur la réunion d'encouragement de l'équipe.

L'image s'est brouillée comme s'il pleuvait. Je me suis levé pour essayer de régler l'antenne, et je suis resté debout à la tenir, parce que dès que je bougeais, l'image devenait si mauvaise que je ne voyais plus rien.

Une vue aérienne montrait toute notre ville, comme

un jouet un peu simpliste vu d'en haut. Il était tombé une légère couche de neige. Une voix donnait les statistiques essentielles pour savoir qui nous étions et de quoi nous vivions à cent cinquante kilomètres de Chicago.

Quelques commerçants balayaient devant leur boutique dans la partie ancienne de la ville et levaient les yeux pour saluer des résidants qu'on ne voyait pas. Tout cela était manifestement mis en scène. On ne montrait pas le centre commercial, rien pour indiquer à quel point nous avions changé.

Il y avait un passage sur la communauté amish, sur les citoyens barbus, vêtus de noir, dans leurs champs en train de réparer une clôture, et on voyait la buée de leur respiration dans l'air froid du matin. Deux corbeaux croassaient comme des contremaîtres miniatures qui donnent des instructions.

Dans la grange d'une ferme amish, la caméra a découvert un père et son fils qui travaillaient sur un bureau à cylindre à la lueur d'une lampe à huile. Ils s'affairaient apparemment sans s'occuper de la caméra qui a fait un gros plan, et une voix a parlé de l'habileté et du souci du détail du vieux monde transmis depuis l'Europe. Puis la caméra s'est arrêtée sur une vache couchée dans des copeaux de bois. Rien n'était perdu. L'énorme bouche du bovin aux lèvres roses était hérissée des restes de son dernier repas.

Une petite fille, avec un tablier couleur flocon d'avoine, est entrée dans la grange et a ramassé des œufs, puis elle est partie avec son panier et s'est dirigée vers une maison à la façade triste au milieu des champs. La caméra l'a suivie et la séquence s'est terminée par une vue aérienne.

La caméra a enfin trouvé le lycée, elle s'est engagée dans le labyrinthe des couloirs, elle est passée devant les salles de classe et la cafétéria, devant le bureau du proviseur et l'armoire des trophées, puis elle s'est dirigée vers un vacarme qui devenait de plus en plus fort, jusqu'à ce que s'ouvrent les portes de la salle de sport. La télé s'est remplie du bruit assourdissant de tous les lycéens tapant des pieds sur les gradins. La fanfare du lycée jouait dans ce tapage pendant que les *pompom girls* formaient une pyramide. Le maire disputait une course de tricycle avec le proviseur et les professeurs. Tous semblaient d'une taille absurde sur les tricycles en pédalant de biais dans la salle.

Les différents membres de l'équipe se trouvaient sur une estrade de fortune, ils portaient leurs vestes de champions et tapaient dans leurs mains. Le maire a remporté la course. Il s'est redressé et a fait la révérence, puis il s'est dirigé vers l'estrade sous les cris de la foule et, sans dire un mot, en hochant simplement la tête, comme un maître des cérémonies consommé, il a ouvert les bras pour présenter l'équipe, et le vacarme a atteint son maximum. La caméra s'est arrêtée sur Kyle Johnson. Il avait l'air solide et compétent, le centre de tous les regards.

La télé a passé une page de publicité sur le garage du maire. J'ai reposé l'antenne intérieure et je me suis versé un autre verre. Merde, j'en avais la chair de poule, voir que quelque chose comme ça pouvait en même temps s'emparer des vies que nous menions, et nous laisser libres. Nous ne recherchions pas la vérité, mais le mythe.

J'ai fini par écouter la retransmission du match à la radio, parce que l'image était trop mauvaise à la télé. J'ai attendu que Kyle craque pendant près de trois heures, en marchant nerveusement tout au long d'un match qui aurait pu tourner autrement jusqu'à ce que l'autre équipe s'écroule au milieu du dernier quart-temps.

J'étais sûr que Kyle sentait le démon de la culpabilité

ramper en lui. J'attendais qu'il s'effondre mais il pensait à autre chose, et quand on a repris la balle, il a fait une passe époustouflante à notre coureur arrière amish, le géant Noah Yoder, qui a complété une première tentative d'une série offensive.

Kyle était capable de ça, tirer le meilleur des autres. Il nous a fait remonter alors qu'on était au bord de l'élimination, dans un de ces improbables retours tardifs dont on ne peut que rêver, et il a fait ce qu'aucun autre n'avait fait depuis trente-six ans, il nous a menés en demi-finale du championnat d'État. Il a lancé un dernier essai, puis nous avons repris la balle sur interception, et alors que le temps réglementaire touchait à sa fin, après une feinte de quarterback, Kyle a couru seul sur trente-deux yards au moment où le match s'achevait.

J'étais debout, je hurlais et ça cognait dans ma tête. La petite grille du haut-parleur avait du mal à contenir les vibrations que créaient les hurlements du public.

J'ai senti que mes yeux se remplissaient de larmes, parce que j'avais trop bu mais aussi pour des raisons plus subtiles. Mon propre gosse assistait au match. Sa voix faisait partie des hurlements. J'étais séparé de lui. J'avais conscience de ce simple fait. Seth l'avait emmené voir le match.

Et au centre de tout, je savais que j'étais pour quelque chose dans le fait que Kyle avait joué cette partie, je lui avais mis dans la tête des choses qu'un père peut murmurer à un fils, je l'avais convaincu de sa propre bonté, de son humanité, je l'avais persuadé qu'à certains moments nous devons garder notre tristesse et la cacher aux autres. J'avais parlé à Kyle comme je ne serais jamais capable de parler à mon propre fils. J'avais été la voix qui lui avait rendu l'espoir. Je lui avais dit à voix basse comment il pourrait survivre et faire de grandes choses.

Je suis sorti dans la nuit argentée, je suis resté à l'abri de l'auvent sous lequel Lois rangeait sa voiture, jusqu'à ce que le froid me saisisse. Kyle Johnson était notre délivrance, le personnage qui marquerait nos vies – nos vies avant et après Kyle Johnson. Je me sentais comme ceux qui viennent de serrer la main du Président, comme si sa seule présence avait ennobli leur vie.

Max léchait la fenêtre embuée. Sa tête est apparue. Je l'ai laissé sortir pour faire le tour du quartier et j'ai regardé dans les living-rooms des quelques personnes restées chez elles, je les voyais qui riaient, qui buvaient et qui se tapaient dans les mains.

J'ai vu une lumière allumée dans le camping-car de l'autre côté de la rue, chez M. Peterson. Il avait prévu de visiter le pays, il avait acheté ce camping-car pour sa retraite, mais il était devenu sénile. Maintenant, il se contentait de tourner en rond dans son camping-car en essayant de se rappeler à quoi ça servait. J'ai voulu aller lui dire ce qui était arrivé. Je voulais partager ce moment avec quelqu'un, mais il y avait longtemps qu'il ne comprenait plus rien.

Max poursuivait un chat dans une cour. J'ai fini par le remettre dans la voiture.

Chez Lois, je me suis allongé sur le canapé et j'ai pensé à Kyle Johnson, je l'ai imaginé sous son casque, prenant cette dernière décision, je l'ai vu qui cherchait quelqu'un à qui passer le ballon, puis il se rendait compte que les attaquants étaient enfermés, alors il se précipitait vers l'en-but, il s'en approchait à cinq yards, un type le plaquait aux jambes, et au plus profond de lui il trouvait l'énergie de se soulever, de tendre les bras et de marquer.

J'avais bien fait de suivre le match à la radio, d'accorder à mon esprit la liberté de recréer l'image, de la laisser se répéter à l'infini dans ma tête.

C'était le courage qui avait poussé Kyle à agir avec moi comme il l'avait fait. J'en étais sûr. Ce gosse était superstitieux. Au bord de la gloire, à la veille du plus grand match de sa vie, il avait voulu faire ce qui était bien, ne pas entamer la partie en doutant de soi. Qui aurait pu l'en blâmer ?

Bien sûr, il avait eu peur, comme si Dieu avait mis un obstacle sur son chemin. C'était presque biblique. Je voyais bien que Kyle pensait en ces termes, conditionné par la religion de sa mère, mais il avait trouvé une façon de vaincre ses peurs. En fin de compte, il n'y avait eu aucun châtiment, aucune responsabilité. Lors de ce match final, en voyant les attaquants enfermés, il avait abandonné le jeu habituel et laissé son instinct décider de son avenir. Il avait tout repoussé, l'horreur de ce qu'il avait fait à cette enfant, et il avait accompli sa propre destinée.

Nous étions en demi-finale.

Je n'éprouvais que de bons sentiments à l'égard de Kyle Johnson, pour sa capacité à réagir, pour son sens inné de la survie, pour la façon dont il avait vaincu la noirceur des deux derniers jours. C'était la nature d'un survivant, d'un type capable de revenir et de gagner des matches.

Le maire était peut-être comme ça, lui aussi, et même le commissaire, dans ces parties de cartes anonymes au cours desquelles ils trichaient. Ils avaient retiré l'élément hasard de la vie. Ils avaient parié sur l'esprit de compétition de Kyle Johnson, en sachant qu'il ne les laisserait pas tomber, et ils avaient eu raison ! C'était aussi simple que ça.

J'ai encore descendu trois vodkas en buvant à la santé de chacun des trois, puis une autre à ma santé, parce que j'avais l'impression d'avoir scellé mon destin – et bien sûr, d'une certaine façon, c'était vrai.

Chapitre 8

Un peu plus tard, j'ai entendu la voiture de Lois dans l'allée. À ce moment-là, j'avais bu quelque chose comme huit vodkas. La bouteille était presque vide. Je me suis levé et j'ai ouvert le rideau d'un grand geste d'ivrogne.

Lois fixait la maison. Ma voiture était rangée à la place de la sienne.

Max s'est mis à aboyer et à gratter la vitre.

Le commissaire s'est arrêté derrière Lois et il est descendu de voiture. Lois m'a regardé et elle a hoché la tête. J'étais debout devant la fenêtre et je me protégeais les yeux avec les mains afin de pouvoir distinguer dans le noir.

Le commissaire a vu ma voiture. Je crois qu'il disait quelque chose. J'ai entendu des voix, puis il m'a remarqué derrière la fenêtre. Il tenait une bouteille de quelque chose, comme s'il allait à une fête. Il avait toujours cette grande main en mousse. D'après sa démarche, il devait avoir beaucoup bu. Sa voiture était décorée de banderoles.

Lois est allée jusqu'à lui, elle a posé la main sur son bras et lui a dit quelque chose, mais le commissaire a retiré son bras et il a tendu l'énorme doigt de mousse vers moi. Il a fait demi-tour, il est monté dans sa voiture et il est parti. L'avant de sa voiture a heurté le muret de l'allée et des étincelles ont jailli dans l'obscurité.

Je ne savais absolument pas comment je pouvais faire partie de ce triste spectacle, la rivalité avec le commissaire pour Lois. Mon sens du pathétique s'est approfondi. J'étais là, avec ma Chevrolet Citation sous l'auvent de Lois, le modèle juste au-dessus de la Chevette de Lois.

Lois a immédiatement senti l'odeur d'alcool en franchissant la porte. « Merde, qu'est-ce que tu fous ici ? Ne me dis pas que tu étais au match comme ça ! »

Petey a poussé des cris sur son placard et il s'est envolé pour aller se poser sur l'épaule de Lois. Il a sifflé dans ma direction.

« Mais qu'est-ce qui se passe ici ?

— J'espère que je n'ai pas gâché ta petite soirée, Lois. Tu as repris tes vieilles habitudes ? » Je me suis approché d'elle mais Petey lui a pincé le doigt.

« Merde, Petey. Non ! » Elle a essayé de l'attraper mais Petey a volé autour de la cuisine avant de se poser sur les placards où il a doublé de volume en marchant de côté et en se balançant d'avant en arrière, très en colère.

« Mais qu'est-ce que tu lui as fait ? »

Sa main saignait. J'ai dit : « Écoute », mais elle s'est reculée.

« Fiche le camp, tout de suite, espèce de connard ! »

Elle avait posé son autre main sur sa blessure mais le sang coulait entre ses doigts. Elle est allée dans la salle de bains.

Je l'ai suivie avec mon verre. « Excuse-moi. »

Elle a fait couler de l'eau froide sur sa main. L'eau est devenue rose. « Merde, Lawrence, tu n'aurais jamais dû le laisser sortir de sa cage. » Elle reniflait en parlant. « Tu ne devrais même pas être ici ! Qu'est-ce que tu me veux ? »

J'ai fait un pas hésitant d'ivrogne vers elle, et je lui ai pris le poignet. « Attends, laisse-moi faire. » J'ai plongé un doigt dans ma vodka et je lui ai tamponné la main.

Lois a eu un petit mouvement de recul. « Arrête. » Mais sa voix était plus calme.

« Ne bouge pas. » J'ai terminé en lui posant un sparadrap sur la main et elle a grimacé. Elle a respiré un grand coup. Elle avait des larmes dans les yeux.

J'ai murmuré : « Je suis désolé. Tu veux appeler le commissaire pour lui dire de revenir ? Je vais partir tout de suite. »

Lois a secoué la tête. « Ne... Arrête de me parler de ça. »

Petey a monté l'escalier en volant à moitié avec ses ailes coupées. Il ne pouvait pas voler très loin. Il a sautillé dans le couloir et s'est installé devant la porte en nous lançant un regard méfiant.

Lois a levé la main. « Va te faire voir, Petey. » Petey a gonflé ses plumes. « Tu sais combien de temps ça vit, un perroquet, Lawrence ? Quatre-vingts ans et plus, autant que ça. Tu sais ce qui va se passer ? Petey va tous nous enterrer. » Lois a reniflé à nouveau et s'est essuyé le nez sur son épaule. « Je crois que Lionel a fait ça par dépit. Je le jure devant Dieu, il a acheté ce perroquet pour me contrarier. »

J'ai souri.

Lois a continué à parler. « Lionel était le genre de type à savoir combien de temps vivent les perroquets. Il avait cherché quelque chose comme ça. » Elle s'est assise sur le couvercle des toilettes et a bu une longue gorgée de mon verre. « Voilà mon existence. Petey me fait la cour. Tu le savais ? »

Je lui ai à nouveau pris la main et je lui ai dit : « Excuse-moi. »

Lois m'a repoussé. « Tu n'es pas en cause, tu

m'entends ? Pourquoi est-ce que les hommes croient toujours qu'ils sont en cause ? »

Je n'ai pas répondu.

Lois a bu une autre gorgée. « Petey aime beaucoup faire un nid avec de vieux journaux. Puis il me pince le doigt et m'entraîne vers sa cage. Il dit : "Petey bon garçon." Il ne cesse de dire ça. C'est Petey ceci, Petey cela. »

Elle a élevé la voix. « Je suis peut-être une femme facile, mais pas comme ça, tu m'entends, Petey ? Où est-ce que tu as bien pu trouver dans ta tête que tu pouvais te conduire comme ça avec une femme comme moi ? » Elle est allée dans le couloir et Petey a poussé un cri, les ailes déployées, en se balançant, avant d'essayer de lui attraper la cheville pour l'entraîner avec lui. « Tu n'es qu'un plumeau pour épousseter les meubles ! Tu m'entends ? Un plumeau ! »

Nous sommes allés dans sa chambre où nous nous sommes enfermés pour échapper à Petey, qui a tapé dans la porte avec son bec avant de renoncer. Lois a touché le sparadrap sur sa main pendant qu'il se calmait, et s'est assise sur le bord du lit. Après avoir recouvré ses esprits, elle a ouvert la porte mais Petey était déjà parti.

Elle a crié : « Je te pardonne, d'accord ? » Puis elle est revenue dans la chambre.

Je l'ai regardée se déshabiller, j'ai vu la marque rosâtre que ses collants lui faisaient à la taille, comme si on l'avait sciée en deux. Elle s'est assise devant le miroir de sa table de toilette et a commencé à se démaquiller. La lumière du miroir faisait une sorte de halo rougeoyant.

Petey est entré. Lois l'a installé pour qu'il puisse se voir dans le miroir et l'a embrassé sur la tête. La pièce tournait autour de moi. J'ai essayé de me relever. « Je devrais peut-être m'en aller... »

Lois m'a regardé. « Tu n'es pas en état de conduire. Reste... Je veux que tu restes. » Elle s'est passé un peigne dans les cheveux.

La tête de Petey a pivoté et son œil a saisi la lumière.

J'avais froid, mal à la tête.

« Tu veux de l'aspirine ? C'est de ça que tu as besoin.

— Je vais partir... Il faut que je rentre chez moi. »

Lois m'a ignoré et elle est sortie, suivie de Petey. Je l'ai entendue qui lui parlait. Elle est revenue et s'est assise à côté de moi, et elle m'a donné des cachets d'aspirine et un verre d'eau.

J'ai avalé les cachets et bu l'eau.

Petey avait l'air tout petit, sur le plancher, d'où il me regardait. Je me suis levé pour m'en aller et je me suis aperçu que j'en étais incapable.

« Dors, Lawrence. »

J'ai fermé les yeux et j'ai entendu Lois chasser Petey de la chambre. Quand j'ai rouvert les yeux, Lois respirait tout doucement. Elle a posé un doigt sur mes lèvres comme si je ne devais rien dire.

« Prends-moi dans tes bras, Lawrence. »

À ce moment-là, Lois m'a raconté que la mère de l'enfant morte était allée au funérarium, ce même jour, avant le match. Le bureau du coroner avait rendu le corps. J'avais les yeux fermés. J'ignorais ce qu'elle savait, si le commissaire lui avait dit quelque chose, s'il avait reconnu ce qu'il avait fait.

Lois a murmuré : « La femme a demandé qu'on arrache les dents de la petite fille et qu'on les lui donne... Elle a voulu qu'on lui coupe les ongles et une boucle de cheveux. L'entrepreneur des pompes funèbres a dit qu'elle était comme un zombie. Il nous a appelés au commissariat. Le commissaire y est allé et il l'a raccompagnée chez elle. Personne n'est venu la voir, personne, pas de famille, rien. »

Je sentais que Lois tremblait. Elle s'est assise. « Est-ce que les gens peuvent vivre comme ça, aussi seuls ? »

La pièce s'est mise à tourner. Je me suis concentré sur le ventilateur du plafond.

J'ai dit calmement : « J'ai attendu plus d'un an avant de parler de mon divorce à mon père. »

Lois m'a regardé. J'ai vu son visage tout près du mien et j'ai fermé les yeux.

Je me suis réveillé en pleine nuit. La télé était allumée, le son réglé très bas. J'ai entendu un type qui expliquait sa méthode pour réussir dans l'immobilier, comment on pouvait acheter des maisons sans argent. Des couples témoignaient en disant qu'ils avaient des revenus à six chiffres, et que leur mariage et leur confiance en eux s'étaient développés.

J'ai regardé la télé. Le type qui vendait des cassettes sur l'immobilier était assis sur le balcon d'un hôtel hawaiien en front de mer. Sur la table, il y avait une boisson des îles avec une ombrelle en papier. Il montrait les cassettes et offrait une garantie en argent. Les vagues se brisaient à l'arrière-plan.

Puis j'ai entendu un aboiement lointain, et je me suis souvenu que Max était dans la voiture.

Les aiguilles phosphorescentes du réveil de Lois indiquaient cinq heures et demie. Sur la petite table de chevet, à côté du réveil, j'ai vu une statuette de chat sur le dos, les pattes levées. C'était un récipient pour chewing-gums. Lois avait posé un chewing-gum mâché entre les pattes du chat et brusquement j'ai senti l'odeur de menthe verte.

Je suis parti sans réveiller Lois.

J'ai trouvé le journal au bout de l'allée en partant.

Sous le gros titre de notre victoire, dans un petit encadré, on indiquait brièvement que la petite fille avait été incinérée au cours d'une cérémonie intime. C'était triste et terrible de penser qu'une enfant était réduite à un tas de cendres.

D'une certaine façon, je me sentais responsable de cette absence de fin. Debout dans le petit matin glacé, je tremblais en pensant à la vie de cette enfant, effacée comme ça, par notre marche délirante vers un championnat, et je me suis dit que le personnage central de toute cette affaire, sur mon ordre, se cachait derrière un masque impénétrable de footballeur.

Chapitre 9

L'adolescence des filles est un sport sanglant, autant que le foot et le basket. Rien ne peut se comparer aux rivières menstruelles silencieuses qui coulent, inaperçues, de chaque femme.

Dans le silence glacé du gymnase, j'ai vu les traces laissées par Cheryl Carpenter, la petite amie de Kyle, là où elle s'était tordue de douleur sur le plancher ciré.

Cheryl était allée se faire avorter la veille. Un flic du comté voisin avait relevé les numéros d'immatriculation des voitures stationnées devant la clinique. Pour nous, c'était la routine de contrôler les cliniques pour un échange non-officiel d'informations. Les conservateurs de la ville n'avaient jamais accepté la loi de l'État, et depuis la légalisation de l'avortement, on avait noté des agressions sporadiques de cliniques et de patientes.

Apparemment, le lendemain Cheryl avait souffert de complications et avait eu un début d'hémorragie interne. On l'avait déjà transportée à l'hôpital en ambulance quand je suis arrivé.

Stan Tanner, le proviseur, se tenait à côté de moi. Il avait téléphoné au commissaire, un ami personnel, et le commissaire avait demandé à Lois de me contacter pour que j'aille voir Kyle au lycée. Une nouvelle fois, on me contrôlait à distance, en tout cas ça y ressemblait.

Tanner m'a mis au courant. Pendant un interclasse, le bruit s'était répandu que la copine de Kyle faisait une fausse couche et perdait du sang. Quand Kyle l'avait appris il s'était mis à hurler, à donner des coups de poing dans les placards des vestiaires, puis il avait disparu. Ce n'était qu'à la reprise des cours que les gosses avaient vu Kyle, avec son casque et ses protège-chevilles, lancer des balles incroyables sur toute la longueur du terrain.

Quand je suis arrivé au lycée, Kyle était revenu seul dans le vestiaire, il avait défoncé quelques placards et était retourné en classe.

C'était vraiment sinistre de me retrouver avec le proviseur dans le gymnase, là où les élèves se réunissaient avant les matches pour encourager leur équipe, là où Kyle avait fait se dresser la foule en délire, et où maintenant sa copine était tombée à genoux.

Mon arrivée dans le bureau du proviseur a été accueillie par un grognement semblable à celui d'un porc. Des élèves un peu louches étaient en retenue dans la pièce attenante. Stan leur a lancé un regard furieux et ils l'ont regardé à leur tour en souriant à moitié, complètement défoncés. Ils arboraient tous l'uniforme des rebelles, les longs cheveux filasse, les chaussures non lacées, des tee-shirts d'un concert de RUSH et des chemises à carreaux. Le bureau sentait le beurre de cacahuète, la confiture et le hasch.

Stan a fermé la porte en verre dépoli. « Asseyez-vous. »

Je le connaissais du temps où Janine et moi nous faisions partie d'un club de bridge. C'était un type bien mais sa tenue laissait à désirer. Il portait lui aussi des vêtements de loisir, comme le nouveau mari de Janine, avec des coutures apparentes noires ou blanches. Il avait une moumoute teinte de la même couleur que celle de Roy Orbison.

Stan a feuilleté son fichier pour rechercher l'emploi du temps de Kyle.

« Vous savez, j'ai l'impression d'être un gardien de zoo, surtout en ce moment ! » Il m'a regardé. « Je ne sais pas pourquoi nous éprouvons toujours le besoin d'envoyer nos enfants faire un travail d'homme. C'est ce qu'on fait toujours, on se cache derrière notre propre médiocrité, on envoie nos gosses mener nos guerres. »

Stan s'est penché avec un air de conspirateur. « Je déteste le sport. C'est la pure vérité. Personne ne reçoit de véritable enseignement aujourd'hui. Les réunions pour encourager les équipes se succèdent en permanence. Je vous le dis, j'aimerais faire sauter ce gymnase à la dynamite. »

Je l'observais. Il avait un bocal de bonbons à la menthe sur son bureau.

« Nous sommes une équipe de deuxième division avec un joueur de première division. Voilà ce qu'est devenu le lycée. »

J'ai un peu haussé la voix : « Stan ? »

Il a levé les yeux, tenant à la main l'emploi du temps de Kyle.

Je me suis éclairci la gorge : « Cheryl... c'est une bonne élève ?

— Excellente. 18 de moyenne. » Stan a vérifié à nouveau son fichier. « Ouais, voilà sa fiche. Brillante en biologie, en anglais et en maths. Vous la voulez ?

— Non... je demandais, c'est tout », mais il m'a quand même passé la fiche. J'ai regardé les notes. « Ce n'est pas exactement le profil d'une *pompom girl*.

— Dans les établissements comme celui-ci, on fait ce qu'il faut pour s'intégrer.

— Je n'avais jamais vu les choses sous cet angle. » J'ai laissé passer un moment de silence. « Vous savez depuis combien de temps ils sont ensemble, Stan ?

— Depuis le début du semestre, je pense. Cheryl a été tutrice de Kyle en anglais. » Stan s'est à nouveau penché vers moi. « Pourquoi cet intérêt à propos de Cheryl ?

— J'espère seulement qu'elle va se remettre, émotivement, je veux dire.

— Oh, je ne pense pas que vous ayez à vous inquiéter. Cheryl a déjà prouvé qu'elle était forte.

— Comment ?

— Elle aurait pu avoir ce bébé et être casée pour la vie si Kyle réussissait, mais je ne crois pas que son but soit de rester ici ou de l'épouser. Son avenir est ailleurs. Elle pense à une université en dehors de l'État. »

J'ai changé de ton : « Il y en a au moins quelques-uns qui s'en vont.

— Si nous pouvons en sauver ne serait-ce qu'un, alors notre travail en vaut le coup. »

Cela a mis fin à notre conversation. Il y a eu un cri et du mouvement à côté.

« Merde ! » Le visage de Stan a perdu son expression aimable. Il s'est précipité et m'a poussé dans le secrétariat.

Une femme dans une tenue impossible, un sweater trop grand avec capuche, une jupe en tissu écossais et des bottes bleues, était couverte de papier mâché. Elle venait de faire un essai sur la ronéo.

« Jones ! » s'est écriée une secrétaire en montrant du doigt un gosse qui portait un tee-shirt Led Zeppelin.

Stan a crié : « Jones ! Dans mon bureau, tout de suite ! »

Le résultat c'est que les autres se sont mis à brailler.

Stan s'est retourné aussitôt. « Retenue. Jones, Carter.

Neilson, Farber. Notez, mademoiselle Adams. » Puis, sans un regard dans ma direction, il a ajouté : « Et qu'on me convoque Kyle Johnson dans la salle des professeurs. »

J'ai descendu seul le long couloir du lycée. Je me suis souvenu que Stan s'était fait plumer au cours d'une soirée de collecte de fonds pour le maire. Avant que sa femme ait pu le tirer de là, il nous avait expliqué que pour lui la vie était comme d'avancer à reculons, il vivait dans un monde où il vieillissait alors que les gosses auxquels il avait affaire chaque jour ne changeaient jamais. Il avait donné le nom d'un personnage de la mythologie grecque dont je n'avais jamais entendu parler et qui subissait le même destin.

J'ai attendu dans la salle des professeurs. Ce n'était qu'un de ces espaces institutionnels avec des appareils distributeurs et la machine à café habituelle, la drogue de la quarantaine qui nous fait sortir du lit et nous permet de tenir toute la journée.

Kyle est arrivé avec un laissez-passer. Il n'avait pas l'air dans son assiette.

J'ai dit : « Assieds-toi. » J'ignorais s'il savait que Cheryl était allée se faire avorter. J'attendais qu'il me le dise.

J'entendais des pas dans le couloir, mais tout était calme et le son assourdi d'une fanfare qui répétait parvenait jusqu'à nous. Les cours avaient commencé.

Kyle s'est assis devant une table ronde. Il ne m'a pas regardé pendant très longtemps.

Sa voix tremblait quand il a parlé. « Vous vous souvenez des dix plaies d'Égypte, la dernière, comment elle prenait le premier-né des damnés ? C'est ce que je ressens en ce moment. C'est comme ça que ma mère a dit que ça se passerait. »

J'ai senti la situation se détendre pendant un moment.

Au moins, il ne savait pas que Cheryl était allée se faire avorter.

« Cela arrive, Kyle. Des femmes perdent leur bébé comme ça tout le temps... ma femme a perdu un bébé. Les fausses couches font partie de la nature. Cela arrive. »

Kyle m'a regardé sans répondre, il poursuivait un monologue intérieur. Il a baissé les yeux vers la table, sur ses grandes mains posées l'une sur l'autre. Elles valaient quelque chose comme un million de dollars, en tout cas c'est ce qu'elles vaudraient dans quelques années. Il remuait les lèvres comme s'il se parlait à lui-même. Il avait l'air perdu, il ouvrait et fermait lentement les yeux, signe d'un choc profond, avec un sentiment d'incrédulité et de confusion.

Il a murmuré : « Je ne peux pas continuer. Je ne peux pas.

— Si, tu peux.

— On ne peut pas échapper au jugement du Seigneur, personne ne le peut... » Il a pris une grande respiration. « Je la déteste...

— Ne réagis pas comme ça, Kyle. Ne repousse pas Cheryl. Elle a besoin de toi.

— Elle n'a besoin de personne. »

À ce moment-là j'ai lu, dans son regard, qu'il était au courant de ce qu'avait fait Cheryl. Seulement, il n'était pas prêt à l'admettre.

Quelqu'un est passé à l'extérieur. Les pas ont résonné dans le vide glacé du couloir. J'ai attendu qu'il n'y ait plus de bruit.

Kyle m'a regardé : « Je ne suis pas quelqu'un de bien. » Même si cela était dit simplement, j'ai compris que les choses ne seraient plus jamais les mêmes. « Je ne pense même pas que je l'intéresse. » Cela m'a vraiment fait peur. « Plus rien n'a de sens. »

J'ai dit : « Je crois que tu es juste en train d'apprendre ce que nous finissons tous par apprendre. Rien ne signifie vraiment rien. Lorsqu'on a compris ça, on devient un adulte. Mais ça ne veut pas dire qu'on ne doit plus essayer. On continue. »

Kyle ne m'écoutait plus, il se tenait le bras comme s'il s'était blessé en lançant le ballon tout à l'heure sur le terrain. Il a grimacé en le pliant.

J'ai dit : « Kyle ! »

Il avait un regard lointain.

« Je ne te raconte pas d'histoires. Cela ne fait plus partie de ta vie désormais. Je ne pense pas qu'il y en ait pour très longtemps. Des gens ont pris des risques pour toi. J'espère que tu t'en rends compte ! Tu te souviens de ce dont nous avons parlé – tu gagnes de l'argent et tu sauves des gens ? C'est là-dessus que tu dois te concentrer, sur ce que tu peux contrôler, tu m'entends ? »

Il a croisé mon regard. La table tremblait. Il a murmuré : « Vous savez ce que fait mon père après chaque victoire, ce qu'il a fait pendant des années ? Le samedi matin, il s'assoit devant la table, il attend, il attend de faire un bras de fer avec moi. »

Kyle a écarquillé les yeux en disant : « Voilà ce qu'il dit : "J'attends le jour où le garçon que tu es deviendra l'homme que je suis." Il dit ça à ma mère. Et vous savez quoi ? Il y a longtemps que je le laisse gagner. Mais je ne sais pas combien de temps je pourrai tenir. » Sa voix tremblotait.

C'était sans doute la première fois que je prenais la mesure de ce qu'il vivait, de la pression qui pesait sur lui. J'imaginais Earl luttant contre son fils, comment chaque victoire faisait qu'Earl le méprisait encore plus. Mais Earl avait besoin de son fils pour les délivrer.

J'ai dit : « Tu veux que ta mère travaille toute sa vie au Motel 6 ? »

Il a fermé les yeux un instant. « Non. »

Je me suis levé et j'ai posé la main sur son épaule. Je lui ai dit : « Va voir Cheryl. Ce n'est pas sa faute. Ce n'est la faute de personne. Dis-lui que tu l'aimes. Tu ne peux te permettre... »

Je me suis arrêté.

À voir l'expression de Kyle, on aurait cru qu'il savait ce que j'allais dire. Il a parlé doucement : « Je sais », mais le ton m'a fait frissonner.

Parfois, je me demande si c'est à cet instant que tout a changé, si le plus grand péché de Cheryl n'a pas été son manque de confiance en Kyle.

Chapitre 10

Ce soir-là, en arrivant chez moi, j'ai trouvé un plat de lasagnes et du pain à l'ail enveloppés dans une feuille d'aluminium, sur le pas de ma porte. Cela m'a semblé étrange et je me suis souvenu des semaines qui avaient suivi mon divorce. J'ai regardé la rue calme, mais celui qui avait posé le paquet était parti depuis longtemps.

Les lasagnes s'étaient figées dans des boules de graisse. J'ai pensé que c'était Betty et sa « Table de huit ». J'ai frissonné et je suis rentré.

Max a aboyé et il a jailli comme un diable d'une boîte quand je lui ai ouvert la porte du sous-sol. Je l'ai fait sortir dans la cour à l'arrière.

En attendant, j'ai vérifié le répondeur. Rien. Ce que je détestais le plus c'était le manque de complicité. Comment avait-on pu m'envoyer interroger Kyle, sans qu'on se réunisse après, sans qu'on se mette d'accord sur ce que nous devions faire ? Je connaissais la réponse, bien sûr. Comme le maire l'avait dit, on ne pouvait pas revenir en arrière.

Quand Max est rentré, je lui ai donné à manger les lasagnes et le pain. Il a survécu. Je me suis préparé une omelette avec des toasts et du café.

Le téléphone a sonné. J'ai pensé que ce devait être Lois, mais c'était Janine.

« Seth, Eddy et moi, nous emmenons les amish en Floride, dans le monospace. Il ne pourra pas venir cette semaine. » Elle a dit ça comme une menace, ce qui était sa façon de me parler maintenant. Puis elle a ajouté : « Je n'ai pas reçu le chèque pour Eddy. »

J'ai demandé : « Est-ce que je peux lui dire bonsoir ?

— Non !

— S'il te plaît. »

Elle a accepté et a appelé Eddy. J'ai entendu ses pas sur le plancher.

J'ai dit : « Pourquoi est-ce que Picsou a plongé la tête dans la cuvette des toilettes ?

— Pourquoi ?

— Parce qu'il cherchait Donald, le ca-canard ! »

Il lui a fallu une seconde pour comprendre, il a eu un rire de gosse et il a raconté la blague à Janine.

Elle a raccroché.

Je suis resté seul, à penser à mon fils. Le *National Enquirer* était ouvert sur la table. J'ai regardé le gros titre : « Les victimes du *Titanic* sont dans mon matelas d'eau ». J'ai lu l'article. Je pense que c'était une nouvelle allégorie, la façon dont nous étions rattachés à notre passé, ce fil d'absurdité qui nous reliait à quelque chose d'exceptionnel ou de tragique.

Les cerfs sont arrivés dans la cour, à l'arrière. Max les observait. J'ai croisé son regard et il a résisté à son instinct qui le poussait à aboyer. Les cerfs avaient une façon particulière d'écarter les pattes avant pour lécher le sel. De temps en temps, l'un d'eux tournait la tête vers Max, sa queue blanche s'agitait, il sentait sa présence derrière la vitre.

Je me suis levé et je suis allé jusqu'à la fenêtre. J'ai murmuré le prénom de mon fils. La vitre s'est couverte de buée. Les cerfs sont partis et se sont fondus dans l'obscurité.

La télé était allumée avec le son très bas. Le type est revenu faire l'article pour son kit *Comment devenir riche*, les cassettes sur l'immobilier. J'ai fait le numéro, et l'opérateur m'a demandé si j'avais mon indépendance financière. C'était comme de prêter serment.

Lois m'a appelé plus tard. Nous avons parlé longuement en nous demandant où allaient les morts, si un fœtus avait une âme, et si Lois croyait vraiment à une autre vie, si elle avait jamais pensé revoir Lionel, et si cela avait vraiment de l'importance.

J'ai raconté à Lois comment Kyle m'avait parlé des plaies d'Égypte, comment les anciens devaient marquer les linteaux des portes avec le sang d'un agneau, pour que les anges de la vengeance de Dieu ne tuent pas leurs enfants premiers-nés.

Lois a bu et a fait le bruit que font les gens quand ils ont bu quelque chose de fort.

J'ai dit : « Tu aurais dû voir Kyle. Je crois qu'il sait que Cheryl a avorté. Il n'accepte pas encore.

— Notre plus grand don pour survivre c'est notre aveuglement. » Lois a bu une autre gorgée. J'ai entendu les glaçons qui tintaient contre le verre.

« Peut-être... » J'ai changé de sujet. « C'est toi qui m'as préparé des lasagnes ?

— C'est une allusion ?

— Non.

— Alors ?

— Tu te souviens que je t'avais parlé de ces plats que je trouvais à ma porte après mon divorce ? Ça a recommencé.

— C'était comment ?

— Je l'ai donné à manger à Max. »

Il y a eu un silence. Je voulais lui demander si elle savait que j'avais étouffé l'affaire pour Kyle. Je voulais l'entendre me le dire, mais avant que j'aie pu parler,

Lois a dit : « Je peux te poser une question, Lawrence, maintenant que nous parlons d'aveuglement ?

— Je pensais qu'on en avait fini avec ce sujet.

— Eh bien, on l'a repris. Ce ne sont pas des paroles d'après boire, Lawrence... mais tu penses qu'on est ensemble simplement pour remplir le vide laissé par ce que nous avons perdu ? Tu penses qu'on se serait trouvés autrement ? Je vaux combien à côté de ta femme ? Tu sais, comme si tu devais aller dans une île déserte et que tu aies à choisir. »

C'était une suite de questions auxquelles elle n'avait pas vraiment envie que je réponde. Elle a continué à parler, en m'empêchant de penser à Kyle Johnson. Elle avait sa propre crise.

« J'écoute une chanson intitulée *Tu ne ramasses pas le penny de la chance*. Tu l'as déjà entendue ? Tu as déjà ressenti la chance ? C'est une chanson que Lionel écoutait quand il avait la trouille, quand les choses ne se vendaient pas. »

Je n'ai rien répondu. Je n'étais qu'une oreille au bout du fil.

« Lawrence, est-ce que je t'ai raconté l'histoire de cette femme qui a ouvert sa porte et a demandé à Lionel de lui faire la démonstration du dernier aspirateur qu'il vendait ? Il était à quatre pattes et il répandait par terre des saletés qu'il gardait dans des bocaux pour montrer l'efficacité de son aspirateur, quand la femme a ouvert sa robe de chambre, et elle était toute nue... » Lois s'est arrêtée et a poussé un long soupir comme si elle était épuisée. « Lionel a été accusé d'agression sexuelle. Il s'habillait si bien. Tu as vu ses costumes, hein ? Il a dit que la femme lui avait sauté sur le dos, qu'elle le voulait. En tout cas, c'est ce qu'il m'a dit. » Elle s'est arrêtée tout à coup. « Merde, Lawrence, tu n'as jamais répondu à mes questions. »

J'ai marmonné : « J'invoque le cinquième amendement, je refuse de répondre, parce que je pourrais me compromettre. »

Lois a éclaté de rire, et elle est sortie de ses souvenirs. Elle était très douée, c'était sa façon de survivre. Elle a dit : « Tu as raison. Ne me dis pas la vérité – tout sauf la vérité. J'ai entendu trop de vérité pour une seule vie. Je pense que l'honnêteté est une chose surfaite. »

J'ai dit : « Bonne nuit, Lois. »

Elle a rappelé moins d'une demi-heure plus tard.

« Je voulais seulement te dire qu'un rapport non officiel est passé sur mon bureau, à propos de l'accident. Il y a peut-être deux voitures dans le coup. On a découvert deux types d'empreintes de pneus. »

Je suis resté abasourdi pendant une seconde. « Merde, quand est-ce que tu as découvert ça ? »

J'ai entendu qu'on raccrochait. Je l'ai rappelée mais elle n'a pas répondu.

Le lendemain matin, je suis allé directement dans le bureau du commissaire, mais il était sorti. Lois n'était pas là non plus.

Sur son bureau, il y avait une brochure pour une croisière. Cela s'appelait « Le Voyage des cœurs solitaires », une croisière pour célibataires. Il y avait la photo d'un type qui tenait une femme dans ses bras ; ils regardaient un coucher de soleil à la proue d'un bateau. Ils avaient la quarantaine.

Lois est entrée. J'ai à peine eu le temps de remettre la brochure à sa place. Elle était avec le commissaire. Ils riaient mais ils se sont arrêtés quand ils m'ont vu. Nous nous sommes regardés. Le commissaire a prononcé mon nom puis il s'est retourné et il est parti.

Lois m'a assassiné du regard.

Je ne savais pas quoi faire. J'ai dit : « Je voudrais

voir la transcription de ce qu'a dit la personne qui a identifié le numéro minéralogique de Kyle.

— Pourquoi ?

— Passe-la-moi. »

Lois a fait la grimace. « Il va falloir que je vérifie si c'est revenu de la transcription.

— Alors vérifie, et pendant que tu y seras, je voudrais voir aussi la transcription de l'appel de la femme concernant la disparition de sa fille. » Je parlais de façon un peu tendue.

Pendant qu'elle était dans l'autre pièce, j'ai repris la brochure de la croisière.

Lois est revenue. « Pourquoi ne te contentes-tu pas de l'exercice de tes fonctions ? » Elle m'a arraché la brochure des mains et a posé les transcriptions sur la table. « Ça ne sort pas d'ici. »

J'ai lu les feuilles, mais j'avais du mal à me concentrer. Lois est restée debout à côté de moi. Elle fumait.

« Tu peux me dire ce qui se passe entre toi et le commissaire ?

— Je ne vois pas de quoi tu veux parler.

— Il t'a demandé d'avoir l'œil sur moi, c'est ça ?

— Tu as un complexe d'infériorité, c'est ton plus gros problème.

— Non, c'est peut-être toi mon plus gros problème. »

Je regardais toujours la première feuille, sur laquelle était inscrit que la mère avait appelé le service des personnes disparues. Dans le coin supérieur, on l'identifiait comme une femme, on donnait son numéro de téléphone et l'heure de l'appel. Je ne regardais que ça parce que je ne savais pas quoi faire d'autre.

J'ai reposé les transcriptions sur le bureau de Lois et je suis parti.

Je suis allé au garage du maire. Il m'a vu quand je suis entré parce que j'ai ralenti et l'ai regardé. Il s'est contenté de me saluer d'un signe de la main. Il était avec des clients, mais il était toujours avec des clients. Une vente était en cours, mais il y avait toujours une vente en cours dans le garage du maire. De la musique sortait des haut-parleurs et de petits drapeaux américains ainsi que des ballons rouges et bleus s'agitaient dans le vent.

Une heure après, je suis retourné au garage, d'où on sortait une voiture neuve. Le maire était sur le siège du passager. Kyle conduisait, Earl était assis à l'arrière. Le maire m'a vu et m'a encore fait un signe de la main. Ils avaient tous une sucette dans la bouche. On avait droit à une sucette gratuite quand on essayait une voiture.

Le maire se débrouillait bien. Toute cette histoire lui permettait de vendre une voiture. Au début, ce n'était pas son intention, mais c'était ainsi que les choses avaient tourné. Le maire avait ce genre de génie – il jouait avec les cartes qu'il avait en main. C'était surréaliste. Je le voyais parler à Earl à propos d'une affaire en cours.

Le maire a dit : « Je crois que vous connaissez Earl et Kyle ? » C'était la litote du siècle.

Nos vitres étaient baissées. Kyle avait les mains posées sur le volant. Il a dit de sa voix guindée : « Heureux de faire votre connaissance », et le maire a poussé un cri de joie : « Vous entendez, Lawrence. Je crois que Kyle a suivi des cours de savoir-vivre. »

Il s'est retourné vers Earl, mais Earl ne riait pas. Il me lançait un regard que je n'aimais pas du tout, alors que tout ce que j'avais fait c'était d'avoir sauvé la peau de son fils. Je l'ai regardé d'un air furieux.

Je ne voulais qu'un peu de respect, un peu de politesse. J'étais à la fois à l'intérieur et à l'extérieur.

C'est ce que je ressentais quand le maire a remonté sa vitre et quand Kyle a démarré.

Je suis repassé dans la rue où la petite fille était morte et j'ai examiné les deux extrémités. Une couronne solitaire en plastique était posée sous un arbre à l'endroit où elle avait été tuée. La pluie l'avait déjà abîmée, de la buée couvrait la Cellophane, si bien qu'on ne voyait plus les fleurs.

Les événements de cette nuit-là s'éloignaient dans le passé. La vie continuait, le match, la tension pour le championnat, le maire dans son garage avec Kyle et Earl.

Le problème, c'était moi. Je crois que c'est à ce moment-là que ça m'a frappé, que nous n'avions pas d'âme, qu'il n'y avait ni éternité, ni rédemption, mais je ne voulais pas y croire, et j'attendais une révélation, le sentiment que cette enfant était au ciel, dans un meilleur endroit, qu'il ne restait pas que ses cendres.

Je voulais lui dire que j'étais désolé, c'est ça que je voulais lui dire à ce moment-là.

Je suis allé jusqu'à la maison où habitait la mère et j'ai ralenti. On ne l'avait accusée de rien, mais cela faisait peut-être partie des manœuvres en coulisse du maire ; les tribunaux n'étaient peut-être pas disposés à accepter le fait que, dans tout le pays, des femmes comme elle vivaient seules, abandonnées, avec des enfants. Son existence disait indirectement l'état fragmenté de nos vies, le point faible d'une société où presque un mariage sur deux se terminait par un divorce.

Bien sûr, il s'agissait de choses dont nous ne parlions pas. Nous vivions avec une génération d'enfants perdus, des enfants aux parents absents parce qu'ils travaillaient, des enfants qui allaient seuls à l'école, qui restaient seuls dans leurs maisons ou leurs appartements à regarder la télé, des enfants que nous achetions pour qu'ils se conduisent comme des adultes, à qui on apprenait à ne pas répondre quand quelqu'un sonnait, à ne pas parler aux inconnus, à s'enfermer à la maison, et que nous emmenions dans les centres commerciaux le week-end, pour, ironiquement, aller chercher des objets d'enfants, des héros et des poupées chez Toys' R' Us. Nos enfants savaient se servir de fours à micro-ondes et se préparer des plateaux-télé, ils savaient s'installer devant le poste, utiliser la télécommande, en attendant le retour de leurs parents.

Au cours des dernières années, j'avais répondu à des appels d'enfants qui avaient ouvert des armoires à pharmacie et avalé des pilules, d'enfants qui étaient tombés et qui pris de panique avaient fait le numéro de la police, de gosses qui avaient appris par cœur leur numéro de téléphone et leur adresse. J'avais répondu à des appels de gosses qui avaient laissé le poêle allumé et qui avaient failli mettre le feu à la maison. Et la plupart de ces incidents se déroulaient dans des familles monoparentales. C'était un monde de tristesse et de solitude. Je pense qu'aucun d'entre nous ne voulait vraiment affronter cette réalité.

J'ai vu le rideau bouger. J'ai refait le tour et j'ai vu une femme à la fenêtre. C'était étrange de penser à elle avec les cendres, avec les restes de sa fille, ses rognures d'ongles et ses boucles de cheveux.

Il s'était passé presque deux semaines depuis la mort de l'enfant.

Je suis repassé une nouvelle fois devant la maison. La femme regardait toujours au-dehors. Elle était différente de ce que j'imaginais, attirante et obsédante, mais c'était peut-être uniquement parce que je savais ce qui lui était arrivé. J'éprouvais de la sympathie pour elle. Elle me rappelait ma propre situation.

Je me suis dit : Comment se fait-il que nous soyons séparés de notre passé au point de choisir de nous cacher ainsi ?

J'ai eu envie de m'arrêter, de monter jusqu'à son appartement pour lui demander si elle avait besoin de quoi que ce soit. J'avais l'impression qu'il s'agissait simplement de politesse, quelque chose que je me devais à moi-même, mais je ne me suis pas arrêté. J'avais mieux à faire. Pas en uniforme en tout cas.

Je me suis souvenu d'avoir vu *Le Choix de Sophie* avec Janine quand le film était sorti, et nous avions ressenti tous les deux ce sentiment d'horreur, quand on demandait à Meryl Streep de choisir entre ses deux enfants, de faire un tel sacrifice. Après notre séparation, j'avais vu *Kramer contre Kramer*, seul dans une de ces salles qui font des séances en matinée pour un dollar cinquante. J'avais envie de revoir cette image de Dustin Hoffman qui apprend à son fils à faire du vélo dans Central Park. J'étais assis dans le noir, et je regardais Hoffman qui retenait ses larmes, en criant le prénom de son fils.

Et dans ce cinéma, j'ai été frappé de voir qu'il s'agissait à nouveau de Meryl Streep, dans le rôle de la mère, et cette fois elle choisissait entre son mari ainsi que son enfant et une autre vie. Je pense que quelque chose en nous nous apprend à nous sacrifier et à survivre sans nos gosses.

J'ai fini ma patrouille. Il est tombé de la neige fondue, puis à nouveau une neige épaisse comme par tant de soirées d'hiver monotones que j'avais connues – une saison moribonde, le cauchemar tranquille de la banlieue.

Il y avait un autre plat sur les marches quand je suis arrivé chez moi. J'ai été tenté de le jeter aux ordures.

J'ai enlevé mon uniforme. Max lorgnait sur le plat. Je m'apprêtais à le lui donner quand j'ai décidé qu'il y avait mieux à faire. Je suis remonté en voiture et je suis allé chez Lisa Kendall, la mère de la petite fille morte.

La maison était divisée en quatre appartements. La porte extérieure ne fermait plus, ce qui expliquait que la petite avait réussi à sortir dans la rue cette nuit-là.

J'ai monté les marches craquantes d'un escalier qui avait autrefois conduit à un premier étage opulent. Il y avait des numéros sur les portes.

J'ai posé le plat devant chez les Kendall, j'ai attendu, pour trouver le courage de frapper, et un type a ouvert sa porte à l'autre bout du couloir. Il l'a laissée ouverte juste assez pour me voir, puis il l'a refermée et a mis le verrou.

Dans cette fraction de seconde, j'ai reconnu le type, Raymond Laycock, j'avais eu quelques prises de bec avec lui au cours des années, un dealer minable, vaguement apparenté au maire. Cela m'a tellement déconcerté que je suis parti.

J'ai attendu un petit moment dans ma voiture avant de m'en aller.

Ce n'est qu'après avoir mangé et mis le lave-vaisselle en route que j'ai repensé à Lisa Kendall. Je voulais savoir si elle avait trouvé le plat. Je suis allé dans l'entrée et j'ai composé le numéro que j'avais lu dans le rapport.

Elle a décroché à la première sonnerie. Elle avait une voix affolée. Elle m'a pris au dépourvu avant que j'aie pu parler. Elle a dit : « Excuse-moi... Je n'aurais pas dû raccrocher... Je ne te menaçais pas. » Je l'entendais renifler. « J'ai peur. Dis quelque chose, s'il te plaît. Dis-moi que tu m'aimes. Dis-moi que tu me pardonnes... s'il te plaît... »

Je n'ai pas parlé.

Elle a hésité. « S'il te plaît, je veux te voir... Excuse-moi. S'il te plaît. » Puis elle s'est arrêtée brusquement. « Qui est-ce ? »

J'ai reposé le combiné lentement et je suis resté sans bouger dans l'obscurité et le silence absolu. J'ai rappelé mais elle n'a pas décroché.

Chapitre 11

Je n'ai pas dormi de la nuit ; sa solitude ne me sortait pas de l'esprit. Je comprenais cette tristesse déchirante. Je l'avais connue après mon divorce, une sensation d'éloignement et de rejet. Cela montait en moi. Tout le poids de la culpabilité après la mort de son enfant s'était répandu autour d'elle.

Je me sentais proche d'elle. J'ai pensé l'appeler à nouveau pour lui dire que j'étais celui qui avait trouvé sa fille. C'était peut-être un moyen de lui parler. J'ai décroché le téléphone en plein milieu de la nuit, j'ai composé le numéro mais j'ai reposé l'appareil avant qu'elle ait eu le temps de répondre.

Juste après le lever du soleil, je me suis arrêté devant le garage du maire, sous un ciel sombre et couvert. Une lumière laiteuse éclairait la zone commerciale. Un motel annonçait des tarifs hebdomadaires. Il y avait quelques voitures garées aux angles des petites chambres. Le vieux théâtre était en ruine et hors d'usage mais les structures métalliques avaient survécu, tout juste. Les magasins où Janine avait acheté sa robe de mariée et ses fleurs avaient été murés, ainsi que celui où nous avions fait photographier Eddy nouveau-né. Les boutiques tombaient les unes après les autres comme une file de dominos.

Le maire est arrivé, il portait un lourd parka doublé de fausse fourrure. Sa respiration s'est transformée en vapeur quand il est sorti de voiture. Il a tapé des pieds, serré dans son parka à cause du froid. Il tenait dans ses mains un café, une boîte de beignets, et un sac en plastique plein de légumes crus. Il suivait un régime.

Je l'ai observé pendant quelques instants, comme si j'avais été en planque. Ma vitre était à moitié baissée et j'ai entendu le tintement de ses clefs quand il a ouvert la caravane qui lui servait de bureau.

Une lumière orange pâle a brillé à l'intérieur. Le maire avait allumé le chauffage au gaz. Je l'ai vu se déplacer. Il s'affairait en écoutant le répondeur. Quand j'ai monté les marches métalliques jusqu'à son bureau, il s'était déjà transformé en commerçant et portait son blazer à carreaux et ses souliers vernis.

Il a dit : « Lawrence, quelle surprise ! » Il a tendu le bras. « Entrez, entrez. Bienvenue au cirque ! » C'était ainsi qu'il appelait toujours la vie.

La caravane sentait l'après-rasage, le propane et le café. Le maire avait un sac ouvert devant lui, sur le bureau. Il en a sorti une balle de la taille d'une balle de tennis. « Vous savez ce que c'est, Lawrence ? »

J'ai fait signe que non.

« À la fin du siècle, un inventeur écossais avait l'habitude de s'endormir dans un fauteuil, en tenant une balle comme celle-ci dans la main. Quand la balle tombait sur le sol, le bruit le réveillait, et il notait aussitôt ce dont il avait rêvé. Ses inventions étaient là, sous sa conscience. Qu'est-ce que vous en dites ? »

J'ai simplement répondu : « Qu'est-ce qui se passe si l'on découvre qu'on n'a rêvé à rien ? »

Le maire m'a fait un clin d'œil. « Je tente ma chance. » Il a reposé la balle dans un cendrier pour qu'elle ne roule pas. « Enfin, qu'est-ce que je peux faire pour vous, Lawrence ? Ne me dites pas que vous avez enfin décidé de vendre ce tas de ferraille qui vous sert de voiture. Je vais vous confier quelque chose : j'ai des affaires très intéressantes en ce moment. Nous faisons des soldes d'hiver. » Le maire a sorti un beignet saupoudré de sucre et s'est versé du jus d'orange dans une petite tasse aux couleurs du Sud. Ça ressemblait à un goûter d'anniversaire pas cher, pour un gosse.

« Écoutez, pour vous Lawrence, pas de problème d'argent. Vous pouvez repartir avec une nouvelle voiture aujourd'hui même. » Sur le mur, derrière son bureau, il y avait une affiche sur laquelle on pouvait lire : « Votre histoire de crédit, c'est de l'histoire ! » Et sur une autre : « Je suis disposé à ce que vos problèmes deviennent les miens ! »

J'ai répondu : « Je ne sais pas bien comment vous dire ça... »

Le maire était en face de moi, tout sourire, les cheveux plaqués en arrière. Il ne cessait de regarder le parking, comme s'il avait pu me faire changer d'idée par télépathie. Il a pris du céleri dans le sac en plastique et il l'a croqué. « J'ai renoncé au goût pour la santé. C'est un petit prix à payer, non ? »

Le maire allait se lancer dans la description de son côlon bourré de toxines quand j'ai dit brusquement : « Et la deuxième voiture ? »

Le maire a perdu son sourire. « Et alors ?

— Depuis combien de temps êtes-vous au courant ? »

J'ai vu la langue du maire apparaître alors qu'il repoussait ce qu'il mâchait dans sa joue. Il a avalé et s'est essuyé la bouche. « Le lendemain de l'accident, on m'a dit qu'une autre voiture avait pu écraser l'enfant.

— Pourquoi est-ce que vous ne me l'avez pas dit ? » Je le regardais droit dans les yeux. « Quand cela sera connu, Kyle apprendra qu'il y avait une deuxième voiture. Peut-être que la sienne n'était pas la première.

— Le fait est que Kyle a roulé sur la petite fille et qu'il ne s'est pas arrêté pour voir si elle était encore vivante. Peu importe si sa voiture a été la première ou la deuxième à rouler sur l'enfant. » Le maire s'est tu un instant, il a écarquillé les yeux. « Je vais vous dire : j'en ai assez qu'on ne me croie pas, Lawrence. Et maintenant, si vous n'avez rien d'autre en tête, j'ai du travail qui m'attend. »

Il était encore tôt. Le maire s'est levé et il est allé ouvrir la porte de la caravane, ce qui m'empêchait de sortir. J'ai senti l'air froid sur mes pieds. Il n'avait pas l'intention de me laisser partir. Il a changé de ton. « Écoutez, j'apprécie que vous vous inquiétiez, Lawrence. Je ne vous ai peut-être pas assez soutenu, Lawrence. Mais ce qui est fait est fait. J'ai pensé que moins vous en saviez mieux ça valait. Je ne dis pas ça contre vous, mais pour vous protéger. Comment disent-ils à l'armée ? "Savoir en fonction du besoin." C'est la pierre angulaire de la démocratie, savoir quand ne pas poser de questions. »

Je sentais qu'il tournait en rond autour de moi. J'ai eu envie de me lever, mais j'ai dit : « Il y a encore une chose. » Je n'avais pas prévu de lui dire que j'avais téléphoné à Kendall, mais c'est sorti comme ça. « J'ai appelé cette femme... La mère de la petite fille qui a été tuée. Lisa Kendall. »

Le maire n'a pas répondu. Il me regardait droit dans les yeux. « Comment avez-vous eu son numéro ?

— Sur la transcription de l'appel téléphonique. »

J'ai voulu continuer à parler, mais le maire m'a interrompu : « Vous avez pris son numéro sur un rapport confidentiel et vous l'avez appelée ? Je veux que ce soit bien clair. » Il est allé à son bureau, a pris un crayon et a écrit quelque chose.

J'ai élevé la voix : « Écoutez, monsieur le maire, ce n'est pas terminé pour cette femme. Quand je l'ai appelée, elle semblait suicidaire. Comment va-t-elle accepter l'idée que deux voitures ont roulé sur sa fille ? »

Le maire ne m'écoutait pas. « Vous pensez que vous pouvez prendre des rapports confidentiels et appeler les gens ? Vous n'avez jamais entendu parler de procédure ? D'une petite chose agaçante qu'on appelle la Constitution ? » Le maire a poussé un sifflement. « Je ne sais vraiment plus quoi penser. Qu'est-ce qui ne tourne pas rond chez vous ? Mais bon Dieu, pourquoi est-ce que vous avez voulu appeler cette femme ?

— Je n'ai fait que lui téléphoner. »

Le maire a hurlé : « Ça suffit ! Ça suffit, Lawrence ! » Il a secoué la tête. « Vous savez, je crois que nous devons connaître le fond de vos motivations avant d'aller plus loin. »

Je me suis senti rabaissé, assis là, sans rien dire.

« Tout d'abord vous vous intéressez à Kyle, et maintenant à cette femme ! C'est à cause de l'enquête ou de votre solitude ? » Il tendait le céleri vers moi. « Je ne suis pas psychanalyste, mais vous savez de quoi vous avez besoin ? Vous avez besoin de tirer un bon coup, voilà ce que je pense, d'homme à homme. »

Le maire s'est arrêté de parler et a claqué les lèvres, comme s'il réfléchissait. « Merde, je ne croyais pas que vous alliez nous compromettre comme ça. Mais de quoi on parle, nom de Dieu ? »

J'ai senti la colère monter en moi. « Je ne vois pas en quoi téléphoner à cette femme compromet quoi que ce soit. Je suis dans la police. J'ai découvert son enfant. Où est le problème, légalement ? Je suis un bon Dieu de flic ! »

Le maire n'a pas répondu à ma question. Il me regardait fixement de l'autre côté du bureau. « Alors, qu'est-ce qu'elle vous a dit quand vous lui avez téléphoné ?

— Je n'ai pas compris grand-chose...

— Qu'est-ce que vous avez compris ?

— C'était comme si elle venait de parler à quelqu'un et qu'elle pensait que ce quelqu'un la rappelait. C'était comme si elle lui demandait pardon. C'est l'essentiel.

— Elle demandait pardon ? »

J'ai hoché la tête : « Oui.

— Ça fait partie du processus de la douleur. Enfin, c'est ce qu'on dit aujourd'hui, non ?

— Ah oui ?

— Oui, oui. Alors qu'est-ce qui vous pose problème ?

— Kyle. Que va-t-il se passer si elle reprend encore des médicaments ? Elle a déjà essayé une fois. Elle va peut-être recommencer. Je crois que Kyle a déjà du mal à supporter ça. Je ne sais pas s'il en supportera plus. »

Le maire a donné un grand coup de poing sur la table. « Vous voilà reparti, vous passez de Kyle à cette femme et vous recommencez. Vous vous intéressez drôlement à Kyle, vous savez. Je crois que si vous y réfléchissez attentivement, vous verrez que vos vraies motivations sont là. Vous êtes seul. Vous avez trop de temps libre. Une femme comme elle, ce n'est pas ce qu'il vous faut, Lawrence. Je vous comprends parfaitement. Je sais ce que vous avez traversé, mais ce n'est pas ce qu'il vous faut, pas une femme comme elle. C'est ça, hein ? Vous êtes fou amoureux... »

Je regardais mes pieds, mais j'ai admis : « Je ne sais pas.

— Je n'ai pas l'intention de vous faire la leçon, Lawrence, mais je déteste voir un type bien gâcher sa vie. »

Je me suis levé pour partir.

Le maire a tendu les mains. « D'accord, d'accord. Je m'occupe peut-être de ce qui ne me regarde pas. Je ne vais plus vous dire comment vous devriez mener votre vie. Maintenant, asseyez-vous. »

Il s'est levé, je me suis assis, comme si nous avions été sur une balançoire.

« Je ne veux pas qu'on se brouille pour des choses comme ça. » Le maire est allé jusqu'à la porte pour regarder le parking, puis il s'est retourné. « Vous savez, il vaudrait peut-être mieux que cette femme retourne d'où elle vient. Je suis d'accord avec vous, là-dessus. Vous voyez, nous pensons la même chose au moins sur un point, alors laissez-moi reprendre l'affaire. Nous allons découvrir à qui elle parlait au téléphone et nous allons leur demander de l'emmener loin d'ici. Ça vous semble raisonnable ?

— Sûrement...

— Non, pas de "sûrement"... Je vous demande votre opinion. »

J'ai dit : « Quelle était la question ?

— Que devons-nous faire à propos de cette femme ? Écoutez, je pense que votre instinct est juste, pourquoi prendre un risque avec Kyle ? Nous devrions renvoyer cette femme d'où elle vient. Je pense que c'est notre devoir *moral* au moins. »

Le maire m'a tendu la main. « Voulez-vous accepter mes excuses ? »

Nous nous sommes serré la main.

« Je pense que vos sentiments humains vous troublent, Lawrence. Laissez-moi mettre le commissaire sur cette affaire, d'accord ?

— Je peux continuer à m'en occuper.

— Arrêtez, Lawrence. Émotionnellement, vous êtes trop impliqué. Je dois me souvenir que vous avez trouvé l'enfant. On a un peu tendance à l'oublier. »

Je l'ai interrompu : « Ce n'est pas ça. »

Le maire a levé à nouveau la main. « Ce n'est peut-être pas ça, mais je sais que vous en avez vécu de dures ces derniers temps avec votre famille. Je comprends bien le parallèle, ce sentiment d'avoir perdu quelque chose, un enfant... » Le maire s'est tu un instant et a repris : « J'espère que je ne suis pas indiscret en parlant de votre famille ? »

Je n'ai pas répondu.

« Je veux que vous vous concentriez sur une chose à la fois. Concentrez-vous sur votre gosse. Ne laissez pas votre amour pour lui s'égarer. Surtout pas. »

Je l'ai regardé et j'ai approuvé de la tête.

« Nous allons traverser tout ça ensemble, vous m'entendez, tous les deux. »

J'ai hésité. « Ce que j'ai fait, en téléphonant à Kendall, ça ne change pas notre... ce dont nous avons parlé ? La promotion ? » J'ai senti que je rougissais.

« Mon Dieu, non. Je n'ai qu'une parole. Nous avons passé un accord. »

Une voiture a klaxonné à l'extérieur. Le maire est aussitôt allé voir si ce n'était pas un client. Ce n'en était pas un mais il est resté sur le pas de la porte et s'est versé du café. Je voyais bien qu'il passait à autre chose, sa nature de commerçant reprenait le dessus. Il me tournait le dos mais je voyais sa tête bouger tandis qu'il suivait quelque chose des yeux.

« Regardez ces véhicules qui ralentissent, là-bas : des dollars contre des beignets qu'ils s'arrêtent au prochain passage. C'est vraiment du commerce. L'indécision, c'est le subconscient qui dit "oui". »

Je ne suis pas parti parce que le maire suivait les voitures des yeux et tout son corps se tournait, debout sur les marches métalliques de la caravane. J'ai regardé autour de moi et j'ai vu des après-ski, une pelle et un sac de sel dans l'intérieur de la porte, ainsi que toute une série de récompenses encadrées depuis le « Service des consommateurs » jusqu'à la « Recherche de l'excellence », fixées aux murs de son bureau. Le maire avait sponsorisé de petites équipes de la Ligue des cadets au cours des années. Mon fils avait joué dans l'une d'elles. La photo de son équipe était accrochée au mur.

« Pourquoi est-ce que vous avez obtenu le trophée du "Vendeur de l'année", puisque vous êtes seul ? »

Je dépassais un peu les bornes, mais je me sentais sur un pied d'égalité.

Le maire ne s'est pas retourné. « Pendant plusieurs années, je n'ai pas accepté la récompense. Parfois, elle reste dans sa boîte. » Il s'est retourné et m'a lancé un regard assez dur, mais son air sévère s'est transformé en grand sourire, et il a répété : « Parfois, elle reste dans sa boîte. »

Le jour s'était levé pendant que nous parlions, une journée avec un ciel clair et une température en baisse. La lueur orange de la caravane avait disparu mais il y faisait une chaleur d'enfer. Le fax s'est mis en route. Une feuille de papier est tombée dans le plateau.

Le maire est allé la prendre et il l'a lue.

« Les intérêts des prêts sont en baisse, Lawrence. C'est le moment d'acheter. Vous êtes sûr, maintenant que vous êtes ici, que je ne peux pas vous vendre une jolie voiture ? Sans paiement ni intérêts pendant six mois. En gros, c'est comme si vous me voliez la voiture. Je vais vous dire, Lawrence, une voiture en dit beaucoup sur celui qui la conduit, et si vous êtes l'homme que je crois que vous êtes, vous êtes sur le point de vous chercher une nouvelle femme, non ? »

Il n'attendait pas de réponse à sa question.

Le maire a tendu le doigt vers ses voitures. « J'ai ce que j'appelle le "plaisir du célibataire", sportif mais discret, une voiture pour un homme divorcé comme vous, qui prend en compte notre vie sociale toujours en transformation. Avec, le dimanche, vous pouvez aller au cinéma ou à l'église, ou ramener un gosse à la maison. Croyez-moi, votre nom est écrit sur celle-là.

— Lawrence est écrit dessus ? C'est une coïncidence. » Ma plaisanterie est tombée à plat. Nous n'avions plus rien à nous dire.

Le maire a été distrait par une sonnerie qui indiquait que les affaires reprenaient. « Je l'avais bien dit, ils sont revenus. Je vous appelle, Lawrence. » Là-dessus, le maire a pris des sucettes dans un bol à côté de lui et il est parti dans le froid comme on part à la chasse.

Chapitre 12

Le témoin du répondeur clignotait. La voix de Janine m'a semblé moins dure que d'habitude.

« Tu es là ? Décroche. »

J'entendais Eddy qui riait à l'arrière-plan. J'étais incapable d'imaginer son visage à ce moment-là.

Janine a dit : « Rappelle-moi quand tu rentreras. » Elle a attendu. « On ne va pas en Floride. Le voyage est annulé. Je suis enceinte. » Elle a dit ça d'une voix saccadée et elle a raccroché.

J'ai quitté la maison. Je voulais être n'importe où, sauf là. Max était assis sur le siège du passager – indifférent comme j'aurais aimé l'être. Il tenait son os en caoutchouc dans la gueule.

Près d'un entrepôt, aux limites de la ville, une forteresse de métal entourée de barbelés, je me suis arrêté et je suis descendu de voiture. J'ai ouvert le local que je louais et qui contenait ce que j'avais gardé après le divorce.

Je n'avais pas voulu affronter le pillage ni l'humiliation d'une vente aux enchères. Merde, cela aurait été l'équivalent de m'inscrire pour être lapidé publiquement. Rien que le loyer me coûtait trente-trois dollars par mois.

Il y avait un jeu de hockey, la cible d'un jeu de fléchettes, un jeu de jacquet qui faisait aussi échiquier et damier, un appareil pour se maintenir en forme, un vélo d'appartement, un baby-foot avec les joueurs penchés, empalés au milieu du corps, un billard électrique, des poufs, des fauteuils de toile, une machine à pop-corn, un jeu de course automobile, un ensemble pour cocktails Martini avec shaker, un répondeur téléphonique en panne, un vieux poste de télé avec un énorme écran qu'on devait regarder bien en face sinon on ne voyait rien, tout cela toujours pas payé, avec trois à cinq ans d'intérêts invraisemblables. D'après mes souvenirs, nous avions joué deux fois au hockey avant que notre mariage implose. À un certain moment, j'avais même imaginé que chaque élément était la preuve de mon engagement dans notre couple.

Il était plus de onze heures quand je suis revenu devant l'appartement de Lisa Kendall. Je n'arrivais pas à me la sortir de la tête. Ses fenêtres étaient obscures, mais celle de l'appartement en dessous étaient allumées. Une ombre est passée devant le rayon argenté de la lumière du poste de télé.

J'aurais dû m'en aller, et c'est ce que j'ai fait, mais une demi-heure plus tard, je l'ai appelée depuis une cabine. Personne n'a répondu. J'ai laissé sonner longtemps. Je ne respectais pas mon accord avec le maire, mais ça m'était égal. Je ne dirais rien de l'affaire, sinon que c'était moi qui avais retrouvé son enfant. Parfois, c'est plus fort que vous.

Je suis passé devant chez Lois, puis j'ai retéléphoné à Lisa Kendall mais je n'ai toujours pas obtenu de réponse. Je suis revenu devant chez elle, j'ai garé ma voiture et j'ai attendu. Je ne savais pas si elle était là ou non. Il était plus de onze heures et demie. Le temps semblait s'être arrêté, il neigeait mais doucement maintenant, à gros flocons.

Je ne vois pas pourquoi la grossesse de Janine aurait

dû signifier quelque chose pour moi, mais c'était le cas. Je me souvenais quand Janine m'avait dit qu'elle était enceinte d'Eddy. Au plus profond de moi, je savais que si j'avais encore été marié, j'aurais été à la maison en ce moment, au lit, et que j'étais là en pleine nuit, pour me fuir, pour fuir le froid de l'obscurité de la maison où j'avais vécu autrefois avec ma famille.

J'ai regardé la rue et j'ai démarré. Au cours des années, il y avait eu des changements imperceptibles ici. Aujourd'hui, la moitié des maisons avaient été transformées en appartements. Les Lisa Kendall du monde s'étaient infiltrées dans cette banlieue. C'était peut-être ce vers quoi je me dirigeais, en danger de devoir vendre ma maison afin de payer la pension alimentaire. Mon existence, ma survie même, ne tenait qu'à un fil.

J'avais le sentiment de perdre mon temps, d'être incapable d'avancer, une sensation d'éloignement, de solitude, l'envie de commettre l'irréparable. Comment guérit-on de la perte de son enfant ?

Et j'ai su pourquoi j'étais là. Je me suis souvenu d'avoir vu un film dans lequel un flic tombait amoureux de la femme de son collègue. Puis ce dernier se faisait tuer dans une fusillade. C'était le genre de film de deux heures dont la projection dure trois heures à cause des interruptions publicitaires nocturnes, et j'avais l'impression d'avoir vécu la vie des personnages. À la fin, le flic épousait la femme de son copain. D'une certaine façon, je pensais pouvoir aider cette femme, Lisa Kendall. Il pouvait peut-être en sortir quelque chose. J'avais découvert le corps de son enfant. Je comprenais ce qu'elle ressentait, j'étais séparé de mon propre enfant. Je ne cessais de me dire que nous pourrions parler de ce que nous avions en commun, que ça commencerait comme ça.

Quelqu'un est arrivé en voiture. J'ai vu la fumée du

tuyau d'échappement dans la lueur des stops. Une personne est descendue de voiture et a disparu à l'intérieur. Une lumière s'est allumée dans l'appartement de Laycock.

J'ai regardé les ombres de l'appartement se fondre dans le commerce nocturne du désir qui entraîne les insomniaques dans la nuit, là où l'on trouve la paix ou la torpeur sous n'importe quelle forme requise, injectée dans les veines, respirée par le nez ou aspirée au fond des poumons.

En une heure, deux autres voitures sont arrivées, suivant le même rituel. J'ai commencé à me dire que c'était ainsi que l'enfant était morte, dans cette procession des dépossédés. C'était peut-être Laycock qui avait fourni les amphétamines de l'overdose de Kendall ?

Je suis sorti de ma voiture et je me suis avancé dans la lumière jaune qui venait de la maison, puis j'ai monté l'escalier et j'ai sonné chez Laycock.

À son regard, j'ai vu qu'il s'attendait à quelqu'un d'autre, mais il a vite retrouvé l'air ironique qu'il avait déjà au lycée.

Il a dit : « Merde, le chef boyard. Tu fais un sacré bœuf Stroganoff. »

Du pied, il bloquait la porte. Il portait un débardeur blanc. Ses cheveux étaient coupés très court, style armée.

« Je veux te parler, Raymond.

— J'ai peur que le règlement de l'immeuble interdise le racolage. Tu comprends ! »

Une odeur d'ordures sortait de sa chambre jusque dans le couloir.

J'ai posé la main sur la porte.

« Je veux te poser quelques questions sur ta voisine, Mlle Kendall. »

Il a essayé de refermer la porte, mais je suis entré

de force. J'ai vu qu'il dealait du hasch. Il y avait de petits sacs sur une table basse à côté d'une balance.

Nos regards se sont croisés.

« C'est légal si on part de l'idée que la vie est une maladie. » Il a eu un sourire de mépris, comme un rat. Laycock, un de ces types brillants mais rebelles qui me rappelaient ce qu'aurait pu devenir le héros de *L'Attrape-cœur* s'il avait été un personnage réel.

J'ai dit : « Ce que tu peux bien faire ici ne m'intéresse pas. Je veux te poser des questions sur autre chose. »

Il m'a regardé. « Franchement, ton ignorance des procédures judiciaires m'effraie. Tu n'as pas de mandat, alors tout ça n'existe pas, d'un point de vue légal. C'est inadmissible. Mais voilà, je suis disposé à ne pas tenir compte de ces détails techniques et à coopérer, uniquement parce que nous nous connaissons depuis longtemps. »

On se serait cru dans un film au ralenti. J'ai dit : « Ferme ton claque-merde. »

Raymond a continué à sourire aux anges.

« Étais-tu ici quand la petite fille de Mlle Kendall s'est fait écraser ?

— Quoi, tu veux lui filer un rancard ? »

Je ne lui ai pas répondu et il a hoché la tête. « Non... je travaillais à l'extérieur. J'ai passé une nuit formidable.

— Toute la nuit ?

— Toute la nuit. » Ses épaules se sont voûtées. « Je n'ai absolument rien vu.

— Que sais-tu d'elle, en général ?

— En général, je m'occupe de mes affaires.

— Ne me cherche pas, tu m'entends ? Tes affaires ne m'intéressent pas. Je vais te rentrer dedans. »

Raymond a secoué la tête : « D'accord... d'accord. Elle se dispute au téléphone, je l'entends qui crie parfois, c'est tout, simplement ça. » Il a bu une longue gorgée dans une grande boîte de bière. Il a fait un clin d'œil pour essayer de détendre l'atmosphère. « Qui aurait jamais pensé qu'on aurait besoin d'autant de bière ? »

C'était un de ces types qui ont un don naturel pour apaiser toute tension. N'importe qui n'était pas capable de dealer de la drogue. Ce n'était pas très facile.

« Tu n'as jamais entendu le sujet de ces disputes ? »

Il a fait comme s'il allait roter mais rien n'est sorti, puis il a secoué la tête. « Je n'écoute pas aux portes. »

Des boîtes de bière vides et des emballages de nourriture traînaient par terre. Sur la table basse j'ai vu un formulaire de demande d'emploi qu'il avait rempli. Sous le titre : « Ce que j'aime en moi », il avait écrit plusieurs choses qu'il avait rayées.

Il a suivi mon regard et dit : « Hé, j'ai aussi une autre liste : "Ce que je déteste en moi". Je l'ai fait publier en trois volumes. » Il a bu une nouvelle gorgée. Il a écrasé la boîte qui a craqué sous ses doigts. Il est devenu plus sombre. Il m'a regardé : « Tu sais ce qui me fout en l'air ? Il y a moins de six mois, j'étais dans une entreprise de transport aérien, dans le Pacifique Sud. »

J'avais conscience de la neige qui tombait au-dehors. J'avais perdu le contrôle de la conversation.

Raymond s'est levé et m'a montré une photo de lui dans un bar, avec une femme aux seins couleur chocolat aux tétins très sombres. Il hochait la tête. À ce moment-là, il a paru revenir de loin.

« Tu sais comment je gagne ma vie en ce moment ? J'emballe de l'épicerie. C'est là-dessus que débouche le service dans la marine. Emballer de la putain d'épicerie. »

J'ai regardé le hasch sur la table.

« Ça, c'est pour ma retraite. »

J'ai dit : « Le regret, c'est comme quand on laisse quelqu'un habiter gratuitement dans sa tête.

— Très juste ! Tu n'es peut-être pas aussi bête que tu en as l'air. »

J'ai dit : « Si, je le suis », et tout en parlant je lui ai rendu son sourire, et cela a tout changé.

En partant, j'ai vu un panneau au-dessus de la porte : « Personne ne vient ici quand tout va bien. »

J'ai dit : « Je crois que tu pourrais faire mieux dans la vie. »

Raymond s'est frotté les bras. J'ai vu la marque des piqûres où il s'était fait des injections. Il a remarqué mon regard. « Pour moi, un drogué c'est un malade qui essaie d'aller mieux, c'est tout. » Il m'a suivi dans le couloir et il a ajouté : « Écoute, je ne sais pas ce que ça vaut mais Kendall sort certaines nuits, et elle revient vraiment très tard.

— Quand est-elle partie cette nuit ?

— Il y a quelques heures. »

Nous étions dans le couloir. L'appartement de Kendall était juste au-dessus de nous.

« Tu veux monter là-haut pour jeter un coup d'œil ? Je sais où elle cache sa clef. Un des pavés de la plinthe est descellé, juste à gauche de la porte. »

J'ai fait signe que non. Bien sûr, je voulais regarder dans son univers, mais pas avec lui ici.

« Tu y es déjà allé ?

— Ce serait reconnaître être entré par effraction, non ? » Raymond a serré les bras autour de lui. Il avait le corps décharné, détruit par la drogue. « Cette femme me fout les jetons. Je veux dire, elle n'est pas mariée, elle n'a pas de liens avec cette ville, rien, et elle reste ici. Elle fout les jetons à beaucoup de gens. »

Nous restions dans la lumière sale de la lampe du couloir. « Quels gens ? »

Raymond a haussé les épaules. « Des gosses... Des gosses du lycée. D'après la rumeur, Kendall serait vraiment morte d'overdose la nuit où sa gosse a été tuée, mais elle serait revenue comme un fantôme. Elle est revenue chercher celui qui a écrasé sa gosse. C'est bizarre, non ? Mais les gosses sont superstitieux. Il y en a qui viennent ici, le soir, ils garent leur voiture devant, et ils montent complètement effrayés, les filles ricanent, leurs petits amis font des bruits de fantômes.

— Rien de particulier ne t'a frappé ?

— Tout me frappe... Mais je pense que c'est ce qui me fout les jetons. Un soir, des joueurs de l'équipe de football sont venus ici, après un match. Kyle Johnson était parmi eux. Il m'a demandé si je l'entendais pleurer parfois. J'ai trouvé ça bizarre. »

Raymond s'est frappé le front de l'index. « Il est complètement fou. Je ne sais pas si tu es au courant, la petite amie de Kyle s'est fait avorter. On dit que ça lui a chamboulé la tête. »

Je regardais Raymond, je voulais savoir s'il allait dire que tout le monde savait que Kyle avait écrasé la petite fille. Le secret s'était-il répandu dans tout le lycée ? Était-ce un secret de polichinelle, une ville vendant son âme au diable pour un championnat ? Mais Raymond n'a rien trahi, rien dont je puisse être sûr. Il a seulement continué à trembler. Il avait besoin d'une nouvelle dose.

J'ai attendu Kendall dans ma voiture. Je devais faire tourner le moteur pour avoir chaud, puis je coupais le contact. Un peu avant quatre heures, alors que j'allais m'endormir, une autre voiture s'est approchée et s'est arrêtée, puis quelqu'un en est descendu. J'ai pensé que ce n'était qu'un autre client de Raymond. Ça m'était égal, mais c'est alors que la lumière s'est allumée dans l'appartement de Lisa Kendall.

La voiture qui l'avait déposée était repartie. Il m'a fallu un petit moment pour me souvenir où je l'avais déjà vue. C'était la voiture du garage du maire, celle que Kyle conduisait. J'ai démarré et j'ai foncé vers la route du comté où habitaient les Johnson, mais je suis arrivé trop tard. Je n'ai rien vu.

En pleine nuit, seul dans ma voiture, à la limite de leur propriété, je me suis demandé ce qui pouvait bien se passer.

Chapitre 13

Le rapport final du groupe d'enquête sur les accidents est arrivé le vendredi matin, la veille de la demi-finale à Gary. Le journal local n'y a fait qu'une brève allusion, une seule ligne qui indiquait ce fait bien triste qu'on avait relevé les traces de pneus d'une seconde voiture sur les lieux. Rien d'autre. C'était déjà de l'histoire ancienne.

La mairie était à moitié vide parce que la plupart des gens avaient pris leur journée. Je me suis rendu dans le bureau du maire. Il ne s'y trouvait pas. J'ai appelé son garage, il n'a pas répondu. J'ai laissé un message sibyllin, je lui ai demandé si Earl avait acheté la voiture que je l'avais vu essayer. Je n'ai pas expliqué pourquoi je lui posais la question.

Je suis allé dans le bureau du commissaire. Il s'apprêtait à s'en aller. Le rapport était ouvert sur son bureau. Le commissaire semblait penser à autre chose et ne cessait d'ouvrir et de fermer ses tiroirs.

« Je ne sais plus où j'ai bien pu fourrer mon billet pour le match. » Il a appelé sa secrétaire qui est arrivée et lui a montré l'endroit secret où il l'avait rangé. Le commissaire a dit : « À quoi peut bien servir un endroit secret si on ne peut pas s'en souvenir ? Je perds la mémoire, voilà ce que c'est. » Il est passé devant moi. « Je vais me mettre en retard, Lawrence.

— Ça vous dérange si je lis le rapport ?
— Demandez-en un exemplaire à ma secrétaire. »

Je me suis installé dans la salle de repos. La boîte qui contenait le rapport était posée à côté de moi. Lois est entrée et a fait comme si elle ne m'avait pas vu. Puis elle a dit d'une voix surprise : « Lawrence ? » Elle a glissé une pièce dans la machine à café et elle a attendu.

J'ai dit : « Donne-moi une chance.

— Pourquoi ?

— Parce que je te le demande. »

Elle s'est assise devant moi, elle a sorti une cigarette, l'a tapée sur la table, et dans le bourdonnement des appareils distributeurs, j'ai dit à Lois que j'avais vu Kyle déposer Lisa Kendall, mais Lois a seulement fait claquer ses lèvres. « Alors, c'est vrai...

— Qu'est-ce qui est vrai ?

— Que tu es allé chez Kendall. On a reçu un appel anonyme disant que tu étais garé devant chez elle. Celui qui a appelé a dit que tu étais resté là pendant presque toute la nuit de mercredi. »

J'ai dit : « On surveille le voisinage en permanence. Pourquoi est-ce que personne n'a appelé pour dire que Raymond Laycock a recommencé à dealer dans l'appartement sous celui de cette femme ? C'est lui qui a téléphoné, n'est-ce pas ? Cette espèce de salopard ! »

Lois a avalé sa salive. « Tu es obsédé par cette femme, hein ? Tu la trouves séduisante ? C'est une jolie fille ?

— Je ne m'abaisserai pas à répondre à ça !

— Quand le commissaire a dit que tu filais cette femme, le maire a voulu te mettre immédiatement à la porte, tu le savais ?

— Je ne la filais pas !

— Tu faisais quoi alors ? » Elle me regardait peut-être comme elle avait regardé son mari après avoir appris qu'il était accusé d'agression sexuelle.

J'ai dit : « Je suis désolé. Je n'arrive pas à dormir la nuit. » J'avais du mal à parler, à dire cela.

« Quel rapport ? » Lois a fait un geste comme si elle allait partir.

« Merde, donne-moi une chance. Je me débats... simplement pour payer la pension alimentaire de mon gosse. Chaque mois, je m'enfonce un peu plus... »

Lois avait un regard méfiant.

« Écoute-moi un instant. Je me suis levé et j'ai fait le tour de la ville en voiture. Je ne veux pas rester chez moi. » Je lui ai pris sa cigarette et j'en ai tiré une bouffée avant de la lui rendre.

« Je suis une âme perdue. Je ne peux même pas m'approcher de mon fils... Je ne peux même pas tenir dans mes bras ma chair et mon sang. Tu sais à quoi ça ressemble quand quelqu'un retient ton propre gosse en otage ? »

Lois m'a regardé droit dans les yeux : « Tu veux un prêt à la banque Lois, c'est ça ? »

J'ai secoué la tête : « Je ne demande pas la charité.

— Entre amis, ce n'est pas de la charité. »

Lois avait une façon bien à elle de renforcer notre amitié.

Je me suis senti mieux. « Laisse-moi t'expliquer, s'il te plaît. Un jour, je patrouillais et je suis passé devant l'appartement de cette femme. Elle regardait à la fenêtre, et je connaissais ce regard. Je me suis souvenu des semaines qui ont suivi mon divorce, quand je croyais mourir de solitude, quand je pensais que je ne pourrais pas me passer de mon gosse. J'allais dans sa chambre, et je restais là en voulant qu'il revienne. Je me disais que si je demandais pardon, ce chagrin, cet amour que j'avais toujours en moi pourraient les atteindre, qu'ils comprendraient et qu'ils reviendraient. »

J'ai vu que Lois avait la chair de poule. « Tu ne peux rien pour elle. Tu ne dois pas aller la voir. »

J'ai dit calmement : « Je sais.

— Je peux te demander quelque chose ?

— Quoi ?

— Qu'est-ce que tu ne vois pas en moi, que tu vois en elle, une inconnue ? »

Je n'ai pas répondu. J'ai attendu.

« Je veux simplement qu'elle s'en aille, ça vaudra mieux pour tout le monde. » Lois a écrasé sa cigarette dans le cendrier en métal comme si notre conversation était terminée.

« Je veux te demander une faveur, Lois. »

Elle a secoué la tête. « Les faveurs, ça n'est pas mon genre.

— Une seule, s'il te plaît. Cette amie que tu as à la compagnie de téléphone... je veux qu'elle vérifie les appels de Kendall, mercredi soir entre neuf heures et neuf heures et demie.

— Tu veux que je perde mon boulot ?

— S'il te plaît. Rends-moi ce service.

— Non... Dis-moi pourquoi ?

— On pourra peut-être contacter sa famille, la renvoyer d'où elle vient. C'est tout ce que je veux, que cette femme retrouve sa vie d'avant. Je pense qu'on lui doit bien ça, non ?

— Je ne peux pas. » Lois a fermé les yeux et les a rouverts. Elle avait l'air épuisée. « Ça ne te regarde pas, et moi non plus. Laisse-la tranquille, Lawrence, s'il te plaît. Je te le demande pour moi. »

Elle avait les larmes aux yeux.

Je me suis servi de la salle de conférences et j'ai examiné la boîte contenant le rapport. Il y avait des enveloppes de photos marquées « Blessures de la victime », « Trajectoire du véhicule », « Conclusions sur l'accident ».

J'ai pris l'enveloppe marquée « Trajectoire du véhicule » et j'ai étalé par terre une série de photos et de dessins de la rue qui décomposaient la trajectoire compliquée des deux voitures. Les traces de chaque véhicule, le véhicule A et le véhicule B, étaient marquées avec des surligneurs de couleur différente. Ces traces se croisaient.

Dans une autre série de photos, on avait isolé les traces du véhicule A, avec sa trajectoire très bien établie par les empreintes des pneus sur les feuilles mortes. La trajectoire allait en ligne droite vers l'enfant. J'en ai eu un frisson dans le dos.

La série suivante, avec les traces du véhicule B, montrait, elle, une trajectoire irrégulière qui serpentait, exactement comme ce que Kyle m'avait décrit. J'ai placé ces photos à côté de celles de la trajectoire du véhicule A.

J'ai lu le rapport en regardant les photos en même temps. On y analysait une série d'agrandissements sur lesquels les traces des deux voitures se croisaient :

Les conclusions du laboratoire d'État indiquent que dans chaque exemple où les traces de pneus se croisent, une trace plus large (véhicule B) est imprimée sur la trace d'un pneu moins large (véhicule A). (Voir les photos 3a-3f.) Ces photos établissement que le véhicule A a fait les premières empreintes. Bien qu'il soit impossible de faire correspondre les modèles de pneus à aucun numéro de série, les analyses des bandes de roulement ont conclu, après examen du diamètre des traces de pneus et la largeur de l'axe, que le véhicule A est vraisemblablement une berline et le véhicule B une camionnette.

Kyle Johnson n'avait pas écrasé la fillette le premier. C'était quelqu'un d'autre. Pas des jeunes qui s'amusaient à rouler sur les tas de feuilles. Quelqu'un avait foncé droit sur la petite fille.

C'est ce qui m'a fait le plus grand choc.

Je suis ressorti dans le couloir et je suis passé devant le bureau de Lois. Elle lisait un magazine. Dans les toilettes, je me suis aspergé le visage d'eau fraîche. Une ampoule nue, telle une boucle d'oreille bon marché, pendait du plafond écaillé, et sa dureté correspondait bien à ce que je ressentais. J'ai fermé les yeux et j'ai presque pu voir la première voiture qui s'approchait, et l'enfant qui dormait dans le tas de feuilles. J'ai rouvert les yeux et j'ai frissonné.

Je suis repassé devant Lois et cette fois elle m'a vu, mais je n'ai rien dit. Je ne pense pas que j'aurais pu parler.

Dans la salle de conférences, j'ai ouvert l'enveloppe marquée « Blessures de la victime ». J'ai regardé dans les feuilles mortes, j'ai vu le fil tordu des ailes de la petite fille, j'ai observé bouleversé les détails que mon esprit ne m'avait pas laissé voir ce matin-là, les yeux sinistrement écarquillés, son visage blanc comme le marbre, ses petites lèvres rouges.

J'ai vu en gros plan un filet de sang qui avait coulé de l'oreille sur le col du costume. J'ai regardé de plus près, et j'ai vu un perce-oreille dans le petit pavillon de son oreille. La nature la réclamait déjà, même à ce moment-là. J'ai vu que sa tête avait été tournée à près de cent quatre-vingts degrés, le cou brisé et enflé, d'une teinte bleu-noir. Sur une autre photo, j'ai vu que son pied droit avait été tordu et écrasé. D'une certaine façon, la petitesse de son pied m'a aidé.

Je regardais une petite fille de trois ans, morte.

Je suis allé jusqu'à la fenêtre. L'œil froid et morne du soleil était suspendu au-dessus de la ville déserte.

Lois est entrée. Je me suis retourné, mais elle avait les yeux fixés sur les photos. Elle a refermé la porte et a porté la main à sa bouche.

J'ai dit doucement : « Kyle n'a pas roulé le premier sur l'enfant », et je lui ai tout expliqué lentement, en marchant entre les photos déposées sur le sol en deux rangées, et j'ai revécu les derniers instants de l'existence de l'enfant sur la terre.

Chapitre 14

Quelques heures plus tard, les cheminées industrielles de Gary soufflaient des langues de feu bleues, comme des dragons dans un monde perdu. J'ai regardé l'obscurité liquide au bord de l'autoroute et j'ai vu le complexe géant éclairé par les lampes nues qui tremblotaient dans la nuit. L'air sulfureux était chargé d'une puanteur délétère d'œufs pourris.

Les fils des hommes qui avaient travaillé dans ces usines chimiques et ces aciéries jouaient en demi-finale pour notre ville. C'était comme compter sur des mutants sortis d'une colonie pénitentiaire galactique.

J'ai pris la dernière sortie de l'autoroute, descendant le long d'une rampe incrustée de verre brisé. Sous les colonnes qui soutenaient l'autoroute, j'ai vu une ville de fortune faite de boîtes et de toile goudronnée, avec les boucliers médiévaux des enjoliveurs de voitures qui brillaient dans le brusque balayage de mes phares. Des couronnes de flammes bleues illuminaient des cercles de silhouettes druidiques les mains tendues comme si elles faisaient se lever les morts. Instinctivement, j'ai verrouillé les portières.

Au bout de la rampe, une lumière rouge et solitaire brillait faiblement comme une étoile implosée.

Je ne me suis pas arrêté, j'ai tout traversé, j'ai viré

sec et j'ai entendu un de mes enjoliveurs qui roulait dans l'obscurité.

L'Amérique industrielle accroupie, impressionnante, triste et en ruine. Tant de choses que nous utilisions chaque jour avaient été créées là, autrefois.

Des prostituées en minijupe hantaient les rues et glissaient furtivement dans la lumière des enseignes au néon, des Noires enchaînées à la nuit par des liens dorés. Par les vitres, je voyais le regard myope d'hommes qui fumaient et buvaient près d'immeubles brûlés, une file de voitures le capot ouvert, des vitrines murées, des fenêtres défoncées.

Dans un très grand motel délabré, un homme en maillot de corps m'a fait remplir une fiche. C'était là que se trouvaient ceux qui allaient au match. On entendait la musique de *Flashdance* dans une des chambres. Des gens dansaient sur des chaises et sur le double lit. La fête continuait dans une autre pièce par une double porte.

Le maire et le commissaire sont sortis de cette chambre et m'ont vu ouvrir ma porte. Le commissaire s'est arrêté. Il a relevé brusquement la tête. « Lawrence ! Merde ! Je ne m'attendais pas à vous trouver ici... » Il se balançait en parlant et il a tendu le doigt vers la nuit. « Pour aller au paradis, on doit passer par les portes de l'enfer ! » Le commissaire a laissé un grand sourire s'épanouir sur son visage et j'ai détesté le cran dont il faisait preuve.

« Pourquoi est-ce que vous ne rentrez pas, commissaire ? » a dit le maire.

Le commissaire semblait avoir besoin d'aide pour prendre la bonne direction. Avant de s'en aller, il a penché la tête et m'a regardé en louchant. « On a réussi ! » Il a serré un poing en disant cela. « Nous allons raconter la journée de demain à nos petits-enfants ! »

Il m'a serré le bras avec son autre main pour garder l'équilibre. Son haleine sentait l'alcool.

« C'est la planète des singes, voilà ce que c'est. Vous savez, dans cette équipe, ils ont des nègres qui ont l'air de descendre d'un bateau d'esclaves. Ma parole. Ils ont des mains comme des pelles. » Il a failli me tomber dessus.

J'ai attendu pendant que le maire entraînait le commissaire vers la fête.

Le commissaire a hurlé : « On a l'annuaire de l'université. Regardez contre qui on va jouer ! Ceux qui n'ont rien contre ceux qui ont moins que rien ! »

Une voiture est entrée dans le parking. Un tas de neige est devenu rose dans la lumière des stops. De l'autre côté de l'autoroute, dans la gare de triage, j'entendais le choc des wagons qui se heurtaient, le bruit des trains qu'on formait.

Le maire est revenu. « Allons dans votre chambre. » Son bras m'entourait les épaules. « Merde, plus vite le commissaire prendra sa retraite et mieux ça vaudra. Il commence à devenir gênant. »

Dans ma chambre, le maire est resté debout devant la fenêtre, et éclairé par-derrière comme il l'était, j'avais du mal à distinguer son visage, je ne voyais que sa silhouette. Il n'a rien dit pendant quelques instants, il écoutait simplement le rythme de la musique qui résonnait dans tout le motel.

J'attendais, assis sur le lit, un de ceux qui se secouent si on y met une pièce. Le couvre-lit était parsemé de brûlures de cigarette.

Le maire a poussé un profond soupir. « Je n'irai pas par quatre chemins. J'ai reçu une plainte contre vous. Je croyais vous avoir donné l'ordre explicite de ne pas vous approcher de cette femme. Je pensais qu'on était d'accord.

— Laycock... Il vous a appelé ? »

Le maire a quitté la fenêtre et j'ai vu son visage. « Ce n'est pas lui qui est en cause. C'est vous. » Il s'est assis sur une chaise à côté d'une table basse et il s'est passé la main dans les cheveux.

Je n'ai rien dit.

« J'ai respecté ma part de l'accord. J'ai demandé au commissaire de vérifier ce coup de téléphone. Il l'a retrouvé. Kendall parlait à sa sœur. Elle traverse une mauvaise passe à cause de la mort de son enfant. C'est ce dont elle parle au téléphone, elle se sent coupable. Elle a peur de rentrer chez elle, de tout affronter à nouveau. C'est ce que font les gens, ils se cachent des autres, d'eux-mêmes. C'est une manifestation psychologique de la douleur, d'un sentiment de culpabilité, ça fait partie du processus. »

Je n'ai pas bougé. J'ai cru que le maire allait me sauter dessus, mais il a parlé de lui : « J'ai fait du mieux que j'ai pu pour aider tout le monde depuis que cette affaire a commencé, et partout où je me suis tourné, on m'a chié dessus. Se mettre au service du public, c'est un boulot ingrat. Les gens ne pensent qu'à vous tirer dessus. »

Il m'a regardé. « Vous savez ce que m'a fait Earl Johnson ? Il vient au garage, il choisit la meilleure voiture. Il veut l'essayer. Ensuite, il me dit qu'en ce moment, il n'a pas les moyens. Il me demande des conditions. Il me donne trois sous, et il s'en va avec une voiture neuve. Il va falloir que j'encaisse le coup. Vous voyez dans quoi je me débats ? Je fais une faveur à quelqu'un et c'est comme ça qu'on me traite ! »

La musique a fait un bruit d'enfer. Quelqu'un avait ouvert une porte au bout du couloir. La fête battait son plein. Une autre porte a claqué et les murs de ma chambre ont tremblé.

Le maire a élevé la voix : « Merde, je nous imagine déjà arrêtés pour tapage. Je les vois bien nous faire ça. Je veux foutre le camp de cette ville de nègres. » Il s'est retourné pour s'en aller.

J'ai dit : « Attendez.

— Quoi ?

— Kyle voit cette femme.

— Qu'est-ce que vous voulez dire, il la *voit* ?

— La nuit où je planquais devant chez elle, une voiture s'est arrêtée, la voiture dans laquelle je vous avais vu emmener Kyle et Earl pour un essai. »

Le maire s'est figé sur place. « Je le crois pas.

— Je pense que tout le monde sait ce qui s'est passé, ce qu'a fait Kyle. Laycock m'a dit que des gosses entraient dans la maison la nuit. Il dit qu'au lycée, il y a une rumeur selon laquelle Kendall est un fantôme, qu'elle est morte la nuit où sa fille a été tuée, mais qu'elle est revenue hanter la rue, qu'elle recherche son enfant. »

Le maire n'a rien répondu.

J'ai repris : « J'ai dit à Kyle que lorsqu'il serait célèbre, il pourrait sauver son âme en donnant anonymement de l'argent à des femmes comme Kendall. Il essaie peut-être déjà de sauver son âme, en lui disant qu'il va la rendre riche... »

J'ai regardé le maire mais il ne semblait plus remarquer ma présence. J'ai attendu et le silence a duré, à part la musique au bout du couloir.

Le maire gardait la tête baissée. Il n'a rien dit et a fini par sortir en laissant la porte ouverte, et l'air froid a rempli le vide de son absence.

Dans une boutique qui vendait de l'alcool, en face du motel, j'ai acheté une bouteille de Crown Royal, dans un sac bleu à cordons dorés. J'étais à quelques gorgées de l'oubli.

Le lendemain, le simple fait de regarder par la fenêtre me faisait mal. Le motel était vide. Il était près de deux heures de l'après-midi. J'avais raté le match.

À la caisse, une grosse femme blanche m'a compté une nuit de plus. Elle regardait *J'aime Lucy* sur une petite télé. Lucy mettait des chocolats en boîte sur un tapis roulant, elle recherchait des imperfections sur les chocolats, elle écartait les mauvais et mettait les bons en boîte mais elle ne pouvait garder le rythme. Le tapis roulant allait de plus en plus vite, et Lucy se fourrait les chocolats dans la bouche et dans son corsage, et les rires enregistrés étaient de plus en plus forts. La grosse femme blanche souriait comme si c'était drôle, comme si ce genre de désespoir valait qu'on en rît.

Et quelque part, loin du motel, dans le froid tranchant de ce clair samedi après-midi, Kyle Johnson était déjà sorti de l'enfer pour s'élever vers une nouvelle victoire improbable, et j'ai eu l'impression qu'il avait peut-être toujours eu besoin de ce qui lui était arrivé, pour l'entraîner plus loin, pour le hisser vers la grandeur. Il trouvait sa voie au milieu de tout ça. Quand on regarde l'histoire, des hommes accomplissent de grandes choses dans les pires circonstances, en luttant contre leurs démons personnels. Kyle était-il dans une situation semblable ?

Chapitre 15

J'ai suivi les feux arrière d'un camion pour trouver la sortie en direction de notre ville. Une banderole flasque était accrochée au poste de péage, célébrant la victoire de Kyle Johnson. Le type dans la cabine avait l'air d'écouter des conversations au milieu de nulle part.

Un chasse-neige avait poussé un tas de neige dans l'allée qui conduisait chez moi. J'ai dû aller chercher une pelle pour la dégager. Le froid m'a saisi. Je l'ai senti dans mes poumons. Quand j'ai eu fini, j'ai regardé dans la boîte aux lettres où les cassettes *Comment devenir riche* étaient arrivées. Je les ai posées sur la table de l'entrée.

Max glapissait dans le sous-sol. Je l'avais laissé là pendant deux jours. Je l'ai fait monter. Il geignait, levait la patte et a fini par me pisser dessus. J'ai senti la chaleur se répandre sur mon genou et une odeur d'ammoniaque a rempli l'air. Max est parti en trottant dans la cuisine puis il est revenu et m'a regardé d'un air méfiant.

Le téléphone a sonné un peu plus tard. C'était le maire. Il a dit : « Vous avez une semaine de vacances payées, offertes par la ville, à partir d'aujourd'hui.

— Pour quelle raison ?

— Pour le congé que vous n'avez pas pris, pour

les heures supplémentaires que vous avez faites. » Il a raccroché avant que j'aie même pu expliquer pourquoi je n'étais pas allé au match. Je ne savais toujours pas si j'étais réprimandé ou récompensé.

Au-dehors, Max se promenait dans le jardin, il dénichait des odeurs, marquait des choses, levait la queue, et de la buée s'élevait dans l'air froid. Il reprenait possession de son territoire. Je l'ai laissé dehors.

J'ai ouvert une boîte de soupe aux nouilles et au poulet de Campbell's, j'ai coupé quelques tranches de fromage et j'ai branché la bouilloire. Je faisais tout très lentement. Ensuite j'ai lavé la vaisselle et je l'ai rangée.

Trente minutes de ma vie se sont écoulées.

J'ai allumé la télé et j'ai regardé le gosse Mikey prendre un bol de céréales que lui donnaient son grand frère et ses amis. Il avait à peu près le même âge qu'Eddy. La tête de Mikey atteignait à peine le plateau de la table. Il a dû monter sur une chaise simplement pour manger ses céréales. Il avait un sourire de gosse. La télé n'était qu'un champ de mines d'émotions. J'ai éteint.

J'ai téléphoné aux renseignements afin d'avoir un numéro gratuit pour des réservations de croisière. Je voulais voir si une des croisières dont Lois avait la documentation faisait des prix de dernière minute, mais il n'y en avait aucune.

J'ai dit à l'employé : « Je veux partir immédiatement, prendre un avion à Chicago et arriver demain matin. Le bateau va partir, et sans mon argent ! Ce n'est pas comme ça qu'on fait du commerce ! » J'ai dit : « Passez-moi votre supérieur. »

Mais c'était la haute saison et ils ne faisaient pas de réductions, rien que des prix forts, sinon je pouvais me joindre au *Floater's Paradise Club*, avec soixante-quinze pour cent de réduction pour sa première croisière. Mais au bout du compte cela faisait pas mal d'argent. Ils voulaient quelque chose comme six cents dollars simplement pour m'inscrire au club. Le billet d'avion n'était pas compris. Ils proposaient aussi l'option temps partagé. J'étais debout près du téléphone et j'écoutais. Un service de données établissait le portrait des membres pour la comptabilité. Il y avait un supplément mais ils donnaient une brochure de témoignages. C'était garanti cent pour cent. La brochure était gratuite. Je ne payais que les frais d'envoi. Puis le type m'a donné les prix et la description des chambres disponibles. J'ai raccroché.

J'ai fait mes bagages pour aller dans ma cabane. J'avais mal aux bras d'avoir pelleté la neige. Quand j'ai été prêt, j'aurais juré qu'il était plus de minuit, mais ma montre n'indiquait que neuf heures moins le quart.

J'ai appelé Janine et je lui ai dit que j'allais à la cabane. Elle avait le chic pour me laisser parler jusqu'à ce que j'en vienne à la raison de mon appel. J'ai dit : « Je veux emmener Eddy avec moi à la cabane. »

Sa réponse a été très simple. « Tu me dois deux mois de pension alimentaire. »

J'ai dit : « Tu crois que ça ne me fait rien de ne pas pouvoir payer la pension de mon fils ? Toi et Seth, vous avez tout l'argent que vous voulez. Tu ne peux pas faire une exception ?

— Eddy a un nouveau médicament. Il faut le surveiller.

— Quel médicament ? De quoi es-tu encore en train de le bourrer ?

— Ne crie pas contre moi !

— De quoi le soigne-t-on, Janine ?

— Il est hyperactif.

— Ça s'appelle l'enfance. Merde, pourquoi est-ce que tu lui fais payer nos erreurs ?

— Je refuse d'avoir ce genre de conversation.

— Tu es devenue drôlement généreuse, avec votre fortune de nouveaux riches, n'est-ce pas ? »

Elle n'a même pas mentionné sa grossesse. Quand elle a raccroché, il y a eu des crépitements sur la ligne, comme le bruit de l'univers au-delà de nos petites vies insignifiantes.

À trois heures, j'ai quitté la maison. Je n'avais pas envie de dormir. Mais je ne suis pas allé directement à ma cabane. Je me suis garé à un croisement près de chez les Johnson. J'attendais que Kyle apparaisse et se dirige vers l'église ou vers la ville. Je voulais lui demander ce qu'il avait dit à Kendall. J'avais besoin de savoir, c'est tout. C'était une question simple. Je voulais savoir avant de partir.

Max était assis à côté de moi et il regardait l'étendue des champs couverts de neige. Il reniflait et poussait de petits gémissements comme le font les chiens quand ils veulent quelque chose.

Une camionnette s'est approchée. J'avais dû m'endormir. Il faisait toujours noir au-dehors. Quand la camionnette s'est arrêtée, j'ai reconnu la conductrice, Mme Vanderhagen. Une veuve qui habitait une ferme au-delà de celle des Johnson. « Ça va ? »

J'ai vu qu'elle était habillée pour aller à l'église.

J'ai dit : « Oui, oui », en reprenant un peu mes esprits. « J'attends un ami. Nous allons à la chasse. » J'ai montré mes affaires à l'arrière.

Elle est partie.

J'ai rembobiné la cassette *Comment devenir riche* que j'avais déjà passée, et je l'ai écoutée à nouveau. Un type racontait la parabole des talents, comment un roi qui devait quitter son royaume pour quelque temps avait donné cinq talents à un serviteur, deux à un autre et un seul au dernier, et comment les premiers avaient doublé leurs talents en les faisant valoir, mais comment le serviteur avec un seul talent l'avait enveloppé dans un linge pour le cacher. À son retour, le roi a dit : « Serviteur méchant et paresseux, tu savais que je moissonne où j'ai semé ; il te fallait remettre mon talent aux banquiers, et j'aurais retiré ce qui est à moi avec un intérêt. Ôtez-lui donc le talent et donnez-le à celui qui en a dix ; et le serviteur inutile, jetez-le dans les ténèbres du dehors. »

Je ne pouvais penser qu'à l'entrepôt où j'avais déposé et caché des choses. J'ai dit à Max : « Je suis le type qui n'a qu'un talent. »

J'ai donné un coup de poing dans le tableau de bord et Max a aboyé. Je revenais des ténèbres du dehors.

Je n'avais pas dormi depuis vingt-quatre heures. Je me suis regardé dans le rétroviseur, ma barbe pas rasée, mes yeux rougis. Les pupilles comme des pointes d'épingle. Le maire avait raison. J'avais besoin de partir. J'avais l'air malade.

Une camionnette s'est approchée et avant que j'aie pu me rendre compte que c'étaient Earl et Helen, ils sont arrivés à ma hauteur. J'ai vu Helen dire quelque chose à Earl. Il lui a répondu. Helen a baissé sa vitre et m'a lancé un regard mauvais. « Vous êtes en panne ? »

Je ne trouvais rien à dire. J'ai répondu : « Où était Kyle dans la nuit de mercredi à jeudi ? »

Earl a hurlé : « À quoi ça rime, tout ça ? »

Helen me regardait : « Kyle était à la maison.

— Toute la nuit ? »

Earl a hurlé à nouveau : « Mais qu'est-ce que vous voulez ?

— Kyle était avec la mère de la petite fille qu'il a tuée. »

Helen me regardait fixement. « Kyle n'a tué personne.

— Vous voulez de l'argent, c'est ça ? » Earl pointait un revolver sur moi, mais Helen a crié « Non ! » Elle a posé une main sur le bras d'Earl et s'est signée de l'autre main. Elle tremblait.

Elle a dit : « Je vais prier pour vous. Voilà ce que je vais faire. Vous avez l'air méchant. On vous a enlevé votre femme et votre fils. Je vais prier pour vous, prier pour que vous trouviez la paix intérieure. » Elle a posé la main sur son cœur. « Vous avez besoin que le Seigneur vous guide. »

Je lui ai crié : « Votre religion vous a aveuglée ! »

Earl a levé son arme. Il a dit d'une voix sévère : « Vous voulez combien ? »

Au milieu de la confusion, je n'ai pas vu Kyle qui arrivait dans la voiture neuve.

Earl lui a seulement fait un signe de la main pour qu'il s'approche.

Kyle s'est avancé lentement, il m'a d'abord regardé puis il a vu sa mère et Earl qui pointait à nouveau le revolver sur moi.

Chapitre 16

Il y a des moments où je regrette qu'Earl n'ait pas appuyé sur la détente, ce matin-là. Je ne voyais aucun moyen de m'en sortir. Est-ce que les cassettes *Comment devenir riche* pouvaient changer ma vie ? Est-ce que j'avais cette sorte de foi ? Je n'arrivais pas à me voir sur une île tropicale quelconque en train de boire des cocktails, et de me vanter de ce que j'avais gagné l'année précédente. Je le voulais, mais je ne le pouvais pas.

Je me suis arrêté dans une station-service où il y avait un photocopieur. J'ai posé les pattes avant de Max sur la vitre, je l'ai pris dans mes bras avant d'appuyer sur le bouton. Une image étrange de nous est apparue quelques secondes plus tard. J'ai griffonné dessus « Eddy, on t'aime ! » et je l'ai postée.

J'ai encore roulé deux heures et plus j'allais vers le nord plus je sentais monter en moi une nouvelle foi. J'avais passé les cassettes et j'avais écouté le système, les stratégies garanties pour obtenir une indépendance financière, des sujets du genre : « Comment créer la richesse », « Comment acheter dans l'immobilier sans mise de fonds », « Comment réaliser un bénéfice fabuleux dans l'aubaine », « Comment racheter des biens saisis sans rien débourser », « Comment gagner de l'argent en échangeant », « Comment créer du cash-flow ».

Je me suis dit : Pourquoi est-ce que je ne pourrais pas être ce type en chemise hawaiienne qui boit des cocktails ? tout en quittant la grand-route. J'ai suivi un chemin défoncé qui brillait à cause de la gelée, j'ai traversé un pont de bois, puis je suis passé sous des arbres avant d'entrer dans une clairière au bord d'un lac où la lumière de ce début d'hiver était si violente qu'elle faisait mal. Le ciel était d'un bleu magnifique.

C'était ce dont j'avais le plus besoin.

Je me suis arrêté près de la cabane. Les cassettes disaient très clairement qu'il s'agissait de quelque chose qu'on pouvait louer en multipropriété grâce à une annonce dans un journal national. Je crois que je voyais déjà le monde sous un jour différent.

La cabane était la seule chose que Janine n'avait pas réclamée après le divorce. Fondamentalement, elle ne valait rien, une cabane de pêche délabrée au bord d'un lac. Je l'avais achetée pour rien juste après la naissance d'Eddy, parce que je pensais qu'on y passerait l'été et que je lui apprendrais tout sur la nature et la vie sauvage. Mais j'avais perdu mes illusions sur ce que la nature pouvait nous enseigner. Comme je l'avais dit à Eddy au cours du divorce : « Tous les animaux sauvages ne vivent pas dans les bois. »

Je suis descendu de voiture et j'ai senti le calme du lac, à peine visible, et le froid dans ma gorge. Ici, le temps était immobile, il restait tapi dans des glaciers disparus depuis des éternités, une base de culs-de-sac de l'évolution, des histoires écrites dans des couches de schiste. Je me voyais cataloguer chaque sensation, je voulais m'en souvenir pour rédiger la petite annonce, quand j'essaierais de vendre ma cabane, en multipropriété.

À midi, j'ai aéré la cabane. J'ai enlevé les vieilles toiles d'araignées. Des mouches bourdonnaient contre les fenêtres avant de mourir. La saison changeait rapidement.

J'ai coupé du bois en suant jusqu'à ce que je sois débarrassé de la peur et de l'angoisse accumulées au cours des derniers jours. Je sentais le fer de la hache entamer le bois, déchirer les fibres, et le fendre en suivant les lignes de la croissance. Il s'en dégageait une odeur épicée de sève. J'ai entassé les bûches à côté de la cabane. J'avais les bras marbrés à cause du froid mais j'avais l'impression d'être en feu. Je descendais au plus profond de moi, au-delà de la pensée, jusque dans un endroit de grande satisfaction où je ne sentais que le rythme de mon corps.

Je suis rentré et j'ai sorti mes provisions. À l'intérieur, ma respiration se transformait en buée. L'air était piquant. Après avoir tout rangé, je suis descendu au bord du lac. J'ai vu un plongeon se poser au loin sur l'eau. L'éclaboussement s'est élevé dans l'air glacé, la lumière de l'après-midi transformant l'eau en vif-argent miroitant.

Sur l'autre rive, une brume cristalline masquait les arbres. Il y avait un léger clapot là-bas, et les petites vagues se brisaient dans une écume brune. Des feuilles mortes et des branches s'accumulaient sur le rivage. Une pellicule de glace, transparente comme du verre, s'était formée sur les petits ruisseaux. J'en ai cassé un morceau pour en goûter la pureté.

Max courait entre les arbres. Il est descendu au bord du lac mais plutôt que d'aller nager, il a lapé l'eau glacée avant de retourner dans les bois. J'étais heureux de le savoir avec moi. Il s'élançait sur des choses puis s'arrêtait brusquement, reniflait et repartait. Je lui ai lancé un bâton, et il a bondi dans la boue de la berge pour aller le chercher.

J'ai trouvé un endroit où pêcher, j'ai pris une mouche sur mon chapeau et je l'ai mise au bout de ma ligne. J'ai enfilé mes cuissardes et je me suis avancé jusqu'à ce que j'aie de l'eau à la hauteur de la taille. À cause des cuissardes je flottais un peu et manquais d'équilibre. J'ai écarté les jambes. Le froid me piquait et bientôt j'ai senti monter des fourmillements et un engourdissement, comme un anesthésique.

Max a aboyé au bord de l'eau, il a couru sur la berge boueuse avant de filer à nouveau dans les bois.

J'ai lancé un fil araignée qui s'est déroulé en arc et qui est tombé assez loin sur le lac, puis j'ai tenu fermement ma ligne en attendant une résistance, en laissant du mou. La mouche avait la belle couleur irisée de l'essence sur une route après la pluie. Elle filait sur l'eau grise du lac.

Le bruit lointain d'un moteur de hors-bord a rempli le silence de l'après-midi. La partie supérieure du lac était invisible à cause d'une courbe et le bateau n'est jamais apparu. Puis le moteur s'est arrêté.

Le silence s'est à nouveau refermé sur lui-même. Le plongeon s'est envolé au-dessus de l'eau couleur de zinc.

Un peu plus tard, de la fumée s'est élevée au-dessus des arbres. Ceux qui se trouvaient là-bas se préparaient pour la nuit. J'ai entendu un seul coup de feu et j'ai su qu'on avait tué quelque chose. J'en ai eu un frisson. J'ai appelé Max et il a aboyé tout près. J'entendais des brindilles qui se cassaient dans les bois.

J'ai pêché jusqu'à ce que mes mains ne puissent plus tourner le moulinet, jusqu'à ce que le soleil commence à descendre sur l'horizon. J'ai senti qu'un poisson tirait sur ma ligne, mais je l'ai laissé s'enfoncer sans me battre. Je sentais que je me déchargeais d'un grand fardeau. La ligne s'éloignait, comme ma tension.

Max me regardait depuis la berge et il aboyait comme s'il avait su que j'avais des problèmes. Il grattait la boue à la manière des chiens.

J'avais du mal à bouger et à garder mon équilibre. Max a attendu que je sorte de l'eau. Il m'a léché les mains avec sa langue chaude. Nous avions retrouvé notre amitié, j'ai souri, et il a eu ce rire des chiens.

Je suis remonté vers la cabane. J'avais la tête qui tournait et un léger vertige à cause de la faim. Je me sentais vulnérable comme quand on est dans la nature. Dans la cabane, j'ai allumé un énorme feu et j'ai mangé des haricots en les étalant sur des tranches de pain. Je sentais la fatigue du travail accompli dans la journée et c'était agréable. J'avais le dos brûlant et douloureux pour avoir coupé du bois. Mes jambes me semblaient molles et caoutchouteuses à cause de l'eau du lac. Mais c'était une bonne fatigue, parce que je m'étais dépensé physiquement.

J'ai pensé que c'était la meilleure façon de combattre mes démons, de me fatiguer à l'extrême, afin de ne pas rester éveillé à ruminer ce que je ne pouvais pas changer. Et, au fond de moi, je pensais aux cassettes.

Je me sentais seul avec un grand secret. C'est ce que je voulais croire.

Au-dehors, le soir cédait la place aux ténèbres. Max aboyait dans les bois. Un croissant de lune restait suspendu au-dessus de la clairière au bord du lac. Quelques étoiles commençaient à scintiller faiblement.

Je regardais la nuit tomber et le paysage se dissoudre dans les ténèbres. J'ai baissé la lampe à huile pour qu'elle répande une lueur jaune et j'ai mis une nouvelle bûche dans le feu. J'ai bu du thé brûlant jusqu'à ce que ma vessie soit sur le point d'éclater, alors je me suis levé pour aller me soulager dans la nature. On aurait dit qu'il allait faire nuit éternellement.

Il n'était que sept heures et demie.

J'ai affronté le froid, j'ai marché jusqu'aux arbres et j'ai vu le ciel qui se reflétait dans le lac.

J'ai appelé Max, j'ai hurlé son nom et l'écho l'a répété plusieurs fois avant de mourir. J'ai cru l'entendre aboyer mais ce n'étaient peut-être que mes propres cris au loin dans la nuit.

Max n'est pas revenu. Je l'ai laissé. C'était sa vraie nature, délivrée des conséquences du désordre de ma vie. Il avait bien le droit d'errer pendant une nuit après une éternité passée dans le sous-sol.

Je faisais des plans, je sentais que je trouvais là un moyen de m'en sortir. Devenir commissaire ne représentait rien pour moi, seulement un avenir bouché à regarder mon fils grandir loin de moi. J'abandonnerais tout, je vendrais la maison et j'irais à Chicago, je recommencerais avec l'argent que j'allais gagner. Les cassettes disaient qu'une propriété sous-évaluée dans une région en déclin économique était une mine d'or pour ceux qui avaient la prévoyance d'investir. C'était sur une cassette intitulée *Soyez un pionnier urbain*.

Le secret, c'était que le gouvernement fédéral et celui de l'État payaient le loyer des femmes au titre de l'aide sociale et achetaient au prix fort des appartements en centre-ville. On n'avait qu'à faire une offre pour une maison susceptible d'être divisée en appartements, un loft ou un entrepôt abandonné, et le gouvernement avait différents programmes pour aider à le retaper ou à le diviser si nécessaire, afin de faire des logements sociaux.

Le gouvernement cherchait des partenaires pour la rénovation urbaine. « Vous avez le projet, ils ont l'argent », c'est ce que disait le type sur la cassette. Je devais toujours rembobiner parce que lorsqu'on entrait dans les détails, sur les programmes ou les stratégies à employer, chaque fois les cassettes disaient que les États et les villes avaient des approches différentes et qu'il valait mieux se documenter soi-même. On donnait la liste des agences fédérales et des endroits où on pouvait obtenir des formulaires.

Cela semblait quand même prometteur. Il y avait le témoignage d'un type qui tirait plus de vingt mille dollars d'une propriété que le conseil municipal de Cleveland avait vendue « après incendie ». Je ne savais pas exactement ce que ça voulait dire, le type ne l'expliquait pas, mais il disait qu'il avait obtenu une subvention du conseil municipal pour la restauration en attribuant vingt pour cent de ses appartements à des familles à faible revenu. L'argent venait d'un fonds pour l'intégration raciale, alimenté par une loi fédérale. Tout ce qu'on avait à faire, c'était de mettre un programme d'aide fédérale en accord avec la propriété qu'on achetait. On soutenait tout contrat grâce à une banque, parce que la loi obligeait les banques à diversifier leur portefeuille de prêts.

La femme du type faisait chorus et racontait comment les cassettes avaient sauvé leur mariage.

De toute façon, je ne voyais pas tellement Eddy. Je pourrais peut-être même intervenir et m'opposer à la façon dont Eddy était soigné. Bien sûr, cela coûterait de l'argent, obtenir un jugement contre ce qu'on lui faisait, mais j'étais disposé à dépenser de l'argent pour lui. Le problème n'avait jamais été celui-là. Le problème avait toujours été d'avoir assez d'argent.

Et à ce moment-là, j'ai senti que c'était ce que j'allais faire, j'allais devenir promoteur immobilier. J'ai tout passé dans ma tête, l'immensité de Chicago, le lac, des repas dans de vrais restaurants, les possibilités de rendez-vous, et pas la monotonie de l'endroit où je vivais actuellement. Je pourrais faire ce que je voudrais, quand et comme ça me plairait. Je n'avais qu'à suivre ce que disaient les cassettes.

Avant d'aller me coucher, j'ai appelé Max une dernière fois, mais il n'y a toujours pas eu de réponse. Quand l'écho de mes appels s'est tu, un silence absolu s'est abattu, un désert végétal s'étendait de toutes parts. J'avais le corps raide et douloureux. Je suis redescendu au bord du lac et j'ai marché sur la berge. Au loin, de l'autre côté du lac, j'ai aperçu les flammes jaunes d'un petit feu.

Et toujours aucun signe de Max.

Dans la petite chambre, je me suis pelotonné dans mon sac de couchage, j'ai passé une des cassettes que j'avais prises dans la voiture, et j'ai ressenti un vertige, comme si je tombais d'une grande hauteur dans un abîme de ténèbres, et vers ce que je recherchais depuis tant de jours : l'oubli.

Je me suis réveillé dans une fumée étouffante. Brusquement conscient d'une chaleur qui grondait autour de moi, j'ai vu des flammes dans la pièce de devant. La cassette tournait toujours dans le lecteur – comme si Dieu me parlait dans un buisson ardent.

Mes poumons me brûlaient tandis que je sortais de mon sac de couchage. Il n'y avait pas de fenêtre dans la chambre.

J'étais coincé à l'intérieur, les flammes montaient sur le mur extérieur et le bois craquait et éclatait. J'ai entendu du verre se briser et un souffle d'air chaud s'est précipité à l'intérieur. Une poutre du toit s'est soudain effondrée et a explosé dans la pièce de devant dans des gerbes de braises.

La cabane ronflait, craquait et tremblait dans un mirage de chaleur intense. Une partie du toit de ma chambre a cédé et une autre poutre s'est effondrée et s'est balancée comme un pendule.

J'ai saisi violemment le sac de couchage et je me suis enveloppé dedans, puis j'ai traversé le mur de chaleur en courant et j'ai sauté par la fenêtre de la pièce de devant. Le sac de couchage restait collé à moi comme une sorte de gelée de flammes qui dégoulinaient. J'ai heurté le sol brutalement, je me suis relevé pour foncer vers le lac dans lequel je me suis jeté.

J'en ai eu le souffle coupé.

Je suis ressorti dans l'air glacial de la nuit, je tremblais, j'ai glissé et je suis retombé dans l'eau avant d'atteindre la berge et de m'étaler dans la boue.

Le vent poussait les flammes vers les arbres, tout avait une couleur dorée, les doigts noueux des branches me saluaient. J'avais horriblement froid et je me suis traîné vers le feu.

Ma chemise de nuit me collait au dos. Je me suis pelotonné près de l'incendie. J'avais la peau légèrement brûlée, tendue comme celle d'un tambour de funérailles, mais je ne sentais encore aucune douleur.

En l'espace d'une heure, le vent s'est levé et est retombé, des étincelles s'envolaient dans le ciel au-dessus du lac, des comètes de cendre qui brillaient avant de disparaître, jusqu'à ce qu'il ne reste plus que les quatre poteaux des fondations – des totems, des ruines calcinées qui palpitaient quand le vent reprenait de la force. Puis la neige a commencé à tomber doucement, en sifflant et en pétillant dans le feu, le froid est revenu, le choc s'est dissipé et l'incendie s'est éteint.

J'ai dû casser la vitre de ma voiture, car j'avais perdu les clefs dans l'incendie. Sur la banquette arrière, il y avait la couverture de Max. J'ai défoncé le dossier pour atteindre le coffre où j'ai pris mes bottes de caoutchouc et une torche électrique. Je me suis enveloppé dans la couverture et je suis revenu m'accroupir près des ruines de la cabane. Avec un bâton, j'ai dégagé les braises rougeoyantes sous la cendre. Elles ressemblaient à une blessure.

De temps en temps, je me relevais et j'appelais au secours, mais seul l'écho me répondait. Je ne savais pas quelle heure il était.

Le froid s'est abattu sur moi et il s'est remis à neiger. J'ai passé le reste de la nuit dans la voiture, recroquevillé sous ma couverture.

Le matin est apparu comme une eau-forte, sans aucune couleur dans la lumière de l'aube. Pas de soleil. De la brume s'élevait comme de la fumée sur le lac, le feu continuait à brûler là où je l'entretenais, mais le reste n'était plus qu'un tas de cendres. Les branches au-dessus avaient brûlé et laissaient voir le ciel.

J'ai appelé Max, mais il n'est jamais revenu. Alors j'ai enfilé mes bottes de caoutchouc, recroquevillé contre le froid, et je suis reparti sur la route défoncée tandis qu'un soleil glacial se levait derrière moi.

Chapitre 17

Je suis enfin arrivé sur la grand-route. Un kilomètre plus loin, le type qui tenait la station-service est sorti de son petit bureau quand il m'a vu. Il a touché la visière de sa casquette de base-ball crasseuse. « Qu'est-ce qui vous est arrivé ? Vous voulez que j'appelle la police ou un médecin ?

— Non... Je peux téléphoner ? » Le simple fait de parler m'a fait mal à la poitrine. J'avais la gorge rêche comme si j'avais fumé un millier de cigarettes.

Le type m'a conduit dans une pièce qui puait l'huile, remplie de chaînes et de pièces détachées de voitures, puis jusqu'à un téléphone dans un couloir glacial.

Quand Lois a répondu, je n'ai pas réussi à parler. Tout est remonté en moi. J'ai juste pu dire son nom avant que ma gorge se bloque.

Le type de la station-service écoutait au bout du couloir, en buvant du café. Je l'ai regardé. Il a fait demi-tour et s'est éloigné.

— Lawrence ?

— Écoute, Lois...

— Où es-tu ?

— Écoute-moi... j'ai eu des problèmes cette nuit à ma cabane.

— Quoi ?

— Ma cabane... elle a complètement brûlé.

— Mon Dieu, tu vas bien ? » Elle s'est mise à poser des questions.

Je me suis adossé au mur et j'ai dit : « Lois. »

Elle s'est arrêtée aussitôt.

« J'ai besoin que tu me rendes un grand service. Il faut que tu me trouves une clef chez un marchand de voitures et que tu me l'apportes. Je suis à la station-service, au sud du croisement avec la route qui conduit à ma cabane. Tu as noté ?

— Attends, laisse-moi prendre un crayon... j'en ai un quelque part. » J'ai entendu sa voix s'éloigner quand elle a posé le téléphone.

Petey a poussé un cri. Il savait qui parlait. « Non, Petey, pas maintenant. Lawrence a eu un accident. » En entendant mon prénom, il a donné un coup de bec dans le téléphone. « Non, arrête, Petey ! » On aurait cru qu'elle parlait à un bébé.

Elle a repris l'appareil.

Je lui ai donné le modèle de la voiture, mon numéro d'immatriculation et l'adresse de la station-service. Elle a recommencé à me poser des questions, mais j'ai dit : « Je ne peux pas parler... Max... il a disparu. »

J'ai dû serrer les paupières pour m'empêcher de pleurer.

Quand je suis revenu devant, le type de la station-service m'a dit : « Je vous ai trouvé ça. » Il m'a tendu une salopette et une trousse de premiers soins, puis il m'a conduit aux toilettes. La clef était sur une énorme pagaie.

« Vous savez comment le feu a démarré ?

— Une étincelle, peut-être. » Je boitais en marchant.

Dans la fraîcheur des toilettes en parpaings, je me

suis aperçu dans le miroir. Je n'étais pas beau à voir, enveloppé dans la couverture de Max, les bras et les jambes noircis par le feu, les cheveux roussis. Mais les dégâts étaient superficiels. Je n'avais pas très mal, même à ce moment-là. Je me suis lavé doucement et j'ai enlevé le noir de fumée. J'ai pu voir mes blessures. J'avais eu de la chance.

La peau avait légèrement craqué et j'avais des ampoules sur le bras et la jambe gauches, là où le tissu du sac de couchage avait collé à la chair. J'ai arraché un lambeau de peau qui sentait les produits chimiques. J'ai mis de l'oxyde de zinc sur mes ampoules et j'ai enfilé la salopette.

Pendant la matinée, le type de la station a feuilleté un manuel sur les moteurs tout en travaillant sur un camion. Quelques voitures se sont arrêtées pour prendre de l'essence. Sur le toit de l'une d'elles, on avait attaché un cerf.

Le type sortait et racontait à chaque client ce qui m'était arrivé. Je les voyais qui regardaient vers le garage en secouant la tête. Mon histoire venait rompre la monotonie d'un jour d'hiver.

J'ai mangé des Twinkies et des Hostess Cup Cakes rassis, du distributeur. Lois n'est arrivée qu'en milieu d'après-midi.

Nous avons remonté le chemin défoncé jusqu'à ma cabane. Elle m'a expliqué en détail qu'il était très difficile de se faire faire un double de clef de voiture si on ne présentait pas la carte grise. Je l'ai laissée parler. Il neigeait à nouveau, mais le soleil brillait entre les arbres.

De la cabane, il ne restait que des cendres et le gros poêle accroupi près des vestiges de la cheminée de brique.

J'ai appelé Max. Il n'y a pas eu de réponse. J'ai entendu un coup de feu quelque part dans les bois.

Lois se recroquevillait sur elle-même en tremblant. « Tu as eu de la chance. Je suis étonnée que tu ne sois pas mort gelé en allant simplement à la station-service. »

J'ai mis la clef dans le contact. Elle avait du mal à tourner. J'ai dû m'y reprendre à plusieurs fois. Le moteur s'est mis en route. Je l'ai fait ronfler.

Lois était descendue au bord du lac et elle appelait Max. Je l'ai rejointe.

« Laisse un mot au type de la station. En proposant peut-être une récompense à celui qui le retrouvera. » Lois s'est collée à moi. J'ai grimacé à cause des brûlures mais je l'ai serrée contre ma poitrine pendant quelques instants. De gros flocons de neige tombaient des arbres.

J'ai dit : « Pourquoi est-ce qu'on ne s'arrêterait pas manger un morceau sur le chemin du retour ? »

Alors nous sommes revenus vers les voitures et déjà les ombres tombaient sur les ruines carbonisées.

C'est dans la lumière déclinante, alors qu'on roulait sur le chemin défoncé, juste avant le vieux pont de rondins, que j'ai vu quelque chose qui pendait dans un arbre. C'était comme une apparition, dans le voile blanc que formait la neige en tombant, un fantôme suspendu en l'air. Je me suis arrêté, j'ai dirigé les phares vers les arbres et j'ai vu Max dans le rayon de lumière. On l'avait pendu à une branche. Ses yeux brillaient mais ils étaient sans vie.

Je me suis retourné pour regarder Lois dans sa voiture, derrière. Je crois qu'elle hurlait mais je ne pouvais rien entendre.

Chapitre 18

J'ai enveloppé Max dans sa couverture et je l'ai mis dans le coffre de la voiture. Je ne me suis pas arrêté avant d'arriver sur le parking du restaurant. Lois est descendue de sa voiture et elle est venue s'asseoir à côté de moi.

« Je suis désolée pour toi, Lawrence. » Son visage était à moitié éclairé par les lampes extérieures.

Je n'ai rien dit pendant un long moment.

Puis j'ai murmuré : « Il était pendu comme si on l'avait exécuté. » J'ai senti ma gorge se serrer.

Lois a posé la main sur la mienne. « Des chasseurs... ils l'auront tué. C'était peut-être un accident, quelque chose qui fonce entre les arbres comme ça... »

J'ai secoué la tête. « On lui a tranché la gorge. »

Lois a porté la main devant sa bouche. Elle a fermé les yeux. « Comment des gens peuvent-ils faire des choses aussi terribles ? » Elle a rouvert les yeux. « Peu importe comment c'est arrivé, Max est mort en faisant ce qu'il aimait. Il est mort dans la nature. Rester dans le sous-sol, ce n'était pas une vie pour lui. » Elle a posé la main sur mon visage. « Il faut que tu y penses de cette façon-là. Il faut que tu voies les choses comme ça. » Elle s'est tue. Elles avait les yeux pleins de larmes. « Je suis heureuse que tu ne sois pas mort. Je ne veux plus jamais te perdre. »

Je n'ai rien dit. Au fond de moi, je savais que c'était Earl qui avait essayé de me tuer. Il croyait peut-être vraiment que je voulais le faire chanter. Il fallait que je me contrôle. Je voulais que Lois s'arrête de parler, mais elle a continué. Elle m'a serré la main. « Malgré les apparences, c'est un bien, tu t'en rendras compte. »

J'ai dit : « Je pense que c'est Earl Johnson qui a essayé de me tuer.

— Non, Lawrence, arrête. »

Je me suis écarté d'elle. « Tu ne sais pas que j'ai eu un accrochage avec lui et Helen avant de partir. »

Lois a secoué la tête. « Pourquoi Earl aurait-il pendu Max comme ça, si c'est lui qui a mis le feu à ta cabane ? Ça n'a aucun sens. Ça ferait naître les soupçons. Penses-y un peu. »

J'ai posé la main sur mon front.

« Et comment auraient-ils su que tu venais ici ?

— Ils m'ont vu avec la voiture chargée. »

Elle a secoué la tête à nouveau : « C'étaient des chasseurs, Lawrence, voilà qui c'était.

— Et l'incendie ?

— Tu avais allumé du feu dans ta cabane, non ? »

Je n'ai pas répondu.

Lois m'a regardé et a murmuré : « Dis-moi quelque chose de beau sur Max. »

Et pendant quelques instants, tout s'est calmé en moi. J'ai raconté à Lois la dernière journée de Max, ce qu'on avait fait ensemble, elle a souri et moi aussi, et elle a dit : « Les chiens pardonnent tout. » Elle a posé les lèvres sur mes mains tremblantes.

Au restaurant, Lois a mangé le menu spécial nuit, un canapé de dinde avec de la purée. J'ai à peine touché à mon assiette.

J'ai dit : « À ton avis, qui serait venu à mon enterrement si j'étais mort ? »

Elle n'a pas répondu. Elle m'a demandé si je mangeais ma tranche de dinde. Elle l'a prise, et en dessous il y avait de la farce. J'ai eu envie de vomir. J'ai dû aller aux toilettes et me passer de l'eau sur le visage. Ce n'est qu'en revenant que j'ai vu que le restaurant avait la forme d'un tonneau ; au milieu se trouvait la salle à manger. Je ne l'avais pas remarqué en arrivant.

Quand je me suis assis, j'ai dit : « Je crois que je vais démissionner. Je vais mettre ma maison en vente et partir à Chicago. »

Lois a eu un petit rire moqueur. « Tu ne la vendras jamais, ta maison. Si les gens apprennent que tu t'en vas, ils attendront, jusqu'à ce que tu sois obligé de la vendre.

— Alors, je vais la louer. »

Lois a fait la grimace. « C'est une mauvaise idée de louer. Ça ne te rapportera jamais ce que tu devras payer comme loyer.

— Mais merde, qu'est-ce que tu veux que je fasse ? Que j'y mette le feu pour toucher l'assurance ? Qu'est-ce que tu en dis ? »

J'avais dû parler fort parce que les gens se sont retournés pour nous regarder. Un type en short tyrolien s'est approché pour remplir nos tasses de café. Il nous a appris à dire « merci » en allemand. Lois a souri comme on sourit quand on veut faire plaisir à quelqu'un en attendant qu'il s'en aille.

« Si tu t'en vas maintenant, Lawrence, tu perds tout, ton gosse, ton boulot... Ne fais pas quelque chose que tu regretteras. »

J'ai secoué la tête : « Je ne crois pas que je puisse vivre encore dans ma maison. C'est le problème essentiel.

— Installe-toi chez moi. Je suis si moche que ça ? »

Je l'ai regardée. « Qu'est-ce que tu me trouves ?

— Ce n'est pas tant ce que je te trouve, mais tu es une solution de rechange. » Elle a souri. « C'était une plaisanterie, Lawrence, tu as le droit de rire. »

Mais je n'étais pas d'humeur.

Le type en short est revenu, mais cette fois il jouait de l'accordéon. Au dos du menu, il y avait les paroles d'une chanson. Nous étions censés chanter avec lui. Mais il m'a regardé pendant un moment et je me suis rendu compte qu'il voyait l'oxyde de zinc. Je devais vraiment avoir une sale tête parce qu'il a vite fait demi-tour.

Il y avait un motel en face du restaurant. Nous y avons passé la nuit. Je me suis réveillé en sursaut dans le noir, conscient que Max était mort. Je me suis levé et j'ai regardé par la fenêtre ma voiture garée en face. Max était toujours dans le coffre.

Je me suis habillé et je suis allé le voir, enveloppé dans la couverture. Sa langue lui sortait de la gueule, d'une couleur sombre, et le sang avait séché dans l'entaille du cou. Je l'ai posé par terre et je lui ai caressé le museau, en lui disant que j'étais désolé pour tout. J'ai senti mes yeux s'emplir de larmes.

Il était inutile que je le ramène à la maison. Et le sol gelé était trop dur pour que je l'enterre.

Il s'agissait d'une vie qui avait existé après mon divorce, et elle n'était plus. Il n'y avait eu ni changement, ni liberté. Les dernières années de sa vie avaient été celles d'un prisonnier.

Et dans la faible lumière aqueuse du motel, j'ai emmené Max jusqu'à un tas d'ordures et je l'ai mis sous des boîtes.

Je suis allé téléphoner depuis la cabine devant le bureau. Quelqu'un avait gravé dans le revêtement métallique du téléphone :

Je ne mets pas TON existence en doute... Dieu !

J'ai appelé Janine, mais c'est Seth qui a répondu d'une voix endormie. « C'est qui ?

— Demande à Janine si elle se souvient comment on a eu Max pour l'offrir à Eddy ? Demande-lui, Seth. »

Seth a dit d'une voix étouffée : « C'est Lawrence. Je crois qu'il est saoul.

— Quelle heure est-il ? »

Seth a dit quelque chose et Janine a élevé la voix.

J'ai entendu un clic quand la ligne a été coupée.

Chapitre 19

Une semaine et demie avant la finale du championnat d'État, à Indianapolis, les journalistes se préparaient pour les prises de son sur les marches de la mairie.

Il était déjà plus de dix heures. Il y avait du bourdonnement dans l'air, près des fontaines des secrétaires en robe de polyester parlaient réunies en cercles étroits, en fumant et en buvant du café. Certaines m'ont regardé quand je suis passé.

J'avais de l'oxyde de zinc sous l'œil gauche et la partie droite de mon visage était couverte de petites ampoules. Au-dessus de mon oreille gauche, une mèche de cheveux avait été brûlée presque jusqu'au cuir chevelu, tout cela à cause du contenu du sac de couchage qui avait fondu. Je ressemblais à un toast grillé.

C'était moins grave que ça n'en avait l'air. C'était comme ça que je décrivais mon état, parce que ça me piquait, mais c'était tout. Je me préparais à une longue journée où je devrais raconter mon histoire, mais j'avais demandé à Lois de ne pas parler de Max. Je n'avais pas la force de raconter ce qui lui était arrivé.

Je suis resté assis tranquillement à mon bureau. Je n'avais pas de ronde à faire avant l'après-midi. J'ai appelé Lois mais je n'ai pas eu de réponse. J'ai essayé chez elle. Elle n'était pas là. Je ne voulais pas prendre mon café tout seul. J'ai à nouveau appelé son bureau.

Je me disais que j'avais failli mourir trente-six heures plus tôt, et j'étais revenu, je me trouvais à nouveau dans la boîte à sardines de la caravane de la police. Tant pis pour mon idée de changer de vie ! Et les cassettes *Comment devenir riche* – est-ce que je m'étais raconté des histoires ? Je n'avais pas ce qu'il fallait.

J'ai cherché dans les pages jaunes et j'ai trouvé une agence immobilière qui s'appelait Amirauté immobilier.

Au téléphone, une femme m'a dit qu'elle était spécialisée dans les fonds de commerce, pas dans le résidentiel, mais elle a ajouté qu'elle pouvait discuter des conditions pour inscrire ma maison si je le désirais. Elle m'a dit qu'elle pouvait me trouver un moment entre deux rendez-vous. Nous sommes convenus de nous rencontrer à son bureau, au centre commercial, le lendemain. Ce n'est qu'après avoir raccroché que j'ai vu son nom. La femme à qui j'avais parlé était l'épouse du maire. J'ai pensé la rappeler pour annuler, mais j'y ai renoncé.

J'ai quitté mon bureau et j'ai vu Lois qui parlait avec le commissaire dans le couloir. Ils étaient tout près l'un de l'autre et le commissaire posait la main sur l'épaule de Lois. Il s'est retourné et m'a vu. Il m'a appelé et a sifflé.

J'ai dit : « C'est moins grave que ça n'en a l'air. »

Le commissaire a dit : « Je suis désolé pour votre chien. »

J'ai regardé Lois et elle a baissé les yeux.

« Ces chasseurs ! a repris le commissaire. Un type aperçoit quelque chose, et c'est un chien qui aboie... On ne peut pas laisser un animal domestique en liberté comme ça, pas là-bas. »

Le maire est apparu avec Arnold Fisher. Il m'a

regardé. « Qu'est-ce qui s'est passé ? » Et je lui ai seulement dit que ma cabane avait brûlé.

Le commissaire a ajouté : « Des chasseurs ont tranché la gorge de son chien. »

Le maire m'a regardé : « Et vous, ça va ?

— C'est moins grave que ça n'en a l'air.

— Ce n'est pas beau à voir. »

Arnold Fisher a raconté l'histoire d'un chien de chasse de son père, qui s'était fait prendre dans un piège et s'était arraché la moitié du museau en essayant de se libérer.

Lois a mis les mains sur ses oreilles. « Ne me racontez pas des choses comme ça, Arnold Fisher. Je vais en faire des cauchemars. »

Le maire l'a interrompue : « J'ai besoin de vous voir, commissaire, et vous aussi Lawrence, dans mon bureau. » Il n'a pas dit pourquoi. Il a juste ajouté d'une voix grave : « *Tout de suite*, si ça ne vous dérange pas. » Puis il est parti. Le commissaire et moi nous l'avons suivi dans l'escalier.

Quand nous sommes entrés dans son bureau, Betty a regardé le maire et lui a dit : « On a retrouvé le corps de Cheryl dans la ville d'à côté. »

Nous sommes allés dans une seule voiture jusqu'à l'endroit où l'on avait découvert le corps de Cheryl. Elle avait disparu depuis deux jours mais ses parents n'avaient signalé sa disparition que plus tôt dans la matinée. Cheryl n'avait pas d'interdiction de sortir. C'était une famille comme ça, libérale. Ils habitaient ici depuis près de quinze ans mais on les considérait toujours comme des nouveaux venus – des transplantés venus de la ville. Le commissaire m'a raconté ça tout en conduisant. Je voyais qu'il était nerveux. Il parlait pour parler.

Je ne me suis retourné qu'une fois pour regarder le

maire, assis derrière. Il ne disait rien, il regardait la campagne. Les parasites de la C. B. remplissaient les silences.

Comme on avait retrouvé le corps de Cheryl sur le territoire de la ville voisine, cela ne nous concernait pas. Nous y allions uniquement pour recueillir des informations. Le comté menait l'enquête.

Nous avons suivi la route et nous avons tourné vers l'est sur Baker's Road. Je ne voyais que la platitude du paysage avec les tiges noircies des champs de maïs et un soleil pâle bas sur l'horizon.

Nous avons rattrapé une voiture à cheval conduite par un amish, puis une autre, puis encore une autre, que nous avons doublées lentement. Un peu plus loin, nous sommes arrivés à un barrage routier, à un carrefour. Le commissaire a parlé avec un flic qui nous a laissés passer.

Un groupe de gens avait déjà commencé à se rassembler et le commissaire a dû avancer lentement tandis que deux flics dégageaient la voie. Je reconnaissais des visages de notre ville qui nous observaient.

Et quelques minutes plus tard, sur un bout de route boueuse, pas très loin de la zone où habitaient les Johnson, à la limite est du pays amish, nous sommes enfin parvenus, dans la lumière des gyrophares de la police, à l'endroit où la voiture de Cheryl Carpenter était tombée du haut d'un pont de bois.

Une ambulance était arrivée, mais les infirmiers se tenaient à l'écart, ils fumaient une cigarette en discutant.

Des équipes de télévision filmaient les policiers qui essayaient d'approcher suffisamment une dépanneuse pour hisser la voiture de Cheryl. Comme c'était un terrain inondable, la route était surélevée, mais le bas-côté boueux a cédé quand la dépanneuse a reculé jusqu'à la berge.

Depuis la route, une seconde dépanneuse a fixé un câble sur la première et elle a avancé jusqu'à ce que le câble soit tendu.

Le maire nous a quittés pour aller voir un gros type vêtu d'un long manteau noir, accroupi avec deux autres, qui désignaient une partie de la route fermée par la police d'où la voiture était tombée du pont.

J'ai regardé un homme-grenouille plonger dans l'eau glacée en tenant le câble du treuil, puis nager comme un têtard afin de l'accrocher à la voiture enfoncée sous l'eau. Il a refait surface et a levé le pouce en direction du conducteur de la dépanneuse.

La voiture est sortie lentement, brillante et ruisselante, et les chromes reluisaient tandis qu'on la tirait vers le bas-côté. On distinguait la forme sombre d'un corps derrière le volant, dont la tête retombait en avant, surmontée d'une couronne de cheveux en désordre.

Les photographes de la police ont pris leur temps pour photographier la voiture. Leurs collègues ont eu beaucoup de mal à sortir le corps de Cheryl. Il était raide.

On l'a allongée sur une bâche. Sa tête retombait sur le côté et une écume blanche lui sortait de la bouche et du nez. Le corps semblait ratatiné, rétréci, âgé, ses cheveux étaient comme feutrés à cause de la boue, ses mains serrées. Seuls ses vêtements – une veste de *pompom girl*, un jean et des Nike – indiquaient que Cheryl était une adolescente.

Je me suis détourné quand on a tiré la fermeture Éclair du sac en plastique.

C'est en revenant en ville que j'ai dit : « Earl a essayé de me tuer, moi aussi... »

Le commissaire a levé le pied de l'accélérateur. Il a tourné la tête avec un air tellement ébahi que j'ai regardé ailleurs.

Le maire s'est penché et a dit d'une voix calme : « On ne sait pas encore ce qui s'est passé ici.

— Je sais ce que je sais, ce que je *ressens*. Ne me parlez pas de coïncidence, surtout pas ! Des deux personnes qui savaient ce qu'avait fait Kyle... l'une est morte et l'autre a failli être tuée. »

Le visage du maire était tout près du mien. « J'ai appelé Earl ce matin, quand j'ai reçu l'avis de disparition de Cheryl, simplement pour vérifier à propos de Kyle, et il m'a dit que vous les attendiez l'autre matin. Qu'est-ce que vous faisiez là ? »

Je ne lui ai pas répondu.

« Earl m'a dit que vous aviez essayé de le faire chanter. »

J'ai avalé ma salive et j'ai senti ma gorge se serrer. « Vous savez parfaitement que c'est un mensonge. Je ne lui ai jamais demandé un sou ! »

Le commissaire s'est retourné vers le maire, puis vers moi, avant de fixer à nouveau la route. Nous sommes arrivés au barrage routier, que nous avons franchi. Des jeunes de notre ville s'étaient attroupés. Certains pleuraient.

Le maire a attendu que le commissaire ait rejoint la route du comté après avoir quitté les cahots de la route boueuse et défoncée. « Vous essayez de dire qu'Earl est impliqué dans tout et vous ramenez tout à vous et à *nous*. »

Je ne me suis pas retourné vers lui : « Je veux trouver la vérité.

— Nous nous en approchons tout doucement. Ce n'est pas le moment de perdre votre sang-froid. » Le maire avait parlé d'une voix mesurée, la bouche près de mon oreille. Je sentais son souffle quand il parlait. « Ce qu'on vient de voir, au bord de la rivière, a toutes les caractéristiques d'un suicide. Vous m'entendez ? J'ai dit à l'inspecteur que Cheryl venait de se faire avorter. Je le connais. Il dit que ça colle... que ça colle avec ce qu'ils ont déjà réuni. Pas de traces de freinage, pas de signes de perte de contrôle. Cheryl est tout simplement tombée du pont. C'est un cas classique de dépression. Beaucoup de gens finissent comme ça. »

J'ai baissé la tête.

« Écoutez, je veux que vous preniez ce qu'il vous reste de congés. C'est un ordre. Et vous allez me promettre de rester loin d'Earl. Je veux que vous me le disiez, Lawrence. »

Et je le lui ai dit.

J'ai rencontré Lois qui sortait de son bureau et nous avons pris un café dans la salle de repos. Ses mains tremblaient. Elle évitait mon regard.

« Ils pensent que c'est un suicide, étant donné les preuves matérielles. »

Lois a fermé les yeux et a murmuré : « Mon Dieu... »

J'ai voulu lui prendre la main mais elle l'a retirée. Quand elle a rouvert les yeux, ils brillaient.

J'avais envie de lui demander ce qu'elle savait de ce que nous avions fait. Elle devait savoir que nous avions étouffé l'affaire pour Kyle, mais j'avais envie de l'entendre me le dire. Je voulais me confier à quelqu'un, mais à la place j'ai dit : « Demain, je vais rencontrer la femme du maire pour mettre ma maison en vente. J'ai l'intention de m'en aller d'ici pour de bon. »

Lois s'est essuyé le nez du revers de la main, elle m'a regardé puis elle a baissé les yeux vers son café. Il y avait des marques de rouge à lèvres sur sa tasse.

Elle a dit d'une voix calme : « Fais ce que tu as à faire. »

Elle s'est relevée et m'a laissé là, tout seul.

Chapitre 20

La nouvelle de la mort de Cheryl Carpenter s'est répandue comme une traînée de poudre, le soir même elle était dans le journal et à la télé, accompagnée de rumeurs sur son avortement.

Dans la salle de bains, j'ai enlevé ma chemise. Les poils de mes bras avaient brûlé et autour des endroits les plus touchés ma peau paraissait humide dans la lumière. Mon cuir chevelu me tirait. J'ai touché des endroits où les cheveux avaient brûlé. Je me suis mouillé les bras et le dos des mains avec de l'eau chaude, puis je me suis lavé le visage et j'ai remis de l'oxyde de zinc.

J'ai pensé au mari de Lois, accroché comme un balancier, marquant les heures, seul sur la route, un habitué des motels minables, un représentant en aspirateurs, vendant du vide, essayant de remplir le vide de la vie des gens, avec son bocal de saletés et son tuyau, et cette femme debout devant lui, la robe de chambre ouverte, tous deux vivant la même crise et jouant contre le tic-tac de l'existence mesuré par la pendule posée sur la cheminée du salon.

Je ne me racontais pas d'histoires, j'avais envie de tout recommencer, d'entamer une vie différente, de prendre le risque. Statistiquement, j'en étais à peu près à la moitié de ma vie sur la terre. Je me suis regardé dans le miroir. Pourquoi ne pourrais-je pas, dans la seconde partie, atteindre une liberté économique et émotionnelle, en me libérant grâce à l'achat et à la revente de biens immobiliers ? Pourquoi pas ?

Les cassettes disaient qu'en période de difficultés économiques, un investisseur avisé pouvait acheter à bas prix et revendre très cher. C'était dans les cassettes. Si cela ne marchait pas, est-ce que ces publicités existeraient encore ? Elles proposaient un remboursement comme garantie. Je n'avais rien à perdre. J'étais le candidat idéal.

À un niveau viscéral, j'avais une autre raison de partir. J'avais peur des Johnson, même si je ne voulais pas le reconnaître.

Je me suis retourné pour descendre et j'aurais juré avoir aperçu Max. Je savais que mon esprit me jouerait des tours comme celui-là pendant les prochaines semaines, comme un amputé avec un membre fantôme.

L'histoire de Cheryl Carpenter faisait la une des nouvelles du soir. Un défilé de camarades de classe parlaient devant la caméra. Un plan montrait une douche de salle de gymnastique, pour rappeler aux téléspectateurs qu'elle avait failli se vider de son sang après son avortement.

Cheryl avait connu une grave dépression depuis, et le suicide semblait être la conclusion inévitable. Une amie de Cheryl s'est effondrée devant la caméra et a dit qu'elle savait que Cheryl était en dépression. Mais elle n'avait pas compris à quel point c'était grave. Quand on lui a demandé si elle savait que Cheryl avait avorté, la jeune fille a regardé droit dans la caméra et a dit : « C'était un *secret* que tout le monde connaissait. »

Il s'agissait d'une tragédie qui soulevait énormément

de questions sociales, les relations sexuelles avant le mariage, la contraception, la grossesse des adolescents, l'avortement, la dépression et le suicide. L'arrière-plan qui définissait l'histoire était une image de Kyle et de Cheryl à un bal du lycée, et Kyle mettait un petit bouquet au poignet de Cheryl. Nous allions voir continuellement ce plan dans les jours à venir.

Une psychanalyste, engagée par la chaîne pour donner des conseils à ceux qui souffraient, a parlé au nom du district scolaire. Elle portait un collier de perles, elle avait les cheveux décoiffés, le visage sans aucun maquillage ; c'était une de ces gourous New Age à la sexualité ambiguë, une femme qui ne cessait de parler de la nécessité de « repousser les frontières du discours » et d'« affronter nos dysfonctionnements sociétaux ». Elle animait des groupes de concentration et dirigeait des sessions communes et ritualisées sur la douleur, et ce, bien sûr, au gymnase, le centre de l'univers. Ça ressemblait à des réunions pentecôtistes de renaissance, avec des fidèles qui parlaient des langues inconnues pour exorciser des secrets et des démons. Des gosses pleuraient, dans les bras les uns des autres.

Les médias passaient en boucle des séquences de match de football, des images des amish, de hordes de jeunes supporters descendant du lycée, de la ferme misérable des Johnson, un plan pris au téléobjectif depuis la route où l'on voyait Kyle travailler dans la grange avec son père, un autre de Cheryl Carpenter dans un spectacle scolaire, *Le Musicien*, avec un plan de sa voiture que la dépanneuse sortait de la rivière, puis les fleurs et les billets déposés près de l'endroit où était morte Cheryl, les visages figés par la douleur des gosses et des parents qui apprenaient la tragédie.

Enfin, le maire a parlé devant son garage, au milieu des fanions, vêtu de sa veste de commerçant. Il a parlé de communauté, comment nous avions déjà affronté l'adversité, ajouté que nous nous serrions les coudes, que c'était ce qui distinguait notre ville. Quand on lui a demandé si le match aurait lieu, il a répondu que c'était ce qu'aurait souhaité Cheryl. Il a regardé droit dans l'objectif et a dit : « Ce match t'est dédié, Cheryl ! »

Je ne sais pas comment le maire a réussi à parler devant une caméra, comment il n'a jamais laissé paraître ce qu'il y avait derrière les choses. C'était beaucoup plus que de l'aveuglement. C'était quelque chose d'inhérent à sa personne – à l'animal politique.

Il avait été en partie complice de la mort de Cheryl. Nous l'avions tous été.

Et pour la première fois, j'ai imaginé Cheryl quittant la route, l'horreur de ce qu'elle avait fait la rattrapait, ce bref instant où l'on doute de soi, quand elle avait été seule avec ses secrets, avec sa tristesse, en s'interrogeant sur elle-même, l'absurdité de tout ce qui l'entourait, le faste et les cérémonies, les défilés, les réunions d'avant-match, les matches eux-mêmes, le désir de gloire, les porteurs de bannières. Comment avait-elle pu se sortir tout cela de l'esprit, et entrer dans la froide stérilité d'une clinique d'avortement ? Bien sûr, la réponse c'était qu'elle ne s'était rien sorti de l'esprit.

Parmi le tourbillon d'activité, Kyle n'est jamais apparu devant la caméra et n'a fait aucune déclaration. J'entendais presque Helen Johnson dire à Kyle que Cheryl avait succombé à ses péchés, qu'elle avait été enlevée à ce monde à cause de ce qu'elle avait fait à l'enfant qu'elle portait en elle, la vertu bavarde des âmes sauvées jugeant les âmes damnées.

Je me suis réveillé dans le froid et la solitude. Je n'avais pas envie de faire grand-chose. J'étais soi-disant en vacances. Je me suis tourné vers la fenêtre.

Il avait plu toute la nuit, mais le temps s'était levé avec le jour.

En sortant du lit, j'ai marché sur le journal en caoutchouc de Max. L'ombre de la mort s'était abattue sur nous, ou c'était mon impression, comme si nous étions tous maudits.

J'ai décidé d'annuler mon rendez-vous avec la femme du maire, simplement parce que je ne savais pas comment m'y prendre avec elle, mais quand j'ai téléphoné, elle s'est mise à parler avec un tel optimisme de la valeur de ma maison que je me suis dégonflé et lui ai dit que j'appelais pour confirmer l'heure du rendez-vous.

J'ai passé au moins quarante-cinq minutes sous la douche pour essayer de chasser cette sensation de froid de mon corps. Le téléphone a sonné au moment où je partais.

C'était l'avocat de Janine. « Je vous informe que, dans l'attente du paiement des mensualités de pension alimentaire en retard, votre droit de visite est suspendu.

— Il vous faut une décision du tribunal pour faire ça.

— J'ai rédigé les documents. Vous avez un avocat à qui je peux les envoyer ? Nous les déposons au tribunal aujourd'hui.

— Je n'en ai pas.

— Alors, trouvez-en un. »

Et bien sûr, prendre un avocat représentait une dépense supplémentaire. Le lien avec mon fils se relâchait encore et j'ai su que ma décision de partir était la bonne.

Au-dehors, la pluie avait fait fondre la neige et le mot PORC était à nouveau visible sur ma pelouse.

Au milieu du centre commercial, je suis passé près d'une charrette qui vantait les services d'un chiropracteur. On vous offrait une radiographie gratuite pour voir si votre corps était en parfait état. L'arnaque était la suivante : quand vous arriviez dans le cabinet pour la consultation, le chiropracteur vous disait qu'il avait besoin d'une radio de l'autre moitié de votre corps. La radio gratuite n'était que pour la première moitié. Il fallait payer pour l'autre. Je le savais parce que je m'étais fait avoir. C'était une des sommes que j'avais payées avec ma carte Visa. J'ai eu envie de casser la charrette.

Le bureau de la femme du maire, Jean – elle insistait pour qu'on l'appelle ainsi –, était à côté d'une banque. J'ai compris tout de suite que j'avais fait une erreur en venant la voir.

La seule chose que je savais d'elle, c'était qu'elle avait survécu à un cancer du sein, et qu'elle avait subi une mastectomie radicale. Au cours des dernières années, elle avait financé une course contre le cancer du sein dans une ville voisine.

Dès que je l'ai vue, elle m'a rappelé la riche épouse du millionnaire de *Gilligan's Island*, un drôle d'oiseau sur son trente et un, vêtue d'un blazer brodé comme une huppe dorée, exhibant cet air de marin, avec le bronzage typique des U. V., des agents immobiliers.

Mais elle a vite baissé le masque pour en venir aux affaires, elle m'a posé des questions sur la surface, le nombre de chambres, l'état de finition du sous-sol, puis elle a sorti des fiches de maisons qu'elle avait vendues l'année précédente dans le quartier, et je suis vite arrivé à la conclusion qu'en vendant la maison, j'allais y perdre ma chemise. Le marché s'était effondré.

Alors Jean a poursuivi en envisageant la location de la maison, et j'ai cru comprendre que c'était sa spécialité. Elle a parlé des transformations nécessaires pour séparer la maison en deux appartements, elle m'a expliqué les procédures afin d'obtenir un permis de construire, les règlements concernant les habitats multiples pour mon code postal, elle faisait référence à des volumes d'engagements locaux ou d'État sur des questions ésotériques que je n'essayais même pas de comprendre et quand elle en est arrivée aux chiffres, j'ai associé sa grande compétence sur sa machine à calculer à un poulet nourri en batterie, qui picore frénétiquement.

En vingt minutes, elle a évalué et calculé combien je devais investir et combien il me faudrait de temps pour réaliser un bénéfice de la location d'une partie de ma maison. D'après toutes les estimations, elle a pensé qu'il me faudrait dix-huit mois pour envisager une rentrée après avoir converti ma maison en location, même avec le financement et l'échéancier qu'elle pourrait négocier en mon nom avec la banque. Et cela sans compter que je me retrouverais sans toit.

Avec les chiffres étalés devant nous, elle se trouvait à quelques centimètres de moi. Ses faux ongles tapaient sur la table laquée comme un insecte agité. Je sentais l'odeur du café dans son haleine et celle chimique de sa permanente à laquelle se mêlait un parfum de rose.

Quand elle s'est tournée vers un classeur, j'ai vu la marque de son slip, mais ça n'avait rien de sexy. Le maire et elle n'avaient pas eu d'enfants et, sans savoir pourquoi, en la regardant, j'ai pensé à l'anatomie d'une poupée Barbie. Je ne pense pas avoir jamais haï et respecté quelqu'un en même temps dans ma vie. Je crois que c'était une femme qui avait besoin de faire ses propres cassettes *Comment devenir riche*.

Elle est revenue s'asseoir et m'a montré la liste des propriétés commerciales et résidentielles dont elle était le syndic. La plupart des propriétés résidentielles se trouvaient dans le quartier historique où, au fil des années, les grandes demeures étaient converties en studios.

À la fin de notre conversation, Jean m'a posé des questions sur mes finances, si j'avais des économies, tout en photocopiant les listes des propriétés qu'elle gérait dans le quartier. J'ai dit que j'espérais toucher une police d'assurance incendie, que j'en attendais le règlement. Cela semblait être la seule issue à ma ruine financière.

Alors que je partais, Jean m'a dit avec beaucoup de sincérité : « Comment se fait-il que vous ayez décidé de déménager ?

— Je n'ai pas de raison précise. J'ai simplement ressenti le besoin d'un nouveau départ. » Je ne savais pas si le maire lui avait dit qu'on avait étouffé l'affaire pour Kyle.

« C'est vous qui avez trouvé la petite fille, la nuit d'Halloween ? »

J'ai fait oui de la tête. « Mais je pensais déjà à partir avant que ça n'arrive. Mon mariage a mal tourné. »

Jean avait la liste dans les mains et elle me l'a donnée. Elle m'a regardé. « On ne vit qu'une fois. Je ne crois pas qu'on s'en rende vraiment compte avant qu'il soit trop tard. »

D'une certaine façon, nous avions réduit les différences qui nous séparaient. J'ai dit : « J'espère qu'il n'est pas trop tard pour moi.

— Vous avez fait le premier pas. C'est celui qui compte le plus. »

Au moment où je partais, j'ai vu sur le mur une photo d'elle en tee-shirt et pantalon de survêtement, prise lors d'une des courses. Elle regardait l'objectif avec un air de défi. Sur son tee-shirt, on pouvait lire simplement : *Survivante*, et j'ai pensé que je m'étais peut-être trompé sur son côté humain. J'étais prêt à le reconnaître.

J'ai téléphoné à mon agent d'assurances – « l'amical Bob Adams », c'est ainsi qu'on l'appelait dans les publicités. Quand je lui ai expliqué ce qui se passait, Bob n'a pas semblé tellement amical. Il est resté très évasif et m'a dit que j'aurais dû signaler l'incendie tout de suite, parce que les experts aimaient arriver sur les lieux quand les cendres étaient encore chaudes.

J'ai dit : « Allez, Bob, ne me racontez pas d'histoires. J'ai payé mes primes. Vous voulez que je vienne vous montrer dans quel état je suis ? J'ai failli mourir dans l'incendie. »

Je l'imaginais en train d'essayer de trouver le moyen de refuser ma demande. Mais il a dit très diplomatiquement : « Laissez-moi poser la question au bureau là-bas étant donné que vous n'avez sans doute pas pu leur téléphoner. »

C'était une question insidieuse et j'ai répondu : « C'est vrai, je n'avais pas accès à un téléphone. »

Je ne savais pas si Bob se montrait magnanime ou si ma demande était si dérisoire qu'elle lui semblait cousue de fil blanc. Les types comme lui ne connaissent que les recommandations orales.

Il a dit : « Le bureau là-bas a peut-être un expert qui peut aller voir quelles sont les causes de l'incendie », puis il a enchaîné sur autre chose et j'ai eu envie de lui dire d'oublier tout ça, mais Bob a ajouté : « Puisque je vous ai au téléphone, j'ai des propositions exceptionnelles pour des assurances vie. Vous ne pouvez pas rater ça. Je vois dans votre dossier que vous êtes couvert pour moins de trente mille dollars. »

J'ai dit : « Je suis divorcé, Bob, à quoi me serviront trente mille dollars si je meurs ? »

Chapitre 21

J'ai passé le vendredi à rouler en voiture en écoutant les cassettes. Je me suis arrêté dans un Walgreens et j'ai acheté un flash pour mon appareil photo. Je voulais garder la preuve de mes blessures. Je ne faisais pas confiance à « l'amical Bob ».

Le soir, je suis passé devant chez Lois et j'ai vu de la lumière sous le porche. Sa voiture était garée dans l'allée. Je voulais me réconcilier avec elle. Je suis descendu de voiture et j'ai frappé à sa porte, mais je n'ai pas obtenu de réponse.

J'ai fait le tour jusqu'à la fenêtre du salon. Petey était dans sa cage, il bougeait la tête de bas en haut en essayant de savoir qui avait frappé.

J'ai compris que Lois était sortie avec le commissaire. J'ai eu l'impression de m'être fait avoir.

Je n'avais pas envie de rentrer chez moi ; à la place je me suis arrêté dans un petit restaurant, j'ai acheté le *Chicago Tribune*, j'ai commandé un café et une part de gâteau à la banane avec de la fausse crème Chantilly.

Il y avait une photo de Kyle et de Cheryl en bas à droite avec un résumé de la tragédie. À la page suivante, il y avait la photo de la voiture qu'on sortait de l'eau. L'image faisait ressentir l'état de dépression de Cheryl quand elle était tombée avec sa voiture d'un pont comme celui-là.

Et assis là tout seul, en lisant la façon dont Cheryl s'était suicidée, j'ai su que je m'étais trompé sur beaucoup de choses. À cause de ma propre paranoïa, je m'étais précipité vers des conclusions qui s'étaient révélées fausses. Je m'étais trompé sur tout, sur le courage de Kyle et sa volonté de réussir. Il n'avait pas craqué.

Alors que je me disais franchement les choses, j'ai commencé à me demander si j'avais vraiment vu Kyle déposer Kendall cette nuit-là, ou si ce que Kyle m'avait dit d'elle m'avait influencé. J'avais essayé de rattraper la voiture une minute ou deux après son départ. Sur les neuf kilomètres qui menaient à la ferme des Johnson, j'aurais dû rattraper Kyle, s'il s'était agi de lui.

Telle était la froide réalité – c'était tout simplement ma paranoïa.

Une serveuse m'a redonné du café. Il était fort. Je me suis vu dans le cercle obscur de la tasse, et même si ça ne me plaît pas de le reconnaître, je me suis senti en sécurité, à l'abri pour la première fois depuis que toute cette histoire avait commencé.

Cheryl Carpenter était morte. Le secret de Kyle Johnson était enterré une fois pour toutes.

Dans le calme du restaurant, j'ai encore passé une heure à lire les annonces « À vendre » et les publications judiciaires, en entourant des ventes dans les quartiers ouvriers sur la frontière de l'Indiana et de l'Illinois, de petites maisons de style ranch dans des rues aux noms russes ou polonais, à prix très bas à cause de saisies ou parce que l'industrie de l'acier était en déclin. Je regardais ces propriétés comme des locations potentielles. Bien sûr, j'avais besoin de l'assurance de ma cabane comme mise de fonds, mais j'allais la toucher.

Dans la salle de bains, j'ai enlevé ma chemise et, avec mon Kodak, j'ai pris toute une série de photos de mon reflet, comme preuves de mes blessures. J'ai étalé les clichés sur la table basse et je me suis mis à boire.

Cette nuit-là, je me suis dit que si Earl Johnson avait essayé de me tuer, l'ironie c'était qu'il m'avait permis d'acheter ma liberté, et quand j'ai été complètement saoul, je n'ai pas pu résister à l'envie de téléphoner chez eux. J'ai hurlé : « Espèce de salaud. Je sais que tu as essayé de me tuer, mais j'ai une longueur d'avance sur toi ! »

Lois m'a appelé le samedi matin. « Tu es réveillé ? » J'ai entendu quelqu'un qui toussait. J'ai regardé la pendule. Il n'était que sept heures. Je me sentais encore saoul.

« Attends, Lawrence, attends une minute... »

Lois a posé la main sur le téléphone pour étouffer le son. Quand elle a parlé à nouveau, c'était en murmurant. « Comment fais-tu pour virer quelqu'un de chez toi ?

— Laisse-moi deviner, le commissaire ?

— Non, s'il te plaît.

— Où est-il ?

— Sous la douche. »

J'ai dit : « Prépare-lui le plus mauvais petit déjeuner que tu aies jamais préparé de ta vie.

— Ce n'est pas une plaisanterie », mais sa voix était un peu plus détendue. « Pourquoi est-ce que je fais toujours les mêmes erreurs ? S'il te plaît, Lawrence, je veux que tu me prennes avec toi. On peut tout recommencer. J'ai de l'argent. »

Avant que j'aie eu le temps de répondre, elle a ajouté : « Il vient de sortir de la douche. Il faut que je te quitte. Peut-être que tu voudras venir manger du thon avec moi ce soir, si tu peux encore me supporter. »

Deux heures plus tard, Chicago m'est apparu comme un mirage, au loin, de l'autre côté du lac. La Sears Tower, le plus grand building du monde, se dressait sur un des paysages les plus plats du monde. C'était une ville née deux fois, réduite en cendres après qu'une vache eut renversé une lampe à pétrole – si on peut le croire, si des événements aussi minces peuvent changer le cours de l'histoire, mais c'est sans doute la vérité. C'était la ville où l'on avait réalisé la première fission de l'atome, dans un laboratoire installé sous la tribune d'un stade de football.

Je suis passé devant le lycée professionnel de Gary que nous avions battu en demi-finale. Il se trouvait en bas de l'autoroute à l'ombre des usines et dans la vapeur des lacs de refroidissement des fonderies. Des poissons mutants nageaient dans les marais d'eau chaude qui entouraient les usines, mais cela n'empêchait pas les gens de continuer à y pêcher.

À cause d'une odeur de soufre, l'air qu'on respirait avait un goût amer, une brume de pollution flottait dans la lumière d'hiver, de hautes cheminées crachaient du feu. Je regardais tout cela depuis l'autoroute et il me semblait qu'il y avait plus d'une semaine que Kyle nous avait emmenés de cet enfer jusqu'en finale.

J'ai quitté l'autoroute, je me suis garé sur le parking d'une boutique d'alcool et de tabac, et j'ai observé le manège d'un Noir qui portait une veste marquée « Réservé aux adhérents » et qui vendait de la drogue, les cheveux gras et plaqués avec des bouclettes dans le cou. Un peigne dépassait de la poche de son jean de couturier. Il s'est retourné et a vu que je le regardais, il a peut-être reconnu une allure de flic, et il est entré dans la boutique d'alcool.

Je savais que j'aurais dû m'en aller, que la chose la plus facile à faire aurait été de retourner vers Lois, de prendre son argent, de m'installer avec elle. Je ne sais pas pourquoi j'ai repoussé l'idée de me retrouver avec Lois. Elle n'était pas moche, et je n'avais rien à lui reprocher. Je pense que le problème c'est que je ne l'aurais jamais regardée avant mon divorce.

J'avais un plan de Chicago et j'ai vérifié les adresses des maisons que j'avais relevées dans le *Chicago Tribune*, puis j'ai embrayé et je me suis engagé sur la route qui passait sous l'autoroute. À un carrefour avec des feux clignotants, j'ai pris à droite et j'ai roulé dans un quartier de maisons basses de style ranch, toutes semblables, construites après la guerre, de petits rêves utilitaires littéralement déversés dans des terrains grands comme un timbre-poste, rangée après rangée. Certaines pelouses étaient décorées de flamants roses en plastique à la couleur criarde, d'autres de nains de jardin au bonheur improbable qui poussaient des brouettes, tous emprisonnés derrière des barrières.

J'avais l'impression de regarder des étrangers qui s'efforçaient de parler une nouvelle langue, ce mélange fautif d'accord des temps, et qui bégayaient en ignorant toutes les nuances de la langue. Chaque année, on découvrait des gardiens de camps nazis, qui avaient tué des milliers de personnes, cachés dans l'obscurité des usines automobiles, poursuivis par la Ligue juive, dans des quartiers ouvriers comme celui-ci, autour de Chicago et de Detroit. Il était étrange de voir comment la haine pouvait se transformer en ouvriers de l'industrie automobile, comment le mal pouvait se métamorphoser. J'ai pensé à John Wayne Gacy et à sa fosse commune, plus de trente jeunes garçons y étaient entassés.

En contournant ces maisons, j'ai contemplé le no

man's land qui s'étendait entre les usines et la ville, les lacs des fonderies et les rails des trains de marchandises.

À la première maison de ma liste, j'aurais pu croire que je m'avançais dans un champ de mines émotionnelles. Une femme d'âge moyen m'a ouvert la porte, une Slave avec des vêtements avachis et un pull à col roulé. Elle croisait les bras à la façon des étrangères, sur ses seins énormes. Elle venait de se disputer, elle avait encore le visage rouge, mais elle souriait malgré tout et elle m'a conduit jusqu'à une salle de séjour encombrée de façon absurde et oppressante, dans laquelle une autre femme, plus âgée, était assise et regardait par la fenêtre en m'ignorant délibérément.

J'avais vraiment envie de fiche le camp. À la télé, il y avait l'émission *Wide World of Sports*. Un type arborant la coiffure la plus épouvantable du monde se préparait à servir.

La fille s'est retournée et elle a vu que je regardais. Elle a dit : « Ils donnent cinquante mille dollars, pour ce genre de type ? » Il y avait un immense dégoût dans sa voix. Le prix de sa maison était de quarante-deux mille cinq cents dollars.

J'ai encore passé quelque minutes insupportables à faire une soi-disant visite de la maison. La fille m'a dit qu'elle travaillait dans le département des produits de beauté de Lord & Taylor à Chicago. Et c'est là-bas qu'elle habitait maintenant. Elle m'a dit que sa mère allait vivre dans l'Ohio avec sa plus jeune sœur.

Au bout d'un couloir recouvert d'un tapis en lambeaux et après une salle de bains, je suis arrivé devant deux petites chambres, une avec un grand lit qui occupait presque toute la place, et une autre, manifestement la chambre d'enfance de la fille, décorée de rose et de dentelles avec un lit de princesse à baldaquin. Les visages de porcelaine des poupées me regardaient depuis une petite table avec un miroir. C'était le rêve d'une Alice au pays des merveilles prolétaire, d'une paysanne émigrée.

La maison voisine était si proche que j'aurais pu y grimper.

J'ai décidé de ne pas visiter les deux autres maisons de ma liste quand j'y suis arrivé. L'une d'elles était surmontée d'immenses pylônes soutenant des lignes à haute tension qui grésillaient. Il y avait un doberman à la fenêtre de la suivante.

Devant la dernière maison, j'ai été accueilli par une odeur de soupe aux choux, une odeur si forte que j'ai eu l'impression que ça me collait à la langue. Un petit transistor diffusait une station polonaise. J'ai entendu quelqu'un dire « Solidarnosc » et « Lech Walesa ».

Un homme squelettique à l'âge de la retraite, assis devant la table de sa cuisine, faisait une réussite, il se léchait le pouce, tirait les cartes du paquet, les posait l'une après l'autre comme s'il comptait une fortune. Une cigarette se consumait dans une soucoupe.

L'homme a levé la tête quand j'ai poussé la porte. Il faisait très froid à l'intérieur, mais il ne portait qu'une chemise à manches courtes. Il avait sur le bras un numéro tatoué datant de l'Holocauste. On en avait tous vu à la télévision mais en en voyant un dans la vie, je me suis brusquement arrêté. Il ressemblait à l'un des cavaliers de l'Apocalypse sans sa robe, quand il était chez lui.

Il y avait peu de meubles, rien que l'essentiel. J'ai descendu le même couloir que dans la maison de la femme slave où j'étais allé, mais une seule chambre était meublée, avec un lit d'une personne et une armoire. Il y avait la photo sépia d'une femme et d'un enfant, qui semblait avoir été prise des années plus tôt, peut-être dans son pays, mais comme il n'y avait aucun signe de femme ou d'enfant dans la maison, je me suis demandé s'ils étaient morts. Une autre chambre était comme une boîte vide, une cellule.

Au loin, j'entendais le train, et j'ai pensé aux wagons pleins de Juifs qui se dirigeaient vers les fours crématoires. C'est ainsi que tout cela me touchait.

Le vieil homme a descendu le couloir, les pieds traînants et la respiration sifflante. Il avait de l'emphysème. Il m'a dit qu'il allait rentrer en Pologne pour y mourir. Pour la maison, il demandait simplement trente-trois mille cinq cents dollars. Il offrait même la possibilité d'une location-achat, auquel cas un pourcentage du loyer serait à déduire du paiement.

C'était peut-être la seule maison que j'avais les moyens d'acheter, mais elle était remplie de fantômes. Elle me donnait la chair de poule. Je voyais la photo sépia de sa famille à côté de son lit, les yeux ouverts sur ce pays étranger.

J'ai dit : « Il faut que j'y réfléchisse », et j'ai pris la fiche de la maison, mais je savais que je ne reviendrais jamais.

Chapitre 22

J'avais mal à l'estomac. La matinée me semblait à des années de distance, comme si j'avais été absent pendant très longtemps. Il faisait sombre quand j'ai quitté la route nationale pour entrer dans la lumière violente de la station-service afin de faire le plein. La neige tourbillonnait dans la lumière mais ne tenait pas encore.

Je me suis assis et j'ai pris un café au Hardee's. C'est au moment où je me levais pour partir que j'ai aperçu un écran de télé dans un coin de la salle. À ce moment-là, la caméra filmait la rivière dans laquelle on avait retrouvé le corps de Cheryl Carpenter. J'ai pensé qu'il s'agissait d'un résumé des événements, mais les parents de Cheryl Carpenter sont apparus en direct, en pleurs, devant leur maison. Mme Carpenter était effondrée sur l'épaule de son mari.

Je me suis rapproché du poste de télé. Le son était très bas. Un inspecteur se tenait devant un podium. Tout d'un coup je l'ai reconnu. C'était le gros inspecteur avec qui parlait le maire quand on sortait Cheryl de la rivière. Il a lu une déclaration écrite. Dans le coin de l'écran j'ai lu *Enregistré précédemment*. « D'après l'enquête du coroner, la mort de Cheryl Carpenter est maintenant considérée comme un homicide. Il a été établi que Cheryl Carpenter était déjà morte quand sa voiture est tombée du pont. Actuellement, nous ne pouvons fournir plus de détails étant donné la nature extrêmement sensible de l'enquête en cours. Le bureau du coroner fera une nouvelle déclaration demain matin. Pour l'instant, nous demandons patience et coopération pendant que nous avançons dans nos recherches. Nous faisons appel à toute personne qui pourrait avoir des informations en rapport avec l'affaire. Un numéro de téléphone gratuit est mis à la disposition de ceux qui voudraient appeler. »

Je suis resté sans bouger, comme si je flottais. Je n'arrivais plus à penser. Je suis allé téléphoner dans le hall et j'ai demandé le domicile du maire. C'est Jean qui a répondu.

Je frissonnais quand des gens ouvraient la porte pour entrer.

Je lui ai dit qui j'étais.

Elle semblait distraite : « Qui ? »

J'ai répété mon nom. « Il faut que je parle au maire. Où est-il ? »

Elle a hésité.

« Jean ? »

Elle a dit très vite : « À la mairie. »

J'ai roulé dans la neige lourde et humide pour arriver enfin dans la partie ancienne de la ville, je suis passé devant le garage du maire perpétuellement éclairé, puis devant les bâtiments abandonnés de Woolworth's, toujours illuminés par des lampes de sécurité. Par les fenêtres, j'ai aperçu des mannequins cassés entassés comme dans une usine de membres humains.

À la mairie, les équipes de télé étaient déjà installées sur le parking. Dans les camions, il y avait des murs d'écrans sur lesquels on voyait les mires de couleur. Les générateurs faisaient palpiter le monde, comme un cœur qui bat. Je suis descendu de voiture et j'ai suivi les tentacules des fils qui pénétraient dans la mairie.

Grâce à ma clef, je suis entré par l'annexe. La mairie était déserte et les bannières de la finale décoraient le grand hall. J'ai monté l'escalier en colimaçon. J'ai entendu la voix du maire qui se répercutait sur le plafond cintré. Il était là, en train de se préparer.

Je l'ai vu derrière son bureau. Il portait une chemise de golf et un pantalon rouge, la tenue qui était la sienne quand il avait appris la nouvelle à propos de Cheryl.

Et, tout comme lors de la nuit terrible de la mort de la petite fille, Betty était derrière son bureau, un de ces cœurs solitaires, qui attendait de répandre des rumeurs. Elle a sonné chez le maire et j'ai entendu sa voix dans l'interphone. « Lawrence ! Mon Dieu, faites-le entrer. »

Le gros type de la télé qui menait l'enquête du comté se trouvait dans le bureau. Le maire est venu tout de suite à ma rencontre et m'a serré le bras. Il me regardait droit dans les yeux. Il a dit d'une voix solennelle : « Vous avez appris la nouvelle ? »

J'ai fait oui de la tête.

Le maire m'a présenté le gros type qui a dû faire pivoter son torse d'une pièce pour me regarder. Il s'appelait Ronald Bains. Je lui ai serré la main. Il avait un visage jeune, noyé dans des plis de graisse. On avait du mal à lui donner un âge.

Il m'a fallu quelques instants pour me rendre compte que le commissaire était aussi dans la pièce. C'était comme s'il se matérialisait soudain sur une chaise. Je ne l'avais pas vu. Quand je me suis tourné vers lui, il a dit : « Lawrence », en hochant la tête.

J'ai attendu pour voir comment les choses tournaient, comment ils prenaient le fait que Cheryl avait été assassinée.

J'ai vu un tableau noir sur roulettes. À côté, le maire tenait un morceau de craie entre le pouce et l'index. Sur le tableau, il avait écrit le mot *Suspects*. Il n'y avait aucun nom en dessous. Le maire a dit : « On a essayé de réunir les choses, de tout regarder sauf ce que certains pourraient considérer comme évident – *Kyle* – parce que je pense que c'est une conclusion trop facile. Ça n'a aucun sens. Kyle est à la veille du championnat. » Le maire s'est frotté le côté du visage qu'il venait de frôler avec le morceau de craie. « Ça n'a aucun sens. » Ses yeux se sont posés sur Bains, puis sur moi. « On devrait peut-être récapituler ce que l'on sait, à ce stade ? »

La grosse tête de Bains s'est déplacée de bas en haut. « D'accord. » Il respirait difficilement – un bruit d'expiration entre les mots, comme s'il se dégonflait. Il est allé jusqu'au bureau du maire. Il nous tournait le dos.

Le maire m'a regardé et a légèrement levé l'index en plissant les yeux.

Bains a fouillé dans un paquet d'enveloppes kraft, il en a ouvert une et a étalé plusieurs photos sur le bureau. Il a dit : « Commençons ici. »

J'entendais la voix de Bains derrière le battement de mon sang qui me montait à la tête. C'était comme s'il parlait d'un endroit très éloigné. Son détachement professionnel démentait ce que nous regardions – les photos de la tête et du cou de Cheryl.

La tête de Cheryl était renversée en arrière et l'on voyait des marques brunes sur la gorge. « Mort par asphyxie... strangulation manuelle... » Sa voix m'entrait et me sortait de la tête. Il a montré les marques et indiqué qu'elles allaient vers le haut.

« Nous pensons que l'auteur du crime était face à elle, qu'il l'a poussée contre la vitre du conducteur. »

J'ai regardé le doigt boudiné de Bains qui désignait

une partie qu'on avait entourée, derrière la tête de Cheryl. « La victime a reçu un choc. » Bains a porté la main à sa grosse gorge, il a basculé la tête en arrière, et son double menton a disparu, un effort qui l'a fait souffler bruyamment.

« Ce qui est à noter, c'est la violence de l'agression – la force physique de l'agresseur. L'autopsie a révélé des contusions profondes dans le cou. Celui qui l'a étranglée n'a pas eu besoin de s'y reprendre à deux fois, même si la victime a dû se débattre frénétiquement avant de mourir. » Bains a tourné sur lui-même et a sorti d'une seconde enveloppe des photos des mains de Cheryl. « Vous voyez ici, elle s'est cassé les ongles pendant l'agression. »

Bains a continué à parler, en déplaçant les photos.

Le maire s'est avancé à côté de moi et a dit quelque chose à Bains mais je n'ai pas compris. Je ne pensais qu'à Cheryl et à Kyle, là-bas sur la route, la voiture garée sur le bas-côté, deux gosses qui se disputent alors que le soir descend, une brusque sensation de claustrophobie, la vie qui se réduit à eux deux, intimement liés pour toujours, ni par le mariage ni par l'amour mais par le terrible secret qu'ils partageaient. En avortant, Cheryl ne s'était-elle pas détournée de Kyle, à la recherche d'une autre vie ? Était-ce cela la vérité que Kyle devait affronter – ce qu'il m'avait dit au lycée –, qu'elle ne l'aimait plus ? Qui aurait pu s'attendre à de la loyauté entre adolescents, quand des adultes ne respectaient pas leurs serments ni leurs enfants avec une telle régularité ? Cela pouvait-il se terminer autrement pour Cheryl, autrement que par la mort ?

« Lawrence ? » Le maire a posé la main sur mon épaule. « Vous voulez un verre d'eau ? »

J'ai marmonné : « Non. » J'ai senti mon visage qui pâlissait.

Bains faisait toujours l'empressé, il fouillait dans le tas de photos, il les étalait, sans remarquer la façon dont le maire me regardait.

Mais ce que Bains m'a montré ensuite devait irrémédiablement tout changer pour nous. Il s'agissait de quelque chose que je n'aurais jamais pu imaginer.

Il a pris une autre enveloppe et a étalé une série de photos qui révélaient la poitrine de Cheryl. Pour la première fois, j'ai vu ce qui s'était passé en plus : on lui avait lardé la poitrine de coups de couteau, elle avait des balafres sous le cœur, dans les poumons et à l'estomac. Sa chair ressemblait à ce que j'avais vu en classe de biologie au lycée, boursouflée et blême comme un échantillon dans le formol. Ça ne paraissait pas réel.

Bains parlait. « Il y a vingt coups de couteau distincts. » Il a cherché parmi d'autres photos. « Nous avons déterminé que la victime était inconsciente ou morte quand on l'a poignardée. Aucune indication de lutte et aucune marque sur les bras. Il ne s'agit pas de l'agression d'un fou... »

Bains s'est penché sur le bureau du maire. « Et il y a encore plus étrange. On ne s'est servi que d'un couteau, mais la profondeur et l'angle d'entrée semblent changer pour les différentes blessures. Le coroner enquête pour savoir s'il pourrait y avoir plus d'un seul individu impliqué. »

Le maire a baissé la tête comme pour une prière solennelle et il a simplement dit : « Dans quel monde vivons-nous ? » Son regard a croisé le mien. Il louchait légèrement.

Bains tournait le dos au maire. Il a dit : « Je ne sais pas », puis il a commencé à ramasser les photos et à les remettre en ordre.

Dans le brusque silence, j'ai vu notre reflet dans la grande vitre, le portrait d'une petite ville dans une lumière jaunasse. C'était comme si nous avions été dans la fenêtre, pris au piège ou en conserve. Ce que j'avais vu me semblait irréel. Je m'en sentais séparé.

J'ai regardé le reflet du maire remplir un verre d'eau à la fontaine réfrigérée près de la porte. J'avais conscience du bruit de la machine à écrire de sa secrétaire qui tapait à toute vitesse. J'ai vu la silhouette déformée de Betty à travers la cloison en verre dépoli.

Comment une mort tragique avait-elle pu conduire à cela, à Cheryl Carpenter étranglée, sauvagement poignardée et sortie d'une rivière ? Comment aurions-nous pu savoir que cela tournerait ainsi, que c'était notre fin à tous ? Au-dessus de nous, deux ventilateurs instables tournaient, comme si la pièce avait été en suspension, comme si on nous transportait quelque part. C'était ce que je voulais, qu'on m'emporte, n'importe où mais loin d'ici.

Bains s'était rassis, son visage luisait de sueur, son pantalon faisait des plis à l'entrejambe. Il n'avait plus rien à dire. Nous non plus.

C'est dans ce silence irréel, alors que nous affrontions l'horreur de ce qui était arrivé à Cheryl Carpenter, que le commissaire a parlé pour la première fois.

« Nous avons peut-être un suspect... ou des suspects... Owensboro... »

Je me suis éclairci la voix : « Owensboro ?

— L'équipe que nous rencontrons en finale... On a déjà vu une équipe voler le livre d'entraînement de l'autre équipe, peut-être que dans ce cas... c'est quelque chose de plus. » Le commissaire a écarquillé les yeux. Il s'est tourné vers Bains. « Comme je le disais à Ronald ici présent, on se souvient longtemps des défaites par ici. Les gens ont tout l'hiver pour ruminer des idées noires. »

La langue de Bains est apparue une seconde entre ses lèvres. « Quel est l'écart de points pour la finale ?

— Vingt et un points, pour nous.
— Trois essais... »
Le commissaire a hoché la tête. « Et c'est généreux.
— Parfois, la vie est plus étrange que la fiction... »
Le double menton de Bains cachait son nœud de cravate. Il a regardé le commissaire. « Je pense qu'on voulait que nous trouvions la voiture de Carpenter maintenant. La balustrade du pont défoncée comme elle l'était, c'était un vrai cadeau, trop facile. Il y a des étangs et des lacs assez profonds pour qu'on ne retrouve pas une voiture avant des semaines ou même plus. Quelqu'un voulait qu'on la retrouve maintenant. »
Le maire a dit dans un souffle : « Mon Dieu... » Il a croisé les mains sous le menton. « C'est un coup monté contre Kyle... »
Bains a dit : « Comment ça ?
— Vous venez de dire qu'on voulait que la voiture soit retrouvée maintenant, non ? Supposons que là-bas, à Owensboro, ils aient appris l'avortement de Cheryl, qu'est-ce qui se passerait s'ils... s'ils la tuaient... pour liquider Kyle ?
— Je ne sais pas. Tuer une jeune fille pour un match... » Bains a cligné des paupières, comme sous l'effet d'une révélation, comme s'il réfléchissait à chaque élément. Il a dit calmement : « Pourquoi ne pas la kidnapper ? Jeter le soupçon sur Kyle ? Pourquoi l'assassiner ?
— C'était peut-être le plan. Ils sont venus pour la kidnapper, ça a mal tourné et elle a été étranglée dans la bagarre.
— Et pourquoi est-ce qu'on l'aurait poignardée comme ça ?
— Nous avons affaire à des gosses, Ronald. Parfois, ils n'ont aucune logique. Vous prenez un groupe, quelque chose se passe mal, et tout le monde est

entraîné. Je vois très bien ce couteau qu'on se passe de main en main, de façon rituelle, un rite d'initiation, des gosses qui se jurent fraternité. Ce n'est pas seulement un match qui va se dérouler ici. Les gens se raccrochent à ce qu'ils peuvent dans des endroits comme celui-ci. On traverse n'importe quelle ville, et qu'est-ce qu'on voit ? Des panneaux qui annoncent des victoires : championnat d'État, championnat de football, de basket-ball, de base-ball... Peu importe que le championnat ait eu lieu dix ans plus tôt. Le panneau reste en place. Ils s'accrochent à ce que l'histoire leur offre. Ce qui compte, c'est ce que font les enfants. Les enfants réalisent les rêves de leurs parents.

— Je me souviens qu'en 1974, un jeune qui s'appelait Nelson Parker, lors d'une passe du feu de Dieu, en a blessé un autre qui est resté paralysé. Le gosse était en l'air et attendait le ballon quand Parker lui a donné un coup de casque dans les reins, lui cassant la colonne vertébrale. Les gens ont juré qu'ils avaient effectivement entendu le bruit de la colonne qui se cassait. On a découvert que, quelques jours plus tôt, la ferme de la famille Parker avait été saisie. Sur le terrain, Parker s'est effondré en pleurant. Celui qu'il avait frappé n'a plus jamais remarché. »

Bains a secoué la tête.

Le commissaire a dit : « Je me souviens d'avoir assisté à un match, il y a quelques années, au cours duquel des jeunes qui étaient sous les tribunes ont trempé un chat dans l'essence avant d'y mettre le feu. Le chat a foncé sur le terrain. Il est mort de ses brûlures, mais vous auriez dû voir les supporters dans les tribunes quand le chat s'est mis à courir comme un pétard. Tout le monde a trouvé ça à mourir de rire. L'équipe adverse s'appelait les Chats Sauvages. »

Bains a fait un bruit en claquant les lèvres. Des bourrelets de graisse gonflaient son pantalon d'obèse.

Le maire a dit : « Vous savez, il y a quinze ans, on a demandé à Owensboro de choisir entre une nouvelle université et un nouveau pénitencier. Ils ont choisi le pénitencier. Je pense que c'est révélateur. »

Et le maire a sorti une grimace de stupéfaction de son répertoire d'expressions, puis il s'est retourné en disant : « Commençons par là. » Et il a écrit *Owensboro* sur le tableau.

Quand il s'est retourné vers nous, il avait une trace de craie sur le nez. Avec sa chemise de golf et son pantalon rouge, il me rappelait Bing Crosby dans un programme de Noël.

Il a reposé la craie.

« Je vous remercie d'être venu, Ronald. Je ne cherche pas à défendre Kyle. Ce que je vous demande c'est de ne pas vous précipiter vers des conclusions hâtives mais de voir au-delà des... » Il a hésité. « ... de voir au-delà des évidences. Nous tenons l'avenir d'un jeune entre nos mains, ne l'oublions pas... S'il est coupable, alors d'accord, mais regardons d'abord les faits – c'est tout ce que je dis –, par égard pour nous tous. » Il parlait comme quelqu'un qui fait un sermon.

Bains a approuvé d'un signe de tête.

Le maire a dit : « Franchement, je crois que vous n'avez pas volé votre dîner, Ronald, en venant jusqu'ici. Vous avez faim ? On vous invite ! »

Tout le corps de Bains a vibré quand il s'est déplacé. Un sourire est apparu sur son visage. « Je vais peut-être vous prendre au mot. »

Il a écarté les jambes avant de se lever, il a soulevé sa masse dans la bonne direction puis il a marché avec la légèreté qu'ont certaines grosses personnes ; il m'a rappelé un hippopotame habillé en danseuse dans les dessins animés.

Alors que j'étais là, prêt à partir, j'ai découvert que je croyais vraiment que les joueurs d'Owensboro pouvaient être impliqués dans le meurtre de Cheryl. Le maire avait un véritable pouvoir de suggestion.

Et dans mon esprit, j'ai vu un cercle de jeunes qui se passaient un couteau, le visage ardent, de peur et de terreur, pour poignarder Cheryl Carpenter dans une macabre fraternité. Je pensais que nous étions capables d'actes semblables.

Chapitre 23

J'ai passé la nuit assis dans ma cuisine. J'ai laissé un message sur le répondeur de Lois. Elle n'a pas décroché. Quand je fermais les yeux, je voyais les photos de Cheryl Carpenter, le gris de sa poitrine meurtrie, le blanc étrange des blessures. Cela ne ressemblait absolument pas à de la chair humaine. J'avais vu des bocaux contenant du poisson conservé dans le vinaigre au supermarché, la chair me semblait toujours tenir à peine en un seul morceau, comme si elle allait se défaire. C'est ainsi que je voyais Cheryl en esprit.

Je me suis fait du café puis je suis resté dans le froid de la porte de derrière parce que je voulais demeurer éveillé et chasser ces images. Je ne cessais de me demander si le maire avait réussi à convaincre Bains. Mais Bains ne finirait-il pas par aller trouver Kyle, de toute façon ? Je n'avais peut-être jamais compris Kyle, ni le maire, ni quelle était la résolution de gens comme eux.

Le téléphone a sonné à côté de la table du salon. J'ai pensé que ce serait Lois. C'était le maire. J'ai compris tout de suite qu'il me sondait. Il a dit avec un rire faux : « Mon Dieu, ce Bains a un sacré coup de fourchette. J'ai eu du mal à le suivre. Vous avez échappé aux brûlures d'estomac. Je crois que je vais manger du céleri pendant un mois après un repas pareil. »

J'ai dit d'un ton catégorique : « Comment est-ce que tout cela va finir ?

— Je crois que c'est déjà fini. »

J'ai pris une grande respiration. « Comment avez-vous passé toutes ces nuits, monsieur le maire ? D'où vous vient cette force de survie ? Comment faites-vous pour voir dans l'âme des autres ? »

Le maire s'est efforcé de rire. « Je pense que vous me faites trop d'honneur, Lawrence. » Puis il a retrouvé son calme : « Je ne suis qu'un vendeur de voitures, Lawrence, un simple vendeur de voitures qui essaie de s'en sortir. »

J'ai dit : « Je peux vous poser une question ?

— Quelle question ?

— À votre avis, qui a tué Cheryl Carpenter ?

— Je persisterai à penser que ça vient d'Owensboro jusqu'à ce que quelqu'un prouve autre chose. »

Le reportage en direct a commencé à six heures quinze, alors qu'il faisait encore nuit, avec une image de style Vietnam de la ferme des Johnson, et des silhouettes sombres qui se déplaçaient à l'intérieur. Au lever du jour, les équipes de télé avaient fixé leurs téléobjectifs sur la propriété, et la vie des Johnson est apparue lentement comme sur un Polaroïd.

J'ai vu Kyle sortir en direct, caché sous sa veste de l'université afin qu'on ne voie pas son visage, et monter dans la voiture d'Earl. À ce moment-là, j'ai su que Kyle avait acquis l'aura d'un mythe, qu'il était devenu un de ces personnages qui fuient les caméras, un de ces hommes politiques, un de ces gangsters, une de ces stars de cinéma ou un de ces assassins, les illustres et les infâmes. Nous ne faisions guère de différence quand il s'agissait de célébrité.

Les détails des circonstances, de la culpabilité ou de l'innocence étaient moins importants que l'image type, car dans les mois et les années suivantes, les noms disparaîtraient mais l'image resterait.

Bien sûr, ils considéraient Kyle comme le principal suspect. Qui d'autre ? Son silence pendant les premières heures de l'enquête l'avait rendu encore plus énigmatique, sa famille et lui ont semblé encore plus anachroniques qu'ils ne l'étaient en réalité. Nous nous étions tellement habitués à des parents horrifiés réclamant le retour de leur enfant, puis à des parents soulagés et en pleurs quand leur enfant était sorti de quelque cul-de-basse-fosse. Nous savions comment agir, quoi dire dans de telles circonstances, mais Kyle n'avait rien dit.

Une voix parlait de l'ascension fulgurante de Kyle vers la gloire, tandis que se succédaient des plans du match près de la ville industrielle de Gary et des amish, la brutale juxtaposition de vies différentes vécues au bord du même lac. Puis il y a eu le passage que j'avais déjà vu de la réunion des supporters avant le match, le long plan dans les couloirs qui arrivait brusquement dans l'auditorium avec les *pompom girls* et les visages aux peintures tribales, les pieds qui tapaient en rythme sur les gradins et Cheryl Carpenter au milieu de la pyramide de chair des *pompom girls*, Cheryl qui tendait si bien sa longue jambe mince et souple qu'on pouvait voir sa culotte, et le bruit de la fanfare qui recouvrait tout.

J'avais l'impression d'avoir déjà vécu tout ça.

Ils couvraient tout, le nombre de fois où Kyle pouvait être exclu, ses sauts et sa vitesse dans les quarante mètres. L'entraîneur du lycée disait qu'il n'avait jamais eu de joueur montrant une telle discipline et une telle volonté d'apprendre. Il a dit : « Ce type est un vrai joueur d'équipe. »

On a fait une allusion indirecte à l'avortement de Cheryl, et à la religiosité de la famille de Kyle, une première indication de la piste que les médias, et peut-être Bains, suivaient. Une fuite avait révélé que Cheryl avait été étranglée. Un journaliste l'a annoncé au début des informations.

Une caméra est entrée dans la petite église blanche réformiste où Helen Johnson priait Dieu, l'austérité des lieux aussi nus et implacables que les tiges noires du maïs qui pourrissaient dans les champs du voisinage. Puis la caméra a quitté la tristesse de cette foi allusive pour le réalisme du bureau du coroner, qui se préparait à donner une conférence de presse. On entendait la respiration assourdie du coroner dans la salle de presse de fortune, alors qu'il froissait ses feuilles avant de faire sa déclaration, et le bourdonnement des caméras.

Le coroner a décrit la mort de Cheryl Carpenter par étranglement, sous l'effet d'une force violente appliquée sur le cou et la gorge. La trachée artère et le larynx avaient été écrasés. D'après lui, a-t-il dit en réponse à une question, la victime connaissait vraisemblablement son agresseur. Le coroner a fait remarquer que l'angle de la décoloration autour du cou indiquait que l'agresseur lui faisait face.

Le coroner n'a pas mentionné le fait que Cheryl avait été poignardée à plusieurs reprises.

J'ai compris qu'ils soupçonnaient Kyle mais je me sentais comme vidé de toute émotion, ou alors j'étais peut-être encore hébété, en état de choc parce que je savais déjà ce qui était arrivé à Cheryl.

Chapitre 24

Il était plus de neuf heures quand je suis parti travailler. J'ai allumé la radio de la voiture et j'ai appris ce qui s'était passé au lycée. Si je n'avais pas allumé cette radio, j'aurais débarqué à la mairie comme un imbécile.

Le journaliste parlait en direct d'une voix excitée comme tous les reporters, et récapitulait ce qu'il appelait « les événements extraordinaires et tragiques qui se sont déroulés dans ce lycée ». Derrière lui j'entendais le tintement d'une alarme d'incendie.

Je ne me suis pas arrêté. L'adrénaline se répandait dans mes jambes. La voix du reporter était étouffée comme s'il s'éloignait de l'alarme d'incendie.

Puis la transmission s'est interrompue.

Retour en studio où une voix élégante a dit : « Il semble que nous ayons un problème de transmission, mais ce que nous pouvons vous dire c'est qu'en début de matinée, vers huit heures quinze, les autorités sont arrivées au lycée pour poser quelques questions à la vedette locale de football Kyle Johnson après la publication du rapport du coroner qui disait que Cheryl Carpenter, la petite amie de Kyle Johnson, dont on a retrouvé le corps dans sa voiture tombée dans une rivière, avait apparemment été étranglée.

« D'après plusieurs témoins, Kyle Johnson a été

appelé dans le bureau du proviseur, par haut-parleurs. Quelques instants plus tard, on a entendu des coups de feu. Des témoins disent que le proviseur, qui se dirigeait vers la classe de Johnson, a tourné au coin d'un couloir et s'est retrouvé devant Johnson. Dans la lutte qui a suivi, deux coups de feu ont été tirés, et le proviseur s'est effondré. On a vu Kyle s'enfuir vers le vestiaire des hommes, en tenant à la main le revolver avec lequel il venait de tirer. À partir de ce moment, nous n'avons plus de détails. Nous attendons confirmation de ces événements par la police. Aucune déclaration officielle n'a encore été faite. »

Je savais que tout était fini pour nous si Kyle sortait du vestiaire. Le problème était simple : Kyle allait-il vivre et parler, ou se tirer une balle dans la tête ? Irait-il rejoindre sa petite amie et son bébé mort avant d'être né ?

Les coups de feu avaient été tirés une heure plus tôt et quand je suis arrivé, il y avait déjà une atmosphère irréelle autour du lycée. Trois voitures de patrouille du shérif, deux voitures de pompiers et un camion noir de mauvais augure étaient arrivés. Une ambulance s'était rangée devant l'entrée principale. La porte en était grande ouverte mais il n'y avait personne à l'intérieur.

J'étais là, dans ma voiture, personnage ridicule aux limites du drame qui se déroulait. Je me suis garé assez loin. La radio ne cessait de passer du studio au journaliste en direct sur les lieux, avant de revenir au studio où ils épluchaient le passé de Kyle Johnson, sa personnalité, ses intentions. Les renseignements étaient transmis aux principales radios. Nous avions atteint une notoriété nationale. Le bureau du shérif avait pris les choses en main. On ne m'avait même pas demandé de venir. Notre service avait été écarté. Un ruban fermait l'entrée du lycée.

Les élèves étaient regroupés autour des parkings. La plupart ne portaient même pas de manteau, ils tremblaient en dansant d'un pied sur l'autre, mais ils ne s'en allaient pas. Des bus scolaires étaient rangés l'un à côté de l'autre devant les chaînes qui fermaient les parkings. Leurs tuyaux d'échappement fumaient dans l'air froid, mais personne n'y montait.

La radio a repris en direct avec le même journaliste qui couvrait l'affaire. Je l'ai vu qui parlait de l'autre côté du ruban de la police. Il interrogeait des jeunes. Les témoins devenaient brusquement des célébrités. Ils parlaient avec fièvre, comme lorsque les jeunes veulent tout dire d'un coup. Derrière eux, des journalistes de la télé en interrogeaient d'autres.

J'ai traversé la foule des élèves, j'ai vu un cercle de secrétaires qui parlaient furtivement entre elles. Elles avaient l'air sous le choc. Elles étaient bien sûr sorties des bâtiments, tout comme les professeurs qui se tenaient seuls à l'écart, avec leurs chemises ternes à manches courtes, un étui à lunettes dans la poche, les cibles typiques des farces des adolescents, complètement perdus et se contentant de regarder autour d'eux. Certains avaient griffonné leur numéro de salle de classe sur un morceau de papier qu'ils tenaient levé. La règle en cas de catastrophe naturelle, en général des cyclones, consistait à retrouver son professeur, pour qu'on puisse compter les survivants.

J'ai vu deux silhouettes se dresser sur le toit du lycée et lever leur visière, puis une autre est apparue et encore une autre, comme si tout danger était passé. L'un des hommes parlait dans une radio portative et je me suis dit que c'était terminé. Le destin de Kyle Johnson était scellé.

Je me suis dirigé vers l'entrée principale. Dans sa voiture, le maire parlait à la C. B. Il était assis de côté, les jambes hors de la voiture. Je suis allé vers lui.

Il a levé les yeux et m'a dit : « Kyle s'est suicidé », et j'ai pensé avec un sentiment de honte que j'étais soulagé d'entendre ces simples mots.

Le maire a rentré les jambes dans la voiture et a recommencé à parler à la C. B. Il a fermé la portière.

Les journalistes qui couvraient l'affaire ne savaient pas que tout était fini. L'un d'eux s'est approché de moi près de l'entrée principale et m'a demandé mon nom. Un adjoint du shérif l'a repoussé, mais j'ai dû lui dire qui j'étais pour qu'il me laisse passer, malgré mon uniforme. J'ai entendu le journaliste dire dans son micro que j'étais un membre des forces de police locales.

Tanner, le proviseur du lycée, était mort dans le hall principal, après le couloir lugubre. J'ai retrouvé Fisher debout près du corps de Tanner. Il m'a dit qu'après avoir lancé l'appel par haut-parleurs, il était allé à la rencontre de Kyle qui se dirigeait vers son bureau. Fisher a ajouté que lui-même marchait juste derrière le proviseur. Tanner avait tourné à un coin et avait heurté Kyle qui avait tiré par instinct, par peur.

Fisher m'a dit qu'il aurait très bien pu recevoir la balle. Tanner n'avait pas une chance de s'en tirer – la violence de la première balle avait fait sauter sa moumoute.

Fisher ne savait pas encore que Kyle était mort. Il parlait toujours de lui-même, répétant qu'il était passé à côté de la mort. On voyait la peur dans ses yeux.

Tanner se trouvait sur un chariot d'hôpital, enveloppé dans un drap blanc. Il était mort devant le laboratoire de sciences. J'ai regardé à l'intérieur.

Tout sentait le formol. Près de la porte il y avait une boîte en plastique remplie de fœtus de porcs et sur le mur un tableau représentant l'anatomie d'un porc. J'ai attendu devant le laboratoire. Le calme des lieux démentait l'horreur de ce qui venait de se passer. Les rayons de la lumière du matin entraient par les fenêtres et au-delà je voyais le terrain de football.

Tout semblait presque calme.

Quelques minutes plus tard, le commissaire et Bains sont apparus dans le couloir, le visage grave, suivis par d'autres flics que je n'ai pas reconnus.

Fisher s'est avancé vers le commissaire qui a dit calmement : « Kyle est mort. Il s'est fait sauter la cervelle. »

La question était la suivante : Kyle avait-il dit quelque chose ? Avait-il laissé une lettre ?

Mais pour obtenir des réponses je devrais attendre.

Chapitre 25

Dans les heures qui ont suivi le transfert du corps de Kyle du lycée à la morgue du comté, la violente chronologie de la mort de Cheryl – d'abord la strangulation, puis les coups de poignard rituels – a inondé les radios et les télés. Le mystère s'épaississait. D'autres personnes étaient-elles impliquées dans la mort de Cheryl ? Le bureau du coroner examinait toujours les preuves.

Cheryl Carpenter avait reçu vingt coups de poignard.

Pendant la matinée, des allégations et des questions ont commencé à courir dans les émissions de débat à la radio. Les gens voulaient savoir pourquoi la police avait été négligente au point de ne pas arrêter Kyle chez lui. Les preuves réunies au bureau du coroner ne désignaient-elles pas toutes Kyle comme le suspect le plus vraisemblable ? Cheryl faisait face à son agresseur. Elle le connaissait assurément. La force physique déployée dans la strangulation donnait à penser qu'il s'agissait d'un type de la carrure de Kyle Johnson. Est-ce que cela au moins ne permettait pas de soupçonner Kyle ?

Au bureau, j'écoutais tout cela à la radio. J'attendais que le commissaire ou le maire se montre. En vain.

C'était irréel, le calme du bureau, aucun coup de

téléphone, rien. Le simple fait que Cheryl ait été assassinée dans la ville voisine nous avait pratiquement enlevé l'affaire. L'enquête avait été confiée aux responsables du comté. C'étaient eux qui devaient affronter la crise à propos des révélations concernant la mort de Cheryl et la façon de traiter Kyle.

Bains est passé à l'offensive. Il ne cessait de relier la mort de Cheryl à une conspiration parmi les membres de notre équipe de football, en insistant sur l'aspect rituel de l'assassinat de Cheryl. Il affirmait que son service et lui avaient procédé avec prudence, qu'ils avaient attendu le rapport du coroner avant d'arrêter Kyle, mais Kyle avait été mis sous surveillance, on avait contrôlé ses allées et venues, pour essayer d'établir qui d'autre pouvait avoir participé au meurtre de Cheryl.

En début d'après-midi, une autre bombe a explosé, une preuve supplémentaire qui reliait Kyle au meurtre de Cheryl. On avait découvert des fragments d'ongles de Cheryl enfoncés dans les manches du blouson de cuir de Kyle. Un gardien l'avait retrouvé dans la classe de Kyle.

Bien sûr, ce n'était pas suffisant et cela arrivait trop tard, mais à nouveau des questions concernant la façon dont on avait mené l'affaire ont couru sur les ondes : Pourquoi n'avait-on pas relevé les preuves matérielles ? Si l'on avait interrogé Kyle plus tôt, on aurait trouvé des preuves plus tôt. Le gardien a décrit aux médias un accroc sur le bras gauche du blouson de Kyle.

Lois est entrée dans mon bureau. Elle portait des bottes roses et un anorak assorti. Elle a dit d'une voix ironique : « Je ne pensais pas te trouver ici. Je pensais que tu étais vraiment parti à Chicago. »

Je savais qu'elle était venue me voir, en tout cas c'était ce que j'espérais, mais j'ai rétorqué brusquement : « Si tu es venue voir le commissaire, il n'est pas ici. »

La radio était allumée sur mon bureau, et dans le silence qui s'est installé entre nous, le journaliste a récapitulé les nouvelles à propos du blouson de Kyle.

J'ai levé les yeux vers Lois. « Tu crois que tout ça en valait la peine ? »

Elle a regardé ses pieds. « Ne me dis rien. » Elle a secoué la tête. « Moins j'en sais et mieux ça vaut. »

Je me suis avancé sur ma chaise. « Qu'est-ce que tu sais, Lois ? Qu'est-ce que le commissaire t'a dit ? »

Elle a regardé autour d'elle comme si quelqu'un d'autre avait pu se trouver dans le bureau.

Je lui ai pris le bras et elle l'a retiré. « N'aie pas peur, Lois. Ils sont tous sortis. Alors, qu'est-ce que tu sais ? »

Elle m'a lancé un regard furieux. « Je sais que tu n'es pas l'homme que je croyais.

— Je ne te posais pas la question à propos de moi. »

Elle a dit : « Je sais que tout le monde a essayé d'aider Kyle.

— Tu crois ? Je pense que nous nous sommes aidés, voilà ce que je pense. Kyle a voulu venir nous trouver pour nous dire qu'il avait écrasé l'enfant. Il voulait en affronter les conséquences, mais on l'en a tous empêché.

— Non... La seule raison pour laquelle il a reculé c'est parce que sa petite amie a vu ce qu'il avait fait... Il t'a mené en bateau, il a tout déformé pour que tu aies l'impression que tu le manipulais alors que c'était l'inverse depuis le début. C'est ça le secret d'un grand quarterback... lire la partie, lire la défense, faire les ajustements, t'attirer dans un sens et foncer dans l'autre. »

J'ai dit : « Tu parles comme le maire... »

Lois a ignoré le commentaire. « C'est dans combien de temps, le vrai départ ? »

Kyle Johnson a été enterré lors d'une cérémonie intime, la semaine au cours de laquelle le championnat d'État aurait dû être disputé. Cheryl Carpenter est restée enfermée dans un coffre réfrigéré de la morgue, cela s'ajoutait à la tradition, au mythe, cette belle au bois dormant ou – comme certains l'appelaient – l'avorteuse, devenue preuve.

Nous avons perdu le titre, et malgré cela l'équipe adverse a dû se mettre en tenue pour un match où personne ne s'est présenté. Telles étaient les règles. Il fallait entrer sur le terrain pour constater que l'autre équipe était absente. Il fallait courir pour se mettre en place. Le journal de l'autre ville a dit que cette victoire c'était « applaudir d'une seule main ».

Les soupçons concernant ceux qui avaient aidé Kyle à commettre son crime pesaient toujours sur notre équipe de football, et toute une suite d'interrogatoires a commencé, pour établir et vérifier les alibis. Bains a installé un bureau dans la mairie et un autre au lycée, un long processus d'interrogation qui se déroulait à huis clos.

Personne ne pouvait y assister, pas même le maire ou le commissaire.

La ville refusait tout, se sentant en état de siège à cause des médias et de la police. C'est ainsi qu'on a rendu compte d'une réunion dans le gymnase du lycée des parents des membres de l'équipe de football, qui voulaient montrer leur solidarité. On examinait déjà les découvertes du coroner et on doutait de son hypothèse selon laquelle Cheryl avait été poignardée par plus d'une personne. Le coroner lui-même a fait marche arrière et a commencé à tempérer ses premières déclarations en mettant en avant l'enquête en cours, les premières découvertes, ce qui lui évitait de répondre directement aux questions, un recul qui s'est développé quand aucun membre de l'équipe n'a pu être mis en cause et n'a craqué malgré les pressions.

Avec chaque jour qui passait, la même question revenait sans cesse à la radio et à la télé : Était-il possible qu'un groupe de jeunes aient entouré Kyle alors qu'il étranglait Cheryl dans sa voiture, pour participer ensuite à un véritable carnage rituel sur son cadavre ?

Quand on disait les choses comme ça, tout se retournait contre Bains. La communauté se révoltait contre la façon dont la vie de ses enfants était perturbée, l'aspect inconstitutionnel de ce que devenaient les interrogatoires et les techniques d'intimidation. Pendant combien de temps la communauté serait-elle tenue en otage à cause de la façon inepte dont les forces de police traitaient cette tragédie ? Pendant combien de temps les interrogatoires des élèves allaient-ils encore durer ?

Bien sûr, le maire laissait aller les choses devant le tribunal de l'opinion publique.

La communauté a fini par accepter comme version de la vérité à propos de Kyle et de Cheryl que Kyle, prisonnier d'un sentiment de culpabilité parce que sa mère avait appris qu'il avait mis sa petite amie enceinte, avait perdu la tête, et la perversion spirituelle de sa mère lui avait fait franchir la limite. Chaque victoire semblait être le diable qui le mettait à l'épreuve, qui le conduisait vers le salaire du péché, vers une fausse récompense. D'autres membres de l'équipe disaient qu'ils sentaient Kyle de plus en plus loin d'eux. Il avait joué avec une intensité qu'ils n'avaient jamais connue, même chez lui, de match en match. Mais après, il était comme un zombie.

L'entraîneur de Kyle reconnaissait qu'il avait perçu

une différence en lui, mais il disait que c'était « un type qui avait donné cent dix pour cent de lui-même pour son équipe, un type qui portait les rêves d'une ville sur ses épaules ». L'entraîneur regardait la caméra, un sifflet autour du cou. Ses yeux se sont remplis de larmes quand il a repris son souffle, et il a dit : « Ce gosse n'avait que dix-huit ans. »

Des élèves parlaient d'une dispute entre Kyle et Cheryl quand il avait appris qu'elle avait avorté. On avait vu Kyle coincer Cheryl contre son vestiaire au lycée, dans les jours qui avaient précédé le meurtre. Tout le monde savait que Cheryl et Kyle avaient rompu.

L'enterrement du proviseur a également eu lieu la semaine de la finale. Le maire a dit quelques mots devant la tombe et a ajouté qu'il allait présenter une délibération au conseil municipal pour qu'on appelle le terrain de football du lycée « stade Tanner ». Cet événement s'est déroulé lui aussi dans la plus stricte intimité. On aurait dit qu'on souhaitait que tous les corps soient enterrés.

À la cafétéria, quelques jours après l'enterrement de Tanner, j'ai entendu une secrétaire dire que Cheryl Carpenter n'avait eu que ce qu'elle méritait. C'est un sentiment qu'on a fini par entendre à la radio, une référence indirecte aux relations passées de Cheryl. En seconde, elle était sortie avec un étudiant. Elle était excellente en classe et cherchait toujours à quitter la ville, elle espérait trouver une université dans un autre État, et manifestait une maturité que ne possédait aucun garçon de son âge. Elle savait ce qu'elle voulait depuis longtemps. Dans le contexte de la discussion, c'était plutôt négatif.

On laissa entendre qu'il ne s'agissait pas de son premier avortement et, pendant la nuit, la discussion a abordé tous les sujets, depuis la maturité sexuelle des garçons, celle des filles, et la contraception – le préservatif et la pilule devaient-ils être accessibles aux adolescents et cela contribuerait-il ou non au développement des relations sexuelles ? – jusqu'à des débats sur l'avortement – le père devait-il être informé, une femme avait-elle le droit d'avorter sans le consentement du père ?

Bains était encore là lors de l'enterrement de Tanner, mais il n'y a pas assisté. Il travaillait toujours dans son bureau du lycée et pourtant, plus il persistait dans son enquête, plus la communauté le rejetait. Bains était le bouc émissaire dont nous avions besoin. Si Kyle avait été mis en détention préventive, Tanner n'aurait pas été tué, et nous aurions su ce qui s'était vraiment passé la nuit où Cheryl Carpenter avait été assassinée.

À nouveau, on s'est posé des questions sur l'hypothèse selon laquelle Cheryl avait été poignardée par plus d'une personne. Kyle n'avait-il pas pu diriger le couteau sous différents angles, n'avait-il pas prévu d'embrouiller les autorités, d'utiliser la psychologie pour faire accuser Owensboro, les perturber et jeter le doute sur leur équipe ?

Puis une nuit, alors que je considérais que l'enquête touchait à sa fin, quelqu'un a appelé dans une émission et a raconté une histoire troublante sur notre tendance à la conspiration et au silence, en soutenant qu'une ville entière pouvait se taire. Il a évoqué le Ku Klux Klan clandestin de l'Indiana dans le passé, ce qu'il appelait l'*empire invisible*, en rappelant que, lors de la résurgence du K. K. K. pendant la crise, l'Indiana comptait le plus grand nombre de membres du Klan, et qu'il y avait même eu un équivalent féminin, les « Reines du masque d'or ».

Je n'ai pas vu Lois pendant plus d'une semaine et elle ne m'a pas appelé. J'évitais de passer devant son bureau. Je n'ai pas parlé non plus au commissaire ni au maire, bien que nous nous soyons vus dans l'entrée. Nous nous contentions d'un signe de tête et chacun continuait son chemin. Nous nous étions tous repliés sur nous-mêmes, sans vraiment croire que l'affaire était terminée, que nous nous en étions sortis indemnes, que la triste vérité, comment tout cela avait commencé, n'était pas encore apparue.

Pendant des jours, j'ai attendu qu'Earl Johnson dise quelque chose, qu'il fasse une déclaration, qu'il se répande en injures à cause de ce qu'il avait perdu. C'était ce que je ressentais, cette impression de fureur parce qu'il avait perdu tout ce sur quoi il avait compté. Je m'attendais à ce qu'il nous démolisse, mais il n'a jamais rien dit.

La seule chose qui a changé, c'est qu'Arnold Fisher a été engagé à plein temps. J'ai lu ça dans les procès-verbaux du conseil municipal. Son poste était vaguement défini comme administratif. On ne faisait, bien sûr, aucune mention de la retraite du commissaire.

Nous étions dans une impasse.

Chapitre 26

Thanksgiving tombait ce jeudi-là, et tranchait sur l'intérêt soutenu pour l'affaire, une semaine réduite où les gens sortaient de bonne heure, avec le projet de voyager ou de recevoir des parents pendant le long week-end.

Le mercredi, ma seule perspective pour le lendemain était de manger seul un morceau de dinde réchauffé au micro-ondes. J'avais un frère dans l'Iowa à qui j'ai pensé téléphoner, mais il y avait bien deux ans que nous ne nous étions parlé.

J'allais partir pour la journée, quand mon agent d'assurances, « l'amical Bob Adams », a téléphoné. Il n'avait pas l'air très amical.

Il a dit : « J'ai de mauvaises nouvelles. La demande que vous avez faite pour votre cabane a été rejetée.

— Rejetée ?

— Exactement. Apparemment, il semble qu'on ait utilisé un produit pour faire démarrer le feu. Vous ne savez pas ce qui aurait pu déclencher l'incendie ? »

J'ai dit : « Non... je ne sais pas, Bob.

— Aviez-vous des produits inflammables dans la cabane, qui auraient pu prendre feu, des bonbonnes de gaz ou un bidon d'essence ? Ils ont trouvé une marque légèrement roussie qui leur a fait penser qu'on a pu utiliser un combustible. »

J'ai dit : « De l'essence, laissez-moi réfléchir. Non... je n'avais pas d'essence avec moi. Peut-être que cet expert se trompe.

— Peut-être... » Mais Bob ne semblait pas y croire. Je l'entendais se rogner les ongles. Bob était connu pour cela.

« Écoutez, Bob, je vous propose qu'on oublie cette demande. Vous savez... si cet agent ou qui que ce soit pense que vous ne devriez pas me rembourser, alors pour moi c'est d'accord. Je ne sais pas ce qui a bien pu se passer, mais s'il dit que quelqu'un a essayé de me tuer, alors pourquoi est-ce que vous devriez me rembourser ?

— Quelqu'un a essayé de vous tuer ?

— Ce que je dis c'est... merde, ce n'est pas ce que je dis. J'ai failli y rester pendant mon sommeil et je ne sais absolument pas comment le feu a démarré, mais vous savez quoi ? Je suis bien content d'être encore vivant. Voilà ce que je dis. La déclaration d'incendie n'a pas d'importance...

— Hé, du calme, Lawrence. Il fallait simplement que je vous pose la question. Simple question de procédure. Écoutez, il faut que j'y aille, mais vous devez recevoir un coup de téléphone de notre service intérieur à propos de votre demande. Vous verrez avec eux. Fondamentalement, ce n'est plus de mon ressort. Je vous ai appelé simplement pour vous informer que votre demande avait été rejetée. »

Je n'ai rien dit mais je me suis retrouvé devant cette froide coïncidence que j'avais failli mourir le même week-end où Cheryl avait été assassinée.

Ce soir-là, en rentrant seul chez moi, je suis passé devant le garage du maire. Il tournait une publicité dans l'éclat des projecteurs. Il portait un costume de pèlerin et parlait de voitures face à la caméra. Il y avait des dindes dans une cage grillagée devant son garage. J'ai pensé qu'on gagnait une dinde si on achetait une voiture.

Tard dans la nuit, j'ai vu la publicité sur les voitures. Les dindes faisaient « glou-glou-glou » et le maire disait : « Les dindes vous parlent de glou-glou, pas moi. Moi, je vous parle d'occasions. »

La caméra a présenté une vue panoramique du garage, et dans chaque voiture, il y avait une dinde sur le siège du conducteur.

Je me suis réveillé dans un matin de Thanksgiving qui s'ouvrait comme un abîme. J'ai mis mes plus beaux vêtements et j'ai assisté au service religieux sans bien savoir pourquoi – un sentiment de culpabilité je suppose, et parce que c'est ce que les gens font par ici.

Mais il n'était pas neuf heures quand le service a pris fin, aussi j'ai décidé d'aller travailler comme volontaire à la soupe populaire d'un quartier déshérité de la ville.

Je suis passé au supermarché pour y acheter des tartes au potiron, du lait condensé, des haricots et d'autres conserves. Je n'avais pourtant pas d'argent à gaspiller, mais je l'ai fait quand même, simplement pour fuir ma solitude.

Et pour la première fois depuis très longtemps j'ai pensé à Kendall. J'ai fait son numéro à partir d'un téléphone du supermarché, mais j'ai raccroché aussitôt. Qu'est-ce que je faisais ? Puis j'ai appelé Janine. C'est Eddy qui a répondu et ça m'a fait mal de lui raccrocher au nez, mais je l'ai fait.

Une demi-heure plus tard, je me suis garé devant l'appartement de Kendall. J'avais acheté une autre tarte au potiron pour la lui offrir. C'était le premier Thanksgiving, les premières vacances qu'elle passait sans sa fille.

Je me suis glissé dans l'entrée et j'ai monté l'escalier d'un pas prudent. J'ai entendu de la musique dans l'appartement de Laycock.

J'ai frappé doucement chez Kendall. Rien.

Je voyais de la lumière autour de la porte. J'ai frappé à nouveau et j'ai attendu. J'avais la tarte au potiron dans l'autre main. Elle était encore chaude.

J'ai trouvé le pavé détaché à l'endroit que Laycock m'avait indiqué et j'ai senti la clef. Je l'ai glissée dans la serrure et elle a tourné. J'ai ouvert lentement la porte en retenant mon souffle.

Il faisait très froid dans la pièce, comme si elle n'était plus occupée depuis longtemps. Un rideau s'est gonflé dans le courant d'air, une ampoule qui pendait au plafond s'est balancée. Une fenêtre était restée ouverte.

J'ai refermé la porte derrière moi en frissonnant, et je me suis retrouvé dans une grande pièce unique avec un haut plafond et des corniches décorées, recouvertes de façon utilitaire de peinture blanche comme dans beaucoup de locations. On avait muré une cheminée et installé des toilettes et une douche artisanales dans le coin le plus éloigné. Le parquet avait été abîmé par l'eau.

On avait déplié un lit futon devant un bow-window. Avec une petite table et une commode, il composait tout le mobilier. J'examinais tout cela, comme si j'attendais que Kendall apparaisse, adossée à la porte, mais elle ne pouvait sortir de nulle part. Elle n'était pas là.

J'entendais toujours la musique de Laycock.

Il faisait un froid à mourir et ma respiration se transformait en vapeur. Je suis allé jusqu'au bow-window et j'ai regardé dans la rue. C'était là que j'avais vu Kendall debout derrière le rideau. Mais de la glace s'était formée sur les vitres à l'intérieur. J'ai eu l'impression que Kendall était partie depuis plusieurs jours, sans doute dans de la famille pour les fêtes. Peut-être revenait-elle lentement vers la vie, et cette pensée m'a apporté un certain réconfort, ou elle a apaisé mon sentiment de culpabilité.

J'allais partir quand j'ai vu à côté du futon, sur une table basse, des sacs en plastique pour congélateur. Je me suis baissé. Un des sacs contenait des coupures de journaux relatant la mort de l'enfant. Puis mes yeux ont été attirés par l'autre sac, et pendant un instant je n'ai pas compris ce qu'il contenait. Je l'ai pris et je l'ai mis dans la lumière. Ça ressemblait à un morceau de peau ratatinée et moisie. Enfin je me suis rendu compte de ce que je tenais : un bout de cordon ombilical.

Dans le couloir, j'ai remis la clef à sa place. Mes mains tremblaient. J'ai descendu l'escalier.

L'ombre des pieds de Laycock est apparue sous sa porte. Il avait l'œil collé à l'œilleton. Je n'ai rien dit.

Une croix au néon grésillait au-dessus de l'asile de nuit quand je me suis arrêté. De l'autre côté de la rue, il y avait des bars de strip-tease ouverts vingt-quatre heures sur vingt-quatre. J'ai vu quelqu'un qui en sortait.

Il n'était même pas dix heures et demie.

Sur le mur du local de l'asile, il y avait une peinture murale représentant un bateau échoué sur des rochers, poussé par les vagues noires d'une tempête. On voyait un phare qui brillait au loin. Sous le bateau, on pouvait lire : « Ceci est ton âme », et sous le phare : « Dieu ». Les couleurs sombres étaient si menaçantes, si peu ambiguës, qu'on voulait se diriger vers le phare. On se demandait pourquoi on ne recherchait pas tous ce genre de salut.

J'ai posé mes sacs sur la table et j'ai dit : « C'est un

don. » Les règles simples étaient affichées. Celui qui ne s'était pas lavé devait descendre dans une douche collective où on le décrassait au jet, puis on lui remettait des vêtements propres, il allait à l'église, et ensuite on lui donnait un repas de Thanksgiving.

Les fidèles, ceux qui sauvaient les âmes, se pressaient dans leurs costumes bruns en polyester, ils séparaient les hommes des femmes, les célibataires des familles, les ivrognes des gens sobres, et dirigeaient ceux qui sentaient mauvais vers les douches collectives.

Les justes n'avaient pas le sens de l'ironie et ils pouvaient vous humilier même quand ils vous disaient à quel point vous étiez exceptionnel, même lorsqu'ils essayaient de sauver votre âme. J'ai vu un type qui avait vraiment besoin de manger arriver saoul. On l'a mis à la porte. Il a hurlé des injures et tapé dans les vitres blindées.

Malgré mon costume, on m'a pris pour une de ces âmes malheureuses en quête d'un repas. Quelqu'un m'a demandé si j'avais bu, comme ci cela expliquait ma présence ici. J'ai dû dire que j'étais volontaire. On m'a envoyé aider les épouses à mettre la table de Thanksgiving.

De grosses femmes portant des robes à fleurs remuaient de la soupe aux patates douces et aux pommes de terre dans d'énormes marmites. Elles avaient les cheveux serrés sur leur nuque, certaines avaient mis des tabliers et leurs visages luisaient à cause de la vapeur. J'ai vu un monstrueux four institutionnel. Une patte de dinde se dressait derrière la vitre. Je jure que cela ressemblait à une cuisse d'enfant.

Comme travail, on m'a demandé de disposer les assiettes, les verres en carton et les serviettes sur des tables de pique-nique et d'apporter des chaises. Sur une aire de jeu, on avait étalé des jouets offerts, des poupées fatiguées, des Lego, des cubes et des jeux de cartes pour les enfants.

Une petite fille est venue vers moi sur un cheval qui n'était qu'un bâton auquel on avait attaché une tête de cheval. Elle voulait que je donne à manger à sa monture. J'ai pris un morceau de sucre et j'ai fait comme si le cheval l'avalait alors que je le cachais dans la manche de ma chemise. Elle m'a souri comme si elle savait ce que j'avais fait mais qu'elle ne voulait pas croire que c'était un truc.

Sa mère s'est approchée. Elle était jeune et belle, mais paraissait tendue et fatiguée. Le visage de la petite fille était une image de ce qu'avait dû être la mère, et il était triste de voir comment les choses pouvaient tourner pour quelqu'un comme elle. La mère a souri : « Vous êtes gentil avec les enfants. Vous en avez ? »

J'ai menti. « Non.

— Vous n'êtes pas marié ?

— Divorcé.

— Vous dites ça comme si c'était honteux. »

J'ai répondu : « C'est dur d'abandonner certaines choses. »

La mère a souri à nouveau. « J'aime quand un homme éprouve de la compassion. Vous êtes ici pour sauver mon âme ou la vôtre ?

— Pour dire la vérité, j'essaie de me fuir.

— Vous n'êtes pas très encourageant. » Elle m'a fait un clin d'œil en disant ça.

Elle fumait une cigarette malgré le règlement mais je n'ai rien dit. Elle s'est gratté la cuisse avec l'autre main et sa robe s'est relevée sur son genou. Elle a vu que je regardais et elle a fait la moue.

Elle a dit : « Vous n'avez pas l'air d'un croyant.

— Je crois ce que je vois. »

J'ai eu une sensation d'euphorie, dans ces jours

sombres, parce que quelque chose comme ça se passait devant moi. J'allais lui demander si elle voulait qu'on se tire quand la personne à laquelle je m'attendais le moins est apparue : Betty, du bureau du maire. Sa bon Dieu de « Table de huit » soutenait le repas de Thanksgiving.

Elle a dit : « Dieu soit loué, vous êtes revenu vers Jésus, Lawrence ? »

Avant que j'aie eu le temps de répondre, elle a dit : « Il y a encore des tables à installer là-bas. Ça ne vous dérange pas de vous en occuper ? » Puis elle a dirigé sa colère contre la jeune mère et une dispute a éclaté parce que celle-ci fumait.

Je me suis éloigné. Je ne pense pas avoir jamais vu quelqu'un se faire autant humilier pour obtenir un repas. J'étais à deux doigts de l'emmener loin d'ici, mais je n'ai pas bougé. Je n'ai rien dit. Je suis allé là où avaient lieu les services, vers les religieux fanatiques, maigres comme des sauterelles, avec des vêtements qui ne leur allaient pas, et des poignets et des chevilles qui dépassaient des manches et des jambes de pantalon, et des cravates qui sentaient la boutique d'occasion.

Ils parlaient à des mères célibataires, qu'ils prenaient à part pour leur faire la morale. Les femmes étaient obligées d'entendre la parole de Dieu, d'avouer leurs péchés ou au moins de réfléchir au moment où elles s'étaient trompées. Ils employaient les mots de « fornicateur » et de « courtisane », comme Helen Johnson. Je suis resté au milieu d'eux, je voyais comment les fanatiques croisaient les mains devant leur entrejambe, comme le font les pasteurs, pour donner la bonne parole. On avait l'impression qu'ils se cachaient parce qu'ils bandaient.

L'humiliation et la privation étaient le prix à payer pour l'admission.

La femme a quitté les lieux avec sa petite fille et deux autres enfants que je n'avais pas vus avec elle auparavant. Elle avait les larmes aux yeux. Elle m'a regardé et m'a dit : « Qu'est-ce que tu regardes ? Je baiserais pas avec toi même si t'étais le dernier homme sur terre ! »

Elle est partie dans un break qui n'avait plus de pare-chocs avant.

À midi, je regardais le spectacle de matinée dans le strip-tease en face de l'asile. Une femme d'âge mûr, avec un cache-sexe, dansait devant moi et devant trois autres types qui buvaient un alcool fort et pas cher, chacun seul à une table.

J'ai glissé un billet de un dollar dans le cache-sexe de la femme et j'ai trouvé plus d'humanité dans ce simple geste que dans tout ce que j'avais fait depuis longtemps. Chaque fois qu'on lui donnait un dollar, elle dansait autour d'une barre, se touchait les orteils, écartait les jambes et faisait lentement le grand écart. J'ai pensé qu'elle devait faire ça depuis longtemps, ces mêmes gestes chaque fois qu'on lui donnait un dollar. Elle ne tenait pas compte de l'inflation. Le désir coûtait toujours un dollar.

À la fin de son numéro, je l'ai vue qui comptait son argent. Elle fumait une cigarette et parlait au téléphone en même temps. Le barman lui avait servi un verre. Je l'ai entendue dire « mon ange ». On aurait dit qu'elle parlait à sa gosse. Qui que ce soit, elle lui disait comment faire une sauce sans grumeaux. Elle rentrait chez elle pour le repas de Thanksgiving, sa journée terminée.

Je me suis dit que lorsqu'on connaissait les règles, la vie pouvait se négocier.

Chapitre 27

À trois heures, j'ai retrouvé Lois. Elle attendait dans l'allée quand je suis rentré chez moi. J'ai failli emboutir sa voiture.

Petey se trouvait sur le siège arrière et se balançait d'une patte sur l'autre. Il s'est éventé de l'aile quand il m'a aperçu par la vitre arrière, sur laquelle il a frappé avec son bec.

Lois a baissé entièrement sa vitre. Elle écoutait une chanson intitulée *A Kiss to Build a Dream On*, par Louis Armstrong. Elle a tendu le bras, m'a attrapé par le col et m'a embrassé sur la joue. Quand j'ai essayé de dire quelque chose, elle a posé un doigt sur ses lèvres, en secouant la tête. Elle était saoule bien sûr, comme moi, et parfois c'était nécessaire afin de trouver un chemin pour remonter à la surface.

Nous sommes allés chez elle dans sa voiture. Petey faisait du raffut.

Lois a dit : « Laisse-moi l'enfermer. »

M. Peterson était assis dans son camping-car avec sa famille. Quelqu'un faisait cuire une dinde à l'extérieur. Ça sentait très bon. J'ai contemplé le camping-car et j'ai dit : « Pendant longtemps, j'ai imaginé une vie comme celle-là.

— La sénilité ? »

J'ai dit : « Si tu es tout le temps saoule, je crois que nous sommes au début d'une relation difficile. »

Lois s'est retournée et a failli tomber par terre. Petey sifflait dans sa cage.

Dans le salon, Lois a glissé une cassette dans le magnétoscope. « Tu veux voir Jane, Petey ? »

Et brusquement, Jane Fonda est apparue en collant dans un de ses exercices d'aérobic. La séance était déjà commencée.

J'ai dit : « Qu'est-ce que c'est que ça ? »

Jane était en nage. Elle a dit : « On élimine ! » Et Petey s'est mis à se balancer d'un côté et de l'autre.

J'ai dit : « Est-ce que je suis saoul à ce point-là, ou est-ce que Petey fait vraiment de l'aérobic ? »

Lois a passé son bras sous le mien comme le faisaient les femmes dans les années trente. « Il aime les collants de couleur, la façon dont Jane et tous les autres sautent et se balancent. C'est comme un rituel d'accouplement. Jane Fonda est la nouvelle petite amie de Petey, n'est-ce pas Petey ? »

Mes yeux sont allés de la télé à Petey. Il roulait la tête, sautait d'une patte sur l'autre, comme s'il avait suivi le rythme de la musique.

J'ai dit : « Foutons le camp d'ici. »

Je me suis retourné et Jane a crié : « On élimine ! On élimine ! » Et j'ai entendu Petey répéter de sa voix criarde de perroquet : « On élimine ! On élimine ! »

Nous sommes passés devant la nouvelle maison de Janine, près des amish. Le soleil baissait, et sa lumière d'hiver s'allongeait sur le paysage. Je voyais l'ombre de ma voiture qui filait à côté.

Petey m'avait dessaoulé. Comme j'étais loin des Thanksgiving d'autrefois, pour finir avec une femme saoule et un perroquet qui faisait de l'aérobic ! J'ai pris Petey comme un signe, un présage des choses négatives qui m'attendaient.

Quand je me suis garé près de chez Janine, j'ai entendu un bourdonnement. Je suis descendu de voiture et là-haut dans le ciel il y avait l'avion avec lequel Seth pulvérisait les récoltes.

C'était un ancien modèle, un avion à deux places dans lequel les passagers étaient pratiquement assis à l'extérieur. Seth avait dû m'apercevoir sur la route.

L'avion est allé tourner au nord et il est revenu vers moi. J'étais debout sur la route. L'avion a plongé jusqu'à une quinzaine de pieds au-dessus du sol et il est venu droit sur moi.

J'ai vu Seth avec sa casquette de cuir et ses grosses lunettes. Il est passé si près de moi que je me suis baissé en me protégeant les yeux. Le sol vibrait autour de moi. Puis l'avion a repris de la hauteur et j'ai vu à l'arrière une main qui me faisait signe.

J'ai su que c'était Eddy.

Lois avait suffisamment repris ses esprits pour crier : « Qu'est-ce que c'est ? »

J'ai dit : « C'est mon fils, là-haut. » Je regardais le ciel.

L'avion a tourné à nouveau, il est resté presque en suspens pendant un court instant. Je les voyais devant le disque pâle du soleil. L'avion est descendu très bas et il est passé lentement, en parallèle. Seth m'a montré Eddy derrière lui. Il avait de grosses lunettes d'aviateur.

Eddy ressemblait à un insecte. Il me faisait de grands gestes.

Je crois qu'à ce moment-là, j'ai pardonné beaucoup de choses à Seth. Je me suis dit : Quel sacré cadeau à offrir à un gosse, l'emmener comme ça au-dessus du monde, lui faire connaître cette liberté.

L'avion s'est posé dans un champ au bout de la

propriété de Seth. J'aurais dû aller voir Eddy, malgré l'ordre du tribunal, mais je ne l'ai pas fait.

J'ai manœuvré pour faire demi-tour en regardant chaque fois derrière, vers la maison, vers l'avion au loin, puis je suis parti dans l'autre direction.

« Pourquoi est-ce que tu pleures, Lawrence ? »

Il était inutile d'expliquer.

Ensuite, nous avons suivi de petites routes, jusqu'à ce que j'arrive au point où l'on avait retrouvé Cheryl Carpenter. Il y avait de petits ours en peluche et des fleurs au bord du pont, salis et humides. Sur un petit panneau, on pouvait lire : « Pourquoi, Jésus, pourquoi ? »

Je suis descendu de voiture et j'ai attendu dans le froid. Tout cela me semblait à des millions d'années, Kyle et Cheryl, le championnat.

Le soleil était si bas que la journée était presque finie. Tout perdait son éclat, sa précision, avant de se dissoudre dans les ténèbres.

Chapitre 28

Bains sentait le bonbon à la menthe. Quand j'ai levé les yeux, j'ai vu qu'il me regardait. J'étais rentré de ma patrouille du matin et je remplissais ma feuille de service. Il m'a fallu un moment pour me rappeler sa taille, pour comprendre à quel point il était gros. Je pense que je me concentrais sur sa corpulence pour me calmer.

« Je peux vous offrir un café, Lawrence ? » J'étais sûr qu'il n'était pas là par hasard.

Nous ne sommes pas allés dans la salle de repos. À la place, Bains m'a conduit dans son bureau provisoire, qu'on utilisait comme placard avant qu'il vienne enquêter sur la mort de Cheryl Carpenter.

Du café chauffait. Il me tournait le dos. « Asseyez-vous. » Il est allé me chercher une tasse.

Sur son bureau, Bains avait un exemplaire de ma déclaration d'incendie. Elle était là pour que je la voie, la preuve posée devant moi. J'ai vu une enveloppe avec comme en-tête : MUTUELLE D'OMAHA – UNITÉ D'ENQUÊTE SUR LES FRAUDES. Leur logo, un Indien avec une coiffe, apparaissait sur le coin supérieur droit. J'ai vu aussi mon relevé de banque. Mon nom était imprimé en gras. Bains avait souligné certains impayés.

« Comment voulez-vous votre café ?

— Noir. »

Il s'est retourné et m'a tendu une tasse.

J'ai réussi à boire une gorgée. Il était brûlant et amer. J'ai dit : « C'est du bon café. »

La pièce n'avait pas de fenêtres, et ne contenait rien d'autre que des cartons entassés derrière lui. J'ai dit : « Ça sent le produit... la cire. À un moment, c'était là que le gardien rangeait ses affaires.

— C'est ça ? La cire ? » Bains a fait semblant de sentir. « Alors le maire m'a installé dans le réduit du gardien... Je vais lui dire que vous m'avez révélé le petit secret minable. » La façon dont il a dit *minable* m'a donné la chair de poule. « Parfois, on ne sait pas ce qui se passe. J'ai raison, non ? »

Bains m'a regardé et s'est avancé vers sa chaise. « J'essaie simplement de mettre les choses en ordre, avant de m'en aller. J'ai étudié certains dossiers. Je vois que vous êtes allé au lycée le jour de la mort de Cheryl. »

J'ai acquiescé d'un signe de tête.

« Avez-vous eu l'impression que Kyle pouvait l'avoir tuée ? »

Je tenais ma tasse de café entre mes deux mains.

« Non.

— J'espérais que vous alliez dire oui... Je crois que vous vous rendez compte que vous me mettez dans une situation difficile.

— Vous voulez que je mente ? »

Bains a fait non de la tête. « Je vais mettre dans mon rapport que rien ne vous laissait penser que Kyle était l'assassin. Ça vous dérange si je vous cite ?

— Vous pouvez me citer. »

Bains a écrit quelque chose. « Vous savez, j'ai drôlement encaissé ici, avec cette enquête. Je n'aurais peut-être pas dû venir. Je veux bien reconnaître que lorsque quelqu'un meurt comme Tanner, c'est qu'il y a une responsabilité. »

J'ai dit : « J'aurais fait exactement la même chose que vous.

— Merci, mais je ne vais pas citer cette phrase. Ce n'est plus une attitude tenable. » Bains a repris son souffle. « Entre vous et moi, je vais peut-être me retrouver à la retraite, ou au moins derrière un bureau pour le reste de ma carrière, après ce qui est arrivé. »

J'ai dit comme si j'énonçais une banalité : « Quand on prend du recul, on voit mieux les choses. Je trouve que les gens ont trop vite recours à des avocats. On fait appel d'un jugement, et neuf fois sur dix il était parfait.

— C'est tout à fait vrai. Nous sommes devenus une nation de chicaniers. On en est arrivé à un point où on ne peut plus dire à quelqu'un qu'on est désolé. Je voulais aller à l'enterrement. Je voulais dire à la femme de Tanner que j'étais vraiment désolé. Qu'est-ce qu'elle peut bien penser de moi ?

— Si ça peut vous consoler, Tanner détestait son travail. Et ce qui est ironique, c'est qu'il détestait encore plus le football. »

Bains a eu un petit sourire. « Ça m'aide que vous me disiez ça. Je vous en remercie. » Il a montré du doigt la machine à café. « Un autre café ? »

La cafetière bouillonnait comme un respirateur artificiel.

Quand Bains s'est penché pour prendre ma tasse, il a heurté le dossier me concernant posé sur le bureau. Il est tombé à mes pieds. C'est ainsi qu'on a commencé à parler de ma ruine financière.

La pièce était si petite qu'on avait l'impression d'être dans une boîte. J'ai ramassé le dossier.

Nous avons parlé de mon découvert, des intérêts exorbitants, en tout cas c'est Bains qui en a parlé. Il menait la discussion.

« Il est nécessaire qu'on réforme le crédit dans ce

pays. Les gens ont tellement de dettes qu'un jour tout va exploser. C'est vraiment ce que je pense de nous en tant que nation. Les hommes politiques nous racontent des conneries en nous disant que nous sommes riches, mais c'est des foutaises, voilà ce que c'est. Un de ces jours, les gens vont dire : "Je ne paie plus. Je n'en peux plus." »

Bains a examiné mon relevé de compte. « Je ne vous juge pas. Je dis que c'est la situation de l'Amérique. C'est ce qui pousse les gens à bout. » Il a secoué la tête. « Vous n'avez jamais eu l'impression d'être à bout ? »

J'ai dit : « Je crois que les gens doivent assumer la responsabilité de leurs actes.

— C'est une bonne attitude à avoir. Mais je vais vous confier un petit secret. Moi aussi, je suis dans les dettes jusqu'au cou. Si je suis viré ou si on me colle derrière un bureau, je n'aurai plus mes notes de frais et ces notes de frais, les déplacements, les repas... c'est ce qui me maintient la tête hors de l'eau, pas mon salaire de base. »

J'ai dit : « Je vous reçois cinq sur cinq. Vous voulez que je vous apprenne quelque chose de drôle et de triste ?

— Quoi, Lawrence ?

— Vous savez pourquoi j'ai appelé mon chien Max ?

— Non.

— Je l'ai acheté avec ma carte de crédit. Je ne pouvais pas l'acheter au prix demandé, mais le type de l'animalerie me l'a vendu pour le max autorisé par la carte. »

Bains a abattu sa grosse main sur le bureau. « C'est pas vrai ! »

J'ai dit : « Je vous jure. »

Bains a sifflé. « Je vais raconter cette histoire. »

Puis il s'est calmé et m'a regardé. « Vous savez, vous valez peut-être mieux que ce que les gens vous accordent de crédit. » Il a dit ça comme s'il révisait son jugement sur moi, comme s'il traitait avec quelqu'un d'autre.

Après ça, je me suis tu et toute trace d'humour m'a quitté. J'ai commencé à me lever, mais Bains a dit : « Attendez un peu. J'ai encore quelques questions à vous poser.

— Sur quoi ? »

Bains n'arrêtait pas d'appuyer machinalement sur son stylo-bille. « Je vois ici que vous avez rencontré la femme du maire pour la vente de votre maison, c'est exact ? »

C'était une question qui arrivait comme un cheveu sur la soupe, mais j'ai répondu : « Oui.

— Je vois que vous avez acheté des cassettes *Comment devenir riche*, avec votre carte de crédit. » Il a feuilleté des papiers. « Voilà, c'est ici... » Il a lu la date à laquelle j'avais acheté les cassettes et le montant. « Merde, vous avez payé autant pour des cassettes ? Et c'est quoi *Comment devenir riche* ?

— Des programmes immobiliers. Des choses du genre : comment acheter une propriété sans argent, comment faire une offre pour une saisie, des choses comme ça.

— Et d'après vous, ces cassettes valent le coup ? »

J'ai dit froidement : « Je n'ai jamais mis en pratique leurs stratégies.

— Il n'y avait pas vraiment de choses à acheter sans argent ?

— Non.

— Il n'y en a jamais, Lawrence. C'est l'argent qui fait de l'argent, c'est une réalité économique élémentaire. Vous avez besoin d'un capital de départ, d'investissement, non ?

— Je n'avais pas besoin de capital de départ parce que je n'avais pas l'intention d'acheter quelque chose. Tout ce que je voulais, c'était un conseil de la femme du maire. À l'époque, je n'envisageais rien de sérieux. Elle gère des propriétés. C'est une experte dans l'immobilier. J'essayais seulement de voir les choix que j'avais. » J'avais l'impression de tourner en rond.

Bains a cessé d'écrire et a refermé son carnet. Il faisait très chaud dans le bureau. Des gouttes de sueur sont apparues sur la lèvre supérieure de Bains. Il les a essuyées d'un revers de main. « Vous avez eu de la chance d'échapper à l'incendie de votre cabane. » Il a dit ça plus comme une question que comme une remarque en passant. « Je vois ici qu'on examine votre déclaration. On considère que c'est un incendie criminel. »

Je me suis levé. Bains en a fait autant. Il a dit : « J'ai appris que votre chien avait eu moins de chance. On l'a pendu dans un arbre avec la gorge tranchée, c'est bien ce qui lui est arrivé ? »

Chapitre 29

Après ma rencontre avec Bains, je me suis retrouvé comme en chute libre. Je suis allé faire ma patrouille. Sur le chemin du retour, je suis passé devant le garage du maire. La lumière était allumée à l'intérieur de la caravane.

Le maire n'a pas vraiment engagé la conversation. « Je suis très occupé, Lawrence, très très occupé. »

J'ai dit : « Bains est en train d'exploiter une déclaration d'incendie que j'ai déposée quand ma cabane a brûlé. Des enquêteurs ont conclu qu'il s'agissait d'un incendie criminel. »

Le maire m'a répondu d'une voix calme et régulière : « Si vous aviez l'impression qu'Earl avait mis le feu, comme vous me l'avez dit, pourquoi est-ce que vous avez fait une déclaration ? »

Le maire s'est calé dans son fauteuil. « Peut-être que ce n'était pas Earl... Peut-être que vous aviez besoin d'argent pour cette maison dont vous avez parlé à Jean ? C'est ça qui vous a donné l'idée de l'incendie ?

— Vous vous êtes bien couvert, hein ? »

Le maire s'est redressé dans son fauteuil. « Ce n'est pas moi qui ai fait cette déclaration d'incendie. C'est vous. Parfois, je me demande ce que je fais vraiment quand je vous regarde. À quel jeu jouez-vous, là-dedans ? » Il a montré sa tête en disant cela.

Je ne savais plus quoi dire. « Je n'aurai pas la promotion que vous m'aviez annoncée, n'est-ce pas ?

— Ne parlez pas à ma place. Simplement le commissaire ne prend pas sa retraite tout de suite. Il va rester en poste un peu plus longtemps... Mais vous devriez peut-être suivre votre instinct et penser à partir. Vous êtes dans un cul-de-sac ici. »

Il me regardait par-dessus son bureau. Il tenait un stylo. « Avec ces cassettes que vous avez achetées, vous tenez peut-être quelque chose... Le monde est vaste, et il y a dessus un panneau "À vendre". Qui est-ce qui a dit : "Achetez de la terre, Dieu a fini de la faire" ? Mark Twain ? Je crois que c'était lui. »

Un fax s'est mis en marche et une feuille de papier a commencé à en sortir. Des taches noires flottaient devant mes yeux. J'avais une impression de vertige.

« Vous êtes tout seul maintenant, Lawrence.

— Vous aimeriez me voir partir.

— Je souhaite ce qu'il y a de mieux pour vous. »

Il a eu un sourire tellement méprisant que j'en ai sorti mon arme. Je n'avais absolument pas pensé faire une chose comme ça, mais brusquement je pointais mon revolver sur le maire.

J'ai dit : « Qu'est-ce qui vous fait croire que je ne vais pas vous éclater la cervelle maintenant ? Pourquoi est-ce que vous me parlez comme à un déchet ? »

L'expression du maire n'a pas changé. Il s'est retourné et a sorti la feuille du fax en disant : « Vous luttez contre les démons qui sont en vous. Ce n'est pas moi l'ennemi ici. Je ne vous ai rien fait. » Il a eu un sourire compatissant et condescendant. « Je veux bien oublier ce que vous venez de faire, si vous faites demi-tour et si vous partez tout de suite. Je mettrai ça sur le compte du stress. »

J'ai reculé d'un pas et tendu les bras à tel point qu'ils tremblaient. Je regardais le barillet du revolver et quand le maire a eu l'audace de se mettre à écrire sur la feuille, j'ai tiré juste à sa gauche, faisant un trou dans la caravane.

Le maire a poussé un cri comme s'il avait été touché, en levant instinctivement les mains pour empêcher sa cervelle de se répandre sur le bureau.

J'ai dit : « C'est la première émotion authentique que vous manifestez, espèce de salaud ! » J'ai fait demi-tour et quitté le bureau.

Quelques heures plus tard, je me suis arrêté devant chez Lois. Petey était perché sur son épaule. Je la voyais par la fenêtre de la cuisine. Elle avait posé sa petite télé sur la table. Ils regardaient quelque chose ensemble. Lois avait fait du pop-corn. Elle levait la main et Petey penchait la tête et prenait le grain de pop-corn.

J'ai eu l'impression de ne pouvoir les interrompre, briser cette sérénité.

Quand je suis arrivé chez moi, j'ai sorti mes fusils de chasse et des munitions. Je les ai posés sur la table du séjour. J'attendais que des lumières apparaissent dans l'allée. À certains moments, je prenais mon arme de service et je respirais l'odeur douce-amère du coup de feu que je venais de tirer. J'allais de la lucidité au désespoir. Je savais que Bains était en route. Je le sentais.

Vers six heures et demie du matin, après une nuit blanche, j'étais mort des milliers de fois et j'avais bu deux cafetières pleines. J'ai à nouveau commandé les cassettes qui avaient brûlé dans l'incendie et j'ai écouté celles qui restaient. À un moment, j'ai pensé me faire sauter la cervelle. Puis, à la fin, je me suis dit que je n'avais aucune raison de m'inquiéter. Kyle était mort.

Au pire, je serais impliqué dans une escroquerie à

l'assurance. Je n'ai cessé de me répéter ça toute la nuit.

J'ai vu quelqu'un dans la cour, derrière la maison, et j'ai su qu'on allait m'arrêter. Bains ne commettrait pas la même erreur une seconde fois.

J'ai enfilé mon uniforme et au moment où j'ouvrais la portière de ma voiture, quelqu'un a crié : « Ne bouge pas ! Lève les mains lentement ! »

Avant même que j'aie pu obtempérer, on m'a violemment poussé contre la voiture. L'histoire était parvenue jusqu'à la télé. Une équipe filmait mon arrestation.

Bains portait la même chemise que la veille, une chemise hawaiienne en polyester, couleur feuille morte. Je me suis assis entre lui et un autre flic, menottes aux poignets, à l'arrière de la voiture. Nous n'avons pas dit un mot pendant le trajet jusqu'à la prison, de l'autre côté du comté.

Le corps de Bains était secoué, ses plis de graisse tressautaient.

Chapitre 30

Dans une salle d'interrogatoire, dans les entrailles de la prison du comté, Bains a commencé à me poser ses questions. Il a jeté sur la table le rapport de mon entretien avec Kyle, le soir qui avait suivi la mort de l'enfant. Il est allé au centre des choses.

Le lien avait été établi. J'ai senti que mon cœur battait fort.

« Vous vous rappelez avoir rédigé ce rapport ? »

La pièce s'est refermée sur moi. « Oui.

— Vous voulez m'en expliquer le contenu ? »

J'ai croisé son regard.

« Eh bien ? »

J'ai commencé à parler, la bouche sèche : « C'est le rapport... » Je me suis éclairci la gorge. « ... le rapport de mon entretien avec Kyle Johnson en relation avec sa responsabilité possible dans la mort d'une enfant au cours d'un accident de la circulation.

— Un accident ou un délit de fuite ?

— Tous les éléments nous ont conduits à conclure à un accident. Rien n'a changé.

— Qui est le "nous" dont vous parlez ?

— Le maire, le commissaire et moi. » J'ai senti une tension en moi. « J'ai été appelé dans le bureau du maire le matin qui a suivi la découverte de l'enfant... » J'ai hésité. « C'est moi qui ai découvert l'enfant. »

J'ai pris le verre d'eau posé sur la table, j'ai bu et je me suis essuyé la bouche d'un revers de main.

« Comment décririez-vous la nature de votre conversation avec eux ?

— Une réunion d'information... Ils voulaient un rapport, ils voulaient savoir ce que j'avais vu quand j'avais découvert l'enfant.

— Qu'avez-vous découvert ?

— Tout est dans le rapport...

— Dites-le-moi quand même.

— Après une nuit de recherches, j'ai découvert l'enfant sur le bord de la rue, couchée dans un tas de feuilles mortes. » J'ai regardé Bains. « Elle était morte... morte depuis un bon moment. Son corps était froid au toucher.

— Quand avez-vous été informé du lien possible avec Kyle Johnson ?

— Pendant la réunion avec le maire et le commissaire.

— Que vous ont-ils demandé de faire ?

— D'aller inspecter la camionnette de Kyle.

— Vous l'avez fait ? »

J'ai cligné des yeux.

« Cela vous dérangerait-il de répondre à voix haute ?

— Quelle était la question ?

— Avez-vous inspecté la camionnette de Kyle ? » La chemise de Bains était trempée de sueur aux aisselles.

« Oui.

— Je suis curieux. Comment avez-vous inspecté cette camionnette ?

— J'ai cherché des marques... des signes de quelque chose qui aurait été traîné... des taches de sang sur le pare-chocs et sous le châssis, des morceaux de vêtements.

— Parce qu'à votre avis, l'enfant a été traînée ?

— Non. »

Bains s'est arrêté. « Mais vous venez de dire... »

Je l'ai coupé : « Elle n'a pas été traînée. Permettez-moi de reformuler ce que j'ai dit. La petite fille était couchée... dans les feuilles mortes. »

Bains a levé un bras boudiné. « Je veux que vous alliez lentement, que vous vous concentriez sur les détails. Je veux que vous réfléchissiez avant de parler, d'accord ? »

Malgré la chaleur étouffante de la pièce, un frisson glacé m'a parcouru la colonne vertébrale.

Bains a allumé une cigarette, il a aspiré la fumée avant de la souffler au coin de la bouche. « Alors je répète, comment avez-vous éliminé la camionnette de Kyle comme véhicule potentiel ?

— J'ai inspecté le châssis, j'ai inspecté le pare-chocs...

— Avez-vous pris l'empreinte des pneus ?

— Non... je n'avais pas ce qu'il fallait pour le faire.

— Vous n'avez pas pensé que quelque chose comme ça pouvait être essentiel pour décider précisément si la camionnette était impliquée ou non ? »

J'ai regardé la table, puis Bains, qui hochait la tête.

« Continuons. Alors comment en êtes-vous arrivé à une conclusion si vous n'aviez aucun élément scientifique ?

— J'ai évalué la réaction de Kyle qui me voyait chez lui. Je pense que ce qui m'a manqué sur le plan scientifique, je l'ai compensé par un instinct viscéral. »

Du bout de la langue, Bains a léché la sueur de sa lèvre supérieure. Il a semblé accepter ma réponse. « Comment caractériseriez-vous votre entretien avec Kyle ? »

J'ai bu une autre gorgée d'eau. « C'était un garçon

très droit. Il a reconnu être passé dans la rue, mais il m'a assuré qu'il n'avait rien vu. »

Bains s'est touché la tempe avec la main qui tenait sa cigarette et j'ai eu l'impression que sa tête fumait. « Ainsi Kyle était ouvert ?

— Oui.

— Comment décririez-vous son état émotionnel, étant donné que vous lui aviez dit sur quoi vous enquêtiez ?

— Il avait peur... non, il était plutôt nerveux, mais coopératif. » J'ai changé de position sur ma chaise. « Ça n'a pas dû être une mince affaire que d'affronter quelqu'un qui a peut-être écrasé un enfant.

— Je pense... comme je l'ai dit, Kyle était un garçon loyal. Je lui ai demandé s'il avait vu quelque chose cette nuit-là. Il n'avait rien remarqué. L'entretien n'a pas duré très longtemps. Il a coopéré. J'ai noté ce qu'il m'a dit. Tout correspondait. Il n'y avait rien sur la camionnette qui aurait indiqué un choc, rien qui aurait signalé qu'il avait heurté un enfant. » Quand j'ai eu fini, j'ai dû reprendre mon souffle.

Bains a tiré son gros menton, comme s'il réfléchissait. « Il y a quelque chose que je veux vous demander. Reste-t-il une marque si une camionnette heurte un enfant ?

— J'ai vérifié du mieux que j'ai pu. »

Bains m'a regardé fixement. « Vous ne répondez pas à ma question.

— Quelle était la question ? »

Bains a répété ce qu'il avait dit.

J'ai répondu calmement : « Je ne connais pas la réponse. » J'ai croisé son regard. « Je ne la connais pas. J'ai fait de mon mieux. Ce boulot se fait à l'instinct. Comme je l'ai dit, je n'avais pas ce qu'il fallait pour arriver à une conclusion sûre.

— Je croyais que dans une affaire comme celle-ci,

vous ne pensiez qu'à arriver à des conclusions sûres. Nous parlons de la mort d'une enfant. » Le regard de Bains était fixé sur moi. « J'ai du mal à croire que vous avez écarté un suspect potentiel uniquement par *instinct viscéral.* »

J'ai baissé la tête et senti le sang battre dans mes oreilles.

Bains a éteint sa cigarette dans son verre d'eau. Il y a eu un petit sifflement.

J'étais désorienté. L'enchaînement des questions s'était embrouillé et j'étais incapable de dire exactement de quoi nous avions parlé ou depuis combien de temps j'étais là.

Bains a claqué des doigts et j'ai brusquement pris conscience qu'il parlait. « Laissez-moi vous poser une question. Est-ce que Kyle a dit quelque chose sur le fait que sa petite amie était enceinte quand vous l'avez rencontré ? »

J'ai senti une décharge d'adrénaline dans les jambes. J'ai simplement répondu : « Non... non, il n'a rien dit.

— A-t-il dit *quoi que ce soit* de sa petite amie ? »

J'avais la voix tendue. « Non. »

Bains s'est penché en avant et sa chaise a raclé le sol. « Saviez-vous que Cheryl Carpenter était la passagère de la camionnette la nuit où l'accident a eu lieu ? »

J'ai secoué la tête.

Bains a parlé plus fort. « Pouvez-vous répondre à haute voix à la question posée ? »

J'avais la poitrine comprimée quand j'ai essayé de parler. « Non, je ne le savais pas.

— Je ne savais pas quoi ? » Je sentais le souffle de Bains sur mon visage.

Je me suis reculé et j'ai dit : « Je ne savais pas que Cheryl Carpenter était la passagère de la camionnette. »

Bains a repris d'une voix incrédule : « Vous êtes en train de me dire que vous n'avez pas demandé à Kyle s'il y avait quelqu'un avec lui dans la camionnette ? »

J'ai déplacé les pieds sur le sol nu. « Non, je ne le lui ai pas demandé. »

Je sentais que Bains commençait à s'énerver, mais il réussissait à garder son calme. « Et vous n'avez pas trouvé étrange que Kyle se promène seul en camionnette une nuit d'Halloween ? »

Je manquais de souffle. « À ce moment-là, je ne pensais pas clairement. Je n'avais pas dormi depuis vingt-quatre heures.

— Vous n'étiez pas rentré chez vous avant d'aller interroger Kyle ?

— Si. » Je sentais que je perdais l'ordre des questions.

« Alors qu'avez-vous fait chez vous ?

— J'ai dormi.

— Ainsi vous avez dormi. Mais vous venez de me dire que vous n'aviez pas dormi depuis vingt-quatre heures quand vous avez interrogé Kyle Johnson. »

J'ai fermé les yeux avec une brusque sensation d'ahurissement. « Qu'est-ce que vous voulez savoir ? J'ai peut-être dormi une heure. Et alors ? » J'avais élevé la voix. « Qu'est-ce que vous me voulez ? »

Bains a penché légèrement la tête et levé les deux mains, comme s'il renonçait. « J'essaie simplement de savoir quel était votre état d'esprit quand vous avez interrogé Kyle, c'est tout. »

J'avais les yeux qui me piquaient comme lorsqu'on n'a pas dormi depuis longtemps. Ils pleuraient. Quand j'ai à nouveau regardé Bains, j'ai eu l'impression qu'il flottait dans une membrane liquide.

Bains a bougé et s'est extrait de son fauteuil métallique en disant : « On va faire une pause. » Quand il s'est retourné pour sortir, j'ai vu qu'il avait sué jusque dans les reins.

Il est revenu avec une légère odeur de matière fécale. Il avait le visage serein et détendu. Il m'a même souri. Il s'était coiffé avec les cheveux mouillés, qui étaient maintenant gras et plaqués sur son front rosâtre.

J'ai dit : « Vous m'accusez de quelque chose ou non ? »

Il s'est réinstallé dans le fauteuil et a allumé une autre cigarette. « Je ne fais que vérifier les faits, corroborer des détails. »

Je me suis assis. Mes yeux allaient du miroir à Bains.

Il s'est penché en avant avec un air de conspirateur. « Je vais vous confier un petit secret. Il n'y a personne derrière le miroir. Très bien, revenons-en à notre affaire. J'imagine que vous allez me dire que vous ne saviez pas qu'il y avait trois autres personnes dans la camionnette avec Kyle la nuit de l'accident. »

J'ai détourné les yeux. « Non, je ne le savais pas.

— Bien, certains individus qui se trouvaient dans la camionnette se sont fait connaître par la suite. Ils ont déclaré que Kyle avait heurté *quelque chose.* » Bains a donné un tel coup de poing sur la table que j'ai sursauté. « Je suppose que vous ne savez pas non plus que Kyle est revenu sur les lieux un peu plus tard cette nuit-là, avec Cheryl Carpenter ? »

Je ne m'étais pas encore remis du coup de poing que Bains avait donné sur la table. Je n'ai fait que secouer la tête. « Non, je ne le savais pas. »

Bains a tapoté sur ma main avec son index boudiné. « Eh bien, c'est ce qu'il a fait. Cheryl a confié par la suite à une amie qu'elle était revenue sur les lieux de l'accident. Vous savez ce que Kyle et Cheryl ont découvert quand ils sont revenus ? »

Je n'ai rien dit.

Bains avait une respiration bruyante, comme s'il meuglait. « Ils ont trouvé le corps d'une petite fille dans les feuilles mortes. Vous pouvez imaginer quelque chose comme ça, découvrir que c'est vous qui avez fait ça en sachant que vous avez fui ? » Il avait le visage rouge, avec de la mousse à la commissure des lèvres. « Et vous me dites que Kyle n'a manifesté aucune émotion quand vous êtes allé chez lui ? C'est ce que vous voulez me faire croire ? Après avoir vu ce qu'il avait fait, après avoir découvert une petite fille morte dans un tas de feuilles, il a gardé un visage impassible quand vous l'avez interrogé ! »

Je lui ai répondu calmement : « J'ai dit qu'il s'était montré coopératif. Je n'ai pas dit qu'il n'avait pas peur ou qu'il n'était pas troublé. »

Bains a répliqué aussitôt : « Ce type aurait vraiment mérité un oscar pour un tel numéro de comédien, voilà ce que je pense. Il suivait des cours de théâtre ? Je vais vérifier dans les registres du lycée C'était un numéro exceptionnel... ou alors vous mentez. »

Bains s'est assis en branlant du chef. « Êtes-vous disposé à me dire ce qui s'est vraiment passé ? » La sueur de Bains s'était répandue de ses aisselles jusqu'à sa poitrine, et les plis de graisse tremblaient dans son cou. « Alors ? »

Et à ce moment-là, je me suis rendu compte que Bains n'avait rien sur moi. J'avais survécu. Je n'étais coupable de rien. Je m'y étais seulement mal pris pour mener l'interrogatoire de Kyle, pas plus. Je suis resté calme. « Je vous ai dit comment j'avais trouvé Kyle. Il s'est montré coopératif. J'ai pris sa déposition et je suis parti. »

Bains s'est versé un verre d'eau. Il se trouvait maintenant en difficulté. Il a claqué les lèvres. Son corps tremblait encore. Il a dit d'une voix sourde en penchant la tête : « Continuons. Il s'est passé autre chose avec Kyle, pendant le week-end suivant, non ? Le match de quart de finale. » Bain s'est à nouveau assis. « D'après ce que j'ai appris, Kyle était promis à un destin exceptionnel. Un contrat potentiel qui aurait pu rapporter des millions, non ? C'est ce que m'ont dit ceux qui ont vu jouer ce garçon.

— Peut-être.

— Peut-être ? » Bains était incrédule. Il a eu un sourire faux qui a disparu aussitôt. « Vous savez, vous êtes la seule personne à qui j'aie parlé qui soit pessimiste sur les perspectives de Kyle. Ça me semble curieux que vous n'ayez pas cru en son avenir. »

J'ai répondu, toujours sur le même ton : « Je dis simplement qu'il n'avait pas encore quitté le lycée. Il n'y avait aucune garantie. Il fallait d'abord qu'il aille à l'université. Beaucoup se font blesser à l'université. C'est ce que je veux dire par “il n'y avait aucune garantie”. Je suis quelqu'un de réaliste. Mais je ne nie pas que c'était un joueur particulier. »

Le visage de Bains s'est éclairé avec le sourire faux de celui qui comprend. « Écoutons donc le réaliste. » Il a continué à sourire avec un faux air admiratif. « Il n'y a pas assez de réalistes dans le monde, des gens qui savent apprécier leur place dans le temps et l'espace, des gens qui ont en eux ce qu'il faut pour évaluer ce qu'ils sont. »

Bains avait réussi à ramener la tension. « Je suis ravi que vous ayez éclairci vos impressions sur Kyle, parce que j'ai eu beaucoup de mal à tenter de les concilier avec une déposition que j'ai ici... » Bains a pris une feuille de papier. « Une déposition d'Earl Johnson qui dit que vous avez proposé de faire un faux rapport à propos de la mort de la petite fille pendant la nuit d'Halloween contre de l'argent. »

Ma gorge s'est serrée. « Il ment...

— Earl Johnson dit que pendant plusieurs semaines

il n'a pas découvert que vous faisiez chanter son fils. Il a déclaré qu'un dimanche matin, il vous a surpris en train de filer son fils, vous attendiez au lever du jour à côté de chez eux que Kyle sorte. » Bains a pris une autre feuille. « J'ai aussi une déposition d'Helen Johnson qui dit la même chose. Niez-vous avoir été à côté de chez eux ?

— Ils mentent. Je n'étais pas... »

Bains a hurlé. « J'ai un témoin qui vous a vu. Une certaine Mme Vanderhagen. Elle a cru que vous étiez en panne. Elle s'est arrêtée pour vous demander si tout allait bien. Vous vous rappelez l'avoir vue ? »

J'ai eu l'impression que tout s'effondrait autour de moi.

Bains a crié : « Comment pouvez-vous définir votre situation financière ? » Il s'est penché vers moi et la graisse de sa poitrine a ressemblé à deux seins. « De combien êtes-vous débiteur ? »

Je n'ai pas répondu. J'ai fait comme si j'allais me lever, mais Bains a posé une main sur la mienne et m'en a empêché. Son visage était à quelques centimètres du mien.

« Répondez-moi ! Avez-vous payé la pension alimentaire ces derniers mois ? » Bains me fixait. « N'est-il pas vrai que vous avez acheté des cassettes *Comment devenir riche*, sur des stratégies d'investissement dans l'immobilier ? Et n'est-il pas vrai que vous avez demandé des conseils pour investir dans l'immobilier ? »

Il m'a lâché la main. Il a pris une autre feuille.

« J'ai ici une déclaration que vous avez rédigée à propos de l'incendie de votre cabane. Saviez-vous que cette déclaration fait l'objet d'une enquête et que le sinistre est considéré comme un incendie criminel ? Avez-vous une explication concernant cet incendie ? Vous aviez besoin d'un capital pour entrer sur le marché de l'immobilier, n'est-ce pas ? Vous prétendez que l'incendie et votre entrée sur le marché de l'immobilier sont une coïncidence ? J'attends vos réponses ! N'est-il pas vrai qu'un agent immobilier vous a dit qu'il vous fallait dix mille dollars de mise de fonds ? »

Son visage était rouge comme une tomate. « Vous allez répondre à chacune de mes questions, espèce de salopard ! »

Je m'étais refermé. Je n'ai pas crié, pas dit quoi que ce soit, je n'ai plus parlé, jusqu'à ce que deux flics viennent me chercher pour me conduire en cellule.

Chapitre 31

J'ai pu téléphoner à Lois, au bureau, quelques heures plus tard. Elle a répondu. Au ton de sa voix, j'ai compris qu'elle savait où j'étais. Le commissaire avait dû le lui dire.

Lois s'est effondrée. Elle a reniflé et pris une grande res-piration. « Je m'étais juré de ne pas pleurer. Mon Dieu. Donne-moi un petit moment. » Elle s'est mouchée et a reniflé à nouveau.

J'en avais le ventre retourné. Je tremblais. Même au téléphone, je n'arrêtais pas de me demander pourquoi j'avais attendu Kyle comme ça, sur la route, comment j'avais pu me faire voir à cet endroit.

Lois a dit : « Je veux te poser une question, Lawrence. Cette histoire que tu m'as racontée à propos de ta femme... Pourquoi ne m'as-tu pas dit que tu avais un revolver sur toi ? Comment as-tu pu braquer une arme sur ta femme avec ton gosse qui se cachait derrière elle ?

— S'il te plaît, Lois... »

Elle a élevé la voix : « Contente-toi de me répondre. Comment as-tu pu faire ça ? »

C'était toujours la même interrogation. Je crois que si l'on enchaîne assez de coïncidences, assez d'actes pris dans la vie d'une personne, des ensembles cohérents finissent par apparaître.

« Pourquoi m'as-tu demandé de venir à la cabane ? Comment se fait-il que tu n'aies pas vu Max avant que j'arrive, comment ça se fait ? »

J'ai répété son nom.

« Contente-toi de me répondre, merde. » Je l'ai entendue éclater en sanglots.

Je me suis penché sur l'appareil. J'ai dit doucement : « Est-ce que tu m'accuses d'avoir tué Max ? »

Lois s'agitait au bout du fil, elle a reniflé. « Je te demande seulement d'être honnête avec moi. As-tu mis le feu à ta cabane ?

— Non.

— Pourtant tu as rempli une déclaration de sinistre après l'incendie, n'est-ce pas ?

— Oui.

— Pourquoi ?

— Je ne sais pas. »

Un flic m'a fait voir sa montre.

« Lois, écoute-moi, je te le demande, s'il te plaît. Je ne sais pas pendant combien de temps je peux te téléphoner. J'ai besoin que tu me trouves un avocat. »

Lois a hésité. « Pourquoi est-ce que je devrais faire ça ? »

J'ai répondu : « Il n'y a pas de raison. »

Dans le silence qui a suivi, j'ai entendu Lois qui se reprenait. Elle a dit : « J'espère que tu ne me mens pas sur tout. » Elle avait retrouvé une voix presque normale mais elle tremblait encore un peu.

« Si j'étais coupable, je ne te prendrais pas d'argent. Je te jure sur une montagne de bibles que je ne te ferais pas ça. »

J'ai rencontré mon avocat en fin d'après-midi, un type qui s'appelait Hayden Mills. Il portait un costume marron mal taillé et puait l'après-rasage *Brut*. Il avait l'allure d'un type qui ne prend pas cher. Nous avons parlé dans ma cellule qui consistait en une seule pièce avec un trou en carrelage qui tenait lieu de toilettes, un lavabo et un lit de fer.

Hayden m'a expliqué en deux mots ce qui allait se passer. J'allais rester détenu pendant quarante-huit heures, et à la fin, je passerais devant le juge qui définirait les charges retenues contre moi et qui fixerait la caution, ou je serais libéré. Puis il a dit : « Pour commencer, examinons votre interrogatoire par la police. De quoi vous accuse-t-on exactement ? »

J'ai dit : « D'escroquerie à l'assurance. Et d'incendie criminel... à propos d'un incendie qui a détruit une cabane que je possédais dans le Nord. »

Hayden m'a lancé un regard sceptique. « C'est à cause de ça, une soi-disant escroquerie à l'assurance ? On vous a enfermé pour un truc comme ça ? »

Je n'ai pu me résoudre à lui dire autre chose.

Hayden a regardé la porte de la cellule. « Écoutez, si vous n'êtes pas disposé à parler... » Il a fait comme s'il s'apprêtait à partir.

J'ai dit : « Attendez ! » J'ai serré les poings. Je l'ai regardé. « D'accord... il y a autre chose. On m'accuse de chantage. »

Il a levé les sourcils. « Chantage contre qui ? »

Quand j'ai prononcé le nom de Kyle Johnson, Hayden a tressailli. « Le même Kyle Johnson qui a assassiné sa petite amie ? La vedette de football ?

— Le même. »

Hayden s'est penché en avant. « Kyle est mort.

— C'est son père, Earl. C'est lui qui m'accuse de chantage.

— À propos de quoi ? »

J'ai poussé un soupir en secouant la tête. « Combien de temps avez-vous ? »

Hayden a sorti un bloc-notes jaune. « Le temps qu'il faudra. »

Un gardien est passé devant la porte, il a tiré le

judas et nous a regardés, mais il n'a rien dit, il a simplement fait le tour de la cellule du regard avant de refermer le judas. Hayden a attendu quelques instants, nous avons entendu le bruit sourd des chaussures du gardien sur le sol de ciment ainsi que le cliquetis de ses clefs.

D'une certaine façon, ces bruits ont fait ressortir la gravité de ma situation. J'étais divorcé, fauché, et détenu dans une prison sous la double inculpation d'escroquerie et de chantage.

« Vous êtes prêt ? »

Hayden a dû dire mon nom pour que je le regarde.

J'ai dit : « Je ne sais pas par où commencer...

— Par le commencement, en général c'est ce qu'il y a de mieux.

— Le commencement... » J'ai pris une grande respiration en hochant la tête. « Ça remonte à la nuit d'Halloween. Une petite fille a été tuée... écrasée par une voiture. Elle était couchée dans un tas de feuilles mortes. Vous en avez entendu parler ? »

Hayden a fait oui de la tête.

« Quelqu'un a téléphoné cette nuit-là. Parce qu'un conducteur faisait le fou en voiture, près de l'endroit où on a retrouvé l'enfant. Il avait relevé le numéro d'immatriculation. C'était la voiture des Johnson.

— Et que s'est-il passé ?

— Kyle... Il est devenu le suspect potentiel, en tout cas c'était une piste que nous devions suivre. Nous nous sommes réunis, avec le maire et le commissaire. » J'ai hésité en me rendant compte que je ne pouvais tout dire à Hayden. « Nous avons décidé de ne pas rendre public le nom de Kyle comme suspect. Kyle représentait beaucoup de choses. Les quarts de finale du championnat d'État avaient lieu le week-end suivant. Le maire et le commissaire ont pensé qu'il valait mieux mener l'enquête sans attirer l'attention sur Kyle. »

Hayden, qui écrivait sur son bloc-notes, s'est arrêté et m'a regardé. Il ne mettait pas en cause mes paroles mais j'ai vu qu'il ne croyait pas ce que je lui avais dit à propos de la réunion.

J'ai repris : « Comme je l'ai dit, nous ne dissimulions rien. J'ai rendu une visite de routine chez les Johnson pour examiner le véhicule et interroger le suspect. Tout est dans mon rapport. J'étais content de savoir que Kyle n'était pas impliqué dans la mort de l'enfant. Il n'y avait pas de traces sur la voiture et rien ne laissait penser qu'il cachait quoi que ce soit. »

Hayden a écrit quelque chose et m'a regardé à nouveau avec l'œil sceptique de l'avocat. Son attaché-case, en équilibre sur ses genoux, lui servait de table. « Ainsi, pour que je comprenne bien, vous, le maire et le commissaire, vous vous êtes mis d'accord parallèlement à l'enquête, c'est bien ça ?

— Je ne dirais pas les choses de cette façon-là. Nous protégions les droits de l'individu tout en poursuivant une enquête minutieuse. Voilà ce que je dirais. »

Hayden a répété ce que j'avais dit en l'écrivant sur son bloc-notes. « Vous croyez qu'on peut compter sur le maire et le commissaire pour confirmer vos dires ? »

J'ai croisé son regard et j'ai hoché la tête : « Ouais...

— Vous n'en êtes pas très sûr.

— C'est une longue histoire, mais ils confirmeront.

— D'accord... Je vais leur demander une déclaration. »

Hayden a laissé un long silence s'établir entre nous avant de dire : « Si tout a été vérifié, et si vous avez exclu toute implication de Kyle dans la mort de l'enfant, comment se fait-il qu'on vous accuse de chantage sur Kyle Johnson ?

— Bains, le flic qui m'a conduit ici, affirme qu'il

y avait des passagers dans la camionnette de Kyle Ils ont vu Kyle écraser l'enfant.

— Ça ne répond pas exactement à ma question sur l'accusation de chantage portée contre vous, mais d'abord dites-moi : comment se fait-il que vous ne saviez pas qu'il y avait d'autres jeunes dans la camionnette ? Vous ne l'avez pas demandé à Kyle quand vous l'avez interrogé ? »

J'ai dit : « Vous savez, vous me posez les mêmes questions que ce flic.

— Nous travaillons sur les mêmes faits... » Hayden m'a regardé fixement. « Ainsi vous n'avez jamais demandé à Kyle s'il y avait quelqu'un d'autre avec lui dans la camionnette ? »

J'ai répondu calmement : « Non », en secouant la tête. « Je sais que c'est une négligence mais, comme je l'ai dit à Bains, je n'avais presque pas dormi la nuit précédente. J'étais très fatigué. Je ne sais pas si je vous l'ai déjà dit, mais c'est moi qui avais retrouvé la petite fille.

— Non, vous ne me l'aviez pas dit. » Hayden a écrit quelque chose et je me suis penché vers lui, en me touchant le côté de la tête. J'ai regardé Hayden dans la désolation de la cellule, et j'ai dit : « J'étais tout à fait comme aujourd'hui quand j'ai interrogé Kyle, épuisé. »

Hayden a hoché la tête : « Manque de sommeil. C'est très bien. Voilà quelque chose dont nous pouvons nous servir. »

Nos regards se sont croisés.

« Passons tout de suite au père de Kyle Johnson. Que dit-il exactement ?

— Je sais seulement ce qu'a dit Bains.

— C'est-à-dire ?

— Earl m'accuse d'avoir fait chanter Kyle. Il dit

que j'ai passé un accord avec Kyle le soir où je suis allé l'interroger sur la mort de l'enfant. »

Hayden a fait la moue tandis qu'il réfléchissait. « À votre avis, pourquoi Earl affirme-t-il cela maintenant ? Depuis combien de temps Kyle est-il mort ?

— Trois semaines.

— D'accord, pourquoi maintenant ?

— Bains.

— Quoi, Bains ?

— Bains a une dent contre nous. J'imagine que vous savez ce qui s'est passé au lycée, quand Kyle a tué le proviseur avant de se suicider ? »

Hayden a dit : « Bien sûr. Ça a été un fiasco.

— Le fiasco de Bains. Tout le monde l'a rendu responsable de la mort du proviseur, parce qu'il n'avait pas arrêté Kyle plus tôt, qu'il avait attendu que Kyle arrive au lycée. On a appelé Kyle par haut-parleurs. On lui a laissé le temps de prendre peur. » J'ai regardé Hayden. « Les gens pensent que nous nous en sommes tirés à bon compte ce matin-là, que nous avons eu de la chance que seul le proviseur ait été tué.

— Et Bains est devenu le bouc émissaire.

— Oui... Il s'est montré méchant après ce qui est arrivé au lycée. Depuis, il ne pense qu'à découvrir quelque chose pour essayer de se venger. Bains pense que nous l'avons mené en bateau.

— Pas le même "nous" – le maire, le commissaire et vous – qui avait décidé d'enquêter discrètement sur l'implication éventuelle de Kyle dans l'accident avec délit de fuite ?

— Si.

— Alors, comment se fait-il que Bains a l'impression d'avoir été mené en bateau ?

— Il est arrivé ici après que la mort de Cheryl a été considérée comme un homicide. La réunion avait déjà commencé quand je les ai rejoints. C'était une réunion informelle, Bains cherchait des informations, pour comprendre l'environnement de Cheryl. Mais ils avaient déjà mis au point une hypothèse selon laquelle Owensboro, l'équipe de foot qu'on devait rencontrer en finale, pouvait être impliquée dans l'assassinat de Cheryl.

— Quoi ?

— Étant donné que Cheryl avait reçu plusieurs coups de couteau, on a suggéré que plusieurs auteurs étaient impliqués. À ce moment-là, on cherchait simplement à comprendre. Cheryl a été assassinée dans la semaine qui précédait la finale du championnat d'État. Qui aurait pu croire alors qu'un jeune liquiderait sa vie comme ça ? Nous avons eu l'impression... c'est-à-dire le maire, il a voulu que Bains n'enquête pas sur le suspect évident. Le maire protégeait Kyle, il n'essayait pas de faire quelque chose, mais il voulait l'aider à démarrer dans la vie.

— Mais Kyle avait effectivement tué Cheryl. »

J'ai dit doucement : « Nous le savons maintenant. »

Hayden avait cessé d'écrire. Il avait posé son stylo sur son bloc-notes.

J'ai dit : « C'est la mort du proviseur qui a fait changer Bains. Il m'a dit qu'il voulait assister à l'enterrement de Tanner, pour dire à sa veuve qu'il était désolé, mais on lui a conseillé de rester à l'écart. Je pense que c'est à ce moment-là que Bains a démarré sa vendetta. Il pense qu'on a étouffé l'affaire pour Kyle la première nuit. »

Hayden avait repris son stylo. « Bains est devenu trop impliqué personnellement. »

J'ai hoché la tête. « C'est pour ça que je suis ici. Bains cherche à se venger. Il devait partir et je l'ai rencontré un jour ou deux avant. Il m'a accosté dans l'entrée, et m'a conduit dans le bureau qu'il avait à la mairie. C'est à ce moment-là que je me suis rendu compte à quel point il m'en voulait. Il avait fouillé dans ma vie personnelle, en cherchant tout pour me détruire. Il a appris que j'étais divorcé, fauché, que je n'avais pas payé la pension alimentaire depuis quelques mois. À la fin de la rencontre, il m'a posé des questions sur l'incendie de ma cabane. Il a découvert que ma déclaration était contestée. J'ai pensé que ce qu'il avait en tête, c'était de passer toutes ces informations financières aux enquêteurs de la compagnie d'assurances. Ce serait sa vengeance contre moi. »

Je me suis arrêté et j'ai hoché la tête. « Bien sûr, ça ne faisait que commencer. Le lendemain matin, alors que je partais travailler, Bains m'a amené ici. C'est alors que j'ai compris où il voulait en venir. Quand il a dit qu'Earl Johnson m'avait accusé d'avoir fait chanter Kyle. »

Hayden a tourné une page et a continué à écrire. « Maintenant, nous allons quelque part. Est-ce que Bains vous a dit quelle preuve avait Earl de votre chantage ?

— Il n'y a pas de preuve. Je n'ai jamais fait chanter Kyle.

— Qu'est-ce que Bains vous a dit exactement ?

— Il m'a simplement affirmé qu'Earl avait dit qu'il m'avait découvert en train d'attendre Kyle, un dimanche matin près de chez eux, et qu'ensuite Kyle lui avait dit que je voulais de l'argent. »

Hayden a tapoté son stylo contre son bloc-notes. « Avez-vous fait des dépôts inhabituels sur votre compte en banque au cours des derniers mois ?

— Non !

— Vous en êtes sûr ?

— Oui.

— Et en ce qui concerne l'incendie de votre cabane : avez-vous fait remplir des récipients d'essence à la station-service du coin, avez-vous acheté récemment des produits inflammables, quelque chose qu'on peut retrouver grâce à une carte de crédit ?

— Non.

— Ils vont vérifier tout ça. J'ai besoin de savoir maintenant s'ils sont susceptibles de trouver quelque chose. »

J'ai eu froid à nouveau. J'ai répondu catégoriquement : « Il n'y a rien à trouver. »

Un gardien est passé au-dehors. Il ne s'est pas arrêté.

Le bruit de ses chaussures s'est éloigné lentement.

Hayden m'a regardé droit dans les yeux. « Je crois que je vois la situation. Comme vous l'avez dit, nous avons un flic, pris dans une tragédie, qui cherche n'importe quelle voie de sortie, n'importe quoi pour qu'on ne s'intéresse plus à lui. Il a peut-être découvert que vous avez fait une erreur, peut-être que Kyle a effectivement écrasé la petite fille la nuit d'Halloween. Peut-être qu'il y a des témoins. Et alors ? Je ne vois pas le lien avec vous. Vous avez rédigé un rapport en fonction de ce que vous avez réuni après être allé inspecter le véhicule de Kyle et après l'avoir interrogé, fin de l'histoire. C'était une fausse piste ? » La question impliquait la réponse.

J'ai dit : « Oui.

— Quant à Bains... Je crois que ce qu'il fait c'est une manœuvre policière typique, il essaie d'étayer une théorie foireuse en vous enfermant ici. Il travaillait sur une intuition. Il découvre le rapport que vous avez rédigé après avoir interrogé Kyle, puis il ajoute votre situation financière avec la réunion que vous avez tenue à la mairie et cette théorie absurde sur Owensboro. Comme ça, je vois où il va, comment il a travaillé sur une intuition. » Hayden était devant moi. « Mais peu importe que Bains soit proche de la vérité, parce que tant que ceux qui sont impliqués restent silencieux et déterminés, Bains n'a que des suppositions. »

J'ai dit calmement : « Je n'ai pas fait chanter Kyle.

— Ce n'est pas ce que j'ai dit, d'accord ?

— Je veux simplement que vous le sachiez. Je vous en donne ma parole. »

Hayden a hoché la tête. « D'accord... je vous remercie de me le dire. »

Mais je voyais bien que ça ne l'intéressait pas.

Il a recommencé à parler. « Voilà comment je vois les choses. La personne qui pourrait nous dire ce qui s'est passé est morte, c'est l'élément central, et les morts ne font pas de bons témoins. Aucune trace d'argent et, plus j'y pense, où est-ce qu'un gosse comme Kyle aurait trouvé l'argent dont vous avez besoin ? Ça n'a aucun sens. Vous devez quelque chose comme... à combien se monte votre découvert ?

— Vingt-deux mille dollars. »

Hayden a poussé un sifflement. « Bains essaie de relier vos problèmes financiers à un plan pour extorquer de l'argent à un lycéen ? Laissez-moi rire ! »

Il parlait avec une incrédulité parfaite, comme s'il avait été devant le tribunal. Il a refermé son bloc-notes, l'a rangé dans son attaché-case et s'est levé.

« Écoutez, demain, à dix heures et demie, on vous signifiera les charges retenues contre vous, nous devrions envisager ce que le procureur va proposer. Ils n'ont aucune preuve matérielle contre vous, ni cause probable ni rien permettant de vous accuser de quoi que ce soit. Ce ne sont que des foutaises indirectes. Dans le même temps, je vais déposer une requête pour que Bains soit dessaisi de l'affaire. »

Hayden secouait la tête par intermittences. « Écoutez, je n'ai pas voulu vous influencer, alors je ne vous ai pas dit que je connaissais Bains. C'est le spécialiste de l'intimidation, un gros dur, qui marche toujours sur la corde raide de la légalité quand il est devant quelqu'un. Il navigue toujours en eau sale. »

Il m'avait posé une main sur l'épaule. « Je pense que vous avez traversé le pire. À mon avis, Bains est capable d'avoir suggéré à Earl Johnson cette histoire de chantage. Sur le plan des relations publiques, vous voyez comment ça peut jouer en faveur d'Earl ? Il va passer le reste de sa vie ici, n'est-ce pas ? Vous accuser de chantage fera de Kyle une victime. Même si on ne prouve jamais que vous ayez fait chanter Kyle, l'idée fera naître assez de sympathie pour lui. Et par la même occasion, Bains pourra se venger en se présentant comme le flic qui a découvert une conspiration dans une petite ville. »

J'ai dit : « Earl Johnson ne travaille pas dans les relations publiques.

— Écoutez, quand il s'agit d'argent, les gens pigent très vite. Disons par exemple qu'Earl vous attaque en civil, vous ou la police. Je vois très bien Bains amener Earl à faire quelque chose comme ça, avec la possibilité de récupérer de l'argent. J'imagine qu'Earl doit être anéanti, hein ? Pendant toute sa vie, il a compté sur son fils pour le délivrer de cette existence sans but dans l'impasse de sa ferme. J'ai vu à la télévision où ils vivent. Je sais à qui j'ai affaire. Ce serait la dernière chance pour Earl de récupérer quelque chose. Si j'étais Bains, j'essaierais cette tactique pour mettre Earl de mon côté. Je lui dirais que le flic qui est venu de façon officielle pour interroger son fils était complètement fauché, et qu'il a proposé un marché à Kyle. »

Hayden a parlé plus fort. « Je vois quelle est l'intention de Bains. Il utilise Earl Johnson à son profit, il lui met dans la tête qu'il est possible de demander des dommages et intérêts pour la mort de son fils. Mais vous savez quoi ? »

J'étais dans une sorte d'état hypnotique, complètement épuisé. J'avais cessé de suivre ce que disait Hayden.

Il a levé les mains comme s'il concédait quelque chose. Il a dit avec un demi-sourire : « D'accord, je vais un peu vite. Je le sais. Écoutez, voilà ce que je vais faire, je vais rendre une petite visite à Earl, je vais lui dire quelques vérités sur la façon dont fonctionne la loi. En lui faisant savoir qu'il peut être tenu civilement responsable, en particulier pour la mort du proviseur, surtout si sa veuve veut le poursuivre. Je vais montrer à Earl comment Bains a pris cette voie à partir de rien. Je ne pense pas qu'il soit trop tard pour qu'Earl retire sa déclaration. Je vais lui montrer que Bains le manipule. »

J'ai dit : « Vous pouvez toujours essayer. »

Hayden a posé à nouveau la main sur mon épaule. « Les gens pigent très vite quand c'est nécessaire. Nous avons tous cet instinct de conservation. »

J'ai dit : « Alors vous n'avez pas besoin que je vous parle de mes envies de suicide ? »

Hayden m'a adressé un clin d'œil. « Nous envisagerons de plaider la démence si ça devient nécessaire. »

Là-dessus, il a frappé à la porte métallique et le judas s'est ouvert. Le gardien m'a demandé d'aller me mettre debout contre le mur du fond. Hayden est sorti, la porte s'est refermée et la serrure a claqué.

C'était exactement comme dans les films.

Malgré ma déprime, ou peut-être à cause d'elle, j'ai dormi pendant je ne sais combien de temps.

Je me suis réveillé quand quelqu'un a passé un plateau de nourriture par le guichet de la porte. J'étais roulé en boule sur le petit lit de la prison. J'ai ouvert les yeux.

Bains se tenait à l'extérieur, j'ai vu sa grosse tête encadrée dans l'ouverture.

Il a dit : « Je pense que nous sommes du même côté, Lawrence. Je le pense vraiment. »

Je me suis retourné, face au mur glacial. « Sur le conseil de mon avocat, je n'ai rien à dire.

— Je suis ici pour vous aider. Écoutez-moi seulement. Voilà ce que je veux vous dire, une coïncidence. Je me suis rendu compte que vous avez failli mourir le week-end où Cheryl a été assassinée. C'est une sacrée coïncidence. Vous y croyez, vous, aux coïncidences ? »

J'ai résisté pour ne pas me retourner.

Bains a repris : « Je pourrais peut-être me laisser convaincre de croire qu'il s'agit bien d'une coïncidence, sauf pour la façon dont votre chien a été tué. On a tranché la gorge de votre chien avec un couteau, n'est-ce pas ? Et il y a Cheryl Carpenter, elle n'a pas seulement été étranglée, on l'a aussi poignardée – avec un *couteau*. S'il n'y avait que l'incendie, je pourrais peut-être accepter l'idée d'une coïncidence, mais dans les deux cas on s'est servi d'un couteau. Ça fait naître les soupçons. »

Je lui tournais toujours le dos, mais j'avais les yeux grands ouverts.

« Est-ce que quelqu'un a essayé de vous tuer le week-end où Cheryl a été assassinée ? »

Pour la première fois, je me suis tourné vers Bains. La partie inférieure de son visage restait cachée et tout ce qu'il disait semblait désincarné. Ses yeux sont devenus des fentes étroites.

« Donnez-moi un coup de main, Lawrence. Vous avez rencontré le maire et le commissaire à dix heures mais vous n'êtes allé inspecter la camionnette de Kyle qu'à cinq heures et demie. C'est ce qui est écrit dans votre rapport. Dix-sept heures trente. Ça fait un sacré bout de temps pour aller vérifier une piste potentielle. »

Pour la première fois, j'ai parlé : « J'avais passé la nuit dehors, à rechercher la petite fille. » J'avais la chair de poule et les poils de mes avant-bras se sont dressés.

Bains a dit : « Qui a fixé l'heure à laquelle vous deviez aller inspecter la camionnette, le maire ou le commissaire ? Vous avez tout organisé ensemble, n'est-ce pas ? Vous voulez travailler avec moi, Lawrence ? Je n'ai rien contre vous. Dieu sait que vous et moi nous sommes pareils. Ceux que je cherche à coincer, c'est le maire et le commissaire. C'est pour ça que je suis ici. Vous n'avez qu'à me parler. »

Nos regards se sont croisés dans le silence qui s'était établi. J'entendais sa respiration sifflante. Sa tête se déplaçait dans l'ouverture de la porte, comme celle d'une marionnette géante.

Il a repris la parole avec une sorte de douceur hypnotique : « Je n'ai pas pour but de vous arrêter. Je l'ai fait parce que je voulais vous parler. Vous pensez que je n'ai pas vu que quelque chose n'allait pas quand nous nous sommes retrouvés dans le bureau du maire ? Vous pensez que je n'ai pas ressenti la tension qu'il y avait entre eux et vous – cette connerie que le commissaire a proposée avec Owensboro ? Je ne suis pas tombé de la dernière pluie. Je suis peut-être beaucoup de choses, mais pas un imbécile. »

Je me sentais attiré par ses paroles. Je ne voulais pas commencer la journée en affrontant un juge. J'étais accusé d'avoir fait chanter un gosse qui avait tué deux personnes. Le poids de cette accusation et l'idée du temps que je pourrais passer en prison m'angoissaient.

Le visage de Bains occupait toute l'ouverture. « Ce que je fais, c'est de vous donner une chance de parler le premier. Je pense qu'Earl a toujours tout su. Tout a été décidé depuis le début entre le maire, le commissaire et Earl, pas vrai ? Allez, Lawrence. Dites-moi simplement ce que vous savez. Quelqu'un finira bien par parler. Et celui-là pourra négocier avec le procureur. Vous voulez passer les dix prochaines années dans une cellule comme celle-ci ? Vous voulez prendre ce risque ? »

J'étais au bord de tout lui dire.

« Je veux que vous me signiez une déclaration qui dirait que le commissaire et le maire ont décidé d'étouffer l'affaire au profit de Kyle. » Bains a tendu une feuille de papier par l'ouverture. « Signez », et au fur et à mesure qu'il parlait, sa voix montait : « Allez, Lawrence, signez ! Nous pouvons travailler ensemble, vous et moi. Nous sommes du même côté de la barrière. »

Un sourire a adouci son visage, et d'une certaine façon cela a brisé l'envoûtement de la persuasion. « Signez, Lawrence. » Il avait le papier dans sa poche depuis le début.

Je me suis simplement retourné vers le mur blanc de ma cellule et j'ai dit : « Laissez-moi tranquille. »

La voix de Bains est restée égale mais je sentais bien qu'il se retenait de crier : « C'est votre dernière chance. Je suis prêt à travailler avec tous ceux qui le veulent. Jusqu'ici j'ai travaillé avec les innocents mais si vous ne voulez pas m'aider alors je n'ai plus le choix. » Il a pris à nouveau une grande respiration. « Signez ça. Voulez-vous ruiner votre amie, Lois ? C'est ça que vous voulez faire ? Pourquoi voulez-vous qu'elle gaspille l'argent qu'elle a durement gagné pour payer cet avocat véreux ? Est-ce que vous n'avez pas détruit assez de vies ? Qu'en pensera votre fils quand tout ça finira devant un tribunal ? Il n'y a pas de traitement médical pour ça. »

Chapitre 32

Pendant de nombreuses heures, je n'ai cessé de dormir et de me réveiller pour enfin émerger dans un matin sans lever de soleil, au fond de ma cellule dépourvue de fenêtres. Seul un plateau-repas marquait la différence entre le jour et la nuit.

Bains n'est pas revenu. J'avais pensé le voir quand on a passé le plateau-repas par le guichet, mais il n'a jamais reparu. Est-ce que ma dernière chance de négociation était passée ?

En milieu de matinée, on m'a conduit par de longues catacombes sous le tribunal du comté, et nous avons franchi de nombreuses portes où j'ai subi trois fois une fouille complète. À la fin, j'ai attendu pendant plus d'une heure pendant que chaque prévenu était appelé devant le tribunal.

Cela sentait le désespoir, le péché de tout un comté. Quand mon tour est venu, j'ai vu Hayden dans la salle d'audience. Il portait le même costume que la veille, fripé comme s'il avait dormi avec. Il m'a simplement dit : « Vous n'avez pas bonne mine.

— Bains est venu me voir dans ma cellule hier soir.

— Je croyais vous avoir dit de ne plus lui adresser la parole. » Hayden m'a désigné un banc de bois où étaient assis des jurés. « Allons nous asseoir là-bas. »

Hayden m'a saisi le bras et m'a entraîné sur le côté. La salle du tribunal était grande mais vide. Il n'y avait que les procureurs qui parlaient entre eux autour d'une table, et les avocats autour d'une autre, ils consultaient tous des journaux.

J'ai dit : « Je veux modifier ma déposition.

— Vous n'en avez pas encore fait.

— Eh bien, je veux en faire une maintenant. Je veux dire ce qui s'est vraiment passé. »

Hayden a secoué la tête. « Ce n'est ni le lieu ni le moment. » Il m'a pris par le bras. « C'est une partie de poker. Nous avons un avantage. » Il se tenait à quelques centimètres de moi.

Je me suis dégagé.

« C'est de ma liberté que nous parlons. » J'ai senti que je tremblais. « Je veux déclarer ici et maintenant que le commissaire et le maire ont décidé d'étouffer l'affaire. Je veux que ce soit noté. Il n'y a eu aucun chantage. Nous avons seulement essayé de sauver Kyle. Je veux que ce soit établi maintenant. »

J'avais dû élever la voix parce qu'un juge assis de l'autre côté de la table a levé les yeux vers nous avant de les baisser à nouveau sur son dossier.

Hayden m'a repris le bras. « C'est le substitut chargé de votre affaire. Vous voulez tout faire rater ?

— Bains en veut au commissaire et au maire, pas à moi. Il me l'a dit hier soir. »

Hayden a parlé à voix basse : « Est-ce que je suis en train de perdre mon temps ? Est-ce que vous avez signé quelque chose hier soir ?

— Non.

— Réfléchissez. Est-ce que vous voulez vous attaquer au commissaire et au maire ? N'auriez-vous pas plus de chances en liquidant la crédibilité d'Earl ? Ça se résout à ça, vous comprenez ? »

Nous ne nous sommes rien dit d'autre. On faisait

de plus de plus de bruit autour de nous. Les vieux radiateurs sifflaient.

Il y avait une audience avant la mienne. Les avocats de la défense et de la partie civile se sont approchés de la table du président. Le prévenu était accusé d'avoir violé une femme. Nous étions dans la même salle d'attente avant d'entrer dans le tribunal. Je me suis retourné et, au fond, j'ai vu la famille de la victime. Ils étaient serrés les uns contre les autres et se tenaient la main en tremblant.

Hayden a regardé sa montre et a touché son nœud de cravate. Il n'arrêtait pas de ranger les papiers qui se trouvaient sur le bureau devant lui.

Nous évitions de nous regarder. Puis les avocats de l'affaire précédente ont quitté le bureau du juge, qui a dit : « Caution fixée à trente mille dollars. »

C'était comme si quelqu'un avait laissé l'air s'échapper de la pièce.

La famille de la victime s'est effondrée et l'un d'eux a hurlé : « Vous ne pouvez pas faire ça ! Il va s'en prendre à ma sœur ! Il a dit qu'il la tuerait si elle le dénonçait ! »

Le type a dévisagé la famille alors que deux gardes l'emmenaient.

Hayden m'a tapé sur l'épaule. « C'est à vous. »

À la suite d'une série de déclarations que je n'ai pas bien suivies, quoique Hayden ait opposé plusieurs fois une objection, on a prononcé officiellement deux chefs d'inculpation contre moi : extorsion de fonds et escroquerie à l'assurance. Ma caution a été fixée à dix mille dollars.

Une heure plus tard, Hayden est venu dans ma cellule. « On a réussi à faire lever l'accusation d'escroquerie à l'assurance. Quant à l'extorsion de fonds, eh bien, Earl Johnson n'est qu'un pauvre type et on n'aura pas de mal à le mettre en pièces. Il va falloir qu'il prouve que Kyle vous a versé de l'argent, ou avancer des éléments qui prouvent que vous auriez fait chanter Kyle. Comme je vous l'ai dit, les morts ne font pas de bons témoins. C'est la parole d'Earl contre la vôtre. »

Hayden s'est tu un instant. « À moins que vous ne vouliez toujours faire une déclaration pour reconnaître que l'affaire a été étouffée. »

J'ai dit : « Non.

— Très bien. La parole d'Earl Johnson ne va pas peser lourd contre la vôtre, surtout si nous avons le commissaire et le maire de notre côté. Nous aurons besoin de leur collaboration et de leur soutien. À propos, quel est ce problème, entre eux et vous, que vous avez mentionné hier ? »

J'ai dit : « La dernière fois que j'ai vu le maire, j'ai braqué un revolver sur lui.

— Eh bien, vous allez avoir du pain sur la planche, non ? »

Lois a réussi à payer la caution grâce à un garant. Je me suis retrouvé sur les marches devant le tribunal en début d'après-midi. J'ai levé les yeux vers le ciel qui semblait accroché aux fils électriques et téléphoniques.

Lois était garée dans un parking et elle s'est avancée en bas de l'escalier. Elle ne m'a pas regardé. Je n'ai rien dit pendant un long moment, elle non plus.

La route du comté s'étendait toute droite sur vingt-cinq kilomètres. Je voyais le monde qui se déroulait devant moi. C'est à ça que ressemble la liberté, un paysage dégagé.

Lois fumait avec un léger bruit de succion.

Des restes de neige étaient entassés sur les bas-côtés. Je voyais les endroits où les gens avaient balancé des boîtes de bière et de coca, et des mégots de cigarettes. Quelqu'un s'était débarrassé d'une chaussure et d'un ours en peluche auquel il manquait un bras. On avait tiré des coups de fusil dans tous les panneaux de signalisation. De chaque côté de la route, dans les champs au sol durci par le gel, des porcs étaient réunis autour de mangeoires en fer.

Nous avons doublé un camion qui ramassait des bidons de lait. Le type portait une veste de chasse écossaise. Il a touché sa casquette quand nous sommes passés et Lois lui a adressé un sourire forcé. Elle a fini sa cigarette et elle a baissé sa vitre pour jeter le mégot.

J'ai senti l'odeur des porcs.

Nous nous sommes arrêtés au bar des Cinq Coins. Ils annonçaient une promotion sur le poulet rôti-frites.

Nous étions les seuls clients. Nous nous sommes installés dans un box avec de hauts dossiers recouverts de plastique. Une bougie était allumée, destinée en réalité à chasser les moustiques. Elle était fixée dans un photophore en verre, enveloppé dans un filet de plastique.

Je crois que le patron ne s'attendait pas à ce que quelqu'un vienne manger. Il nous a imposé deux bières dont nous ne voulions pas mais que nous nous sommes sentis obligés de commander.

Lois est allée aux toilettes, mais elle a laissé son sac sur la table. La lettre du garant en dépassait. Je l'ai prise et j'ai lu les termes du contrat. Lois avait souscrit une police d'assurance vie pour payer ma caution.

J'ai ressenti quelque chose dans la poitrine et j'ai eu du mal à respirer. J'ai simplement remis la lettre dans son sac.

Quand elle est revenue, Lois a parlé la première. Elle regardait son sac comme si elle savait que j'avais lu la lettre. Elle a dit : « J'ai un frère qui est parti au Canada pour échapper au service militaire. Il est tombé amoureux, il s'est marié et il a trois enfants.

— Au Canada... Mais je ne risque pas la chaise électrique, Lois. Merde, tu sais de quoi il s'agit ? » Je me suis penché en avant sur mon siège en plastique. « Qu'est-ce que tu crois que j'ai fait ?

— Je te propose juste des solutions. »

J'ai essayé de lui prendre les mains, mais elle les a retirées.

J'ai dit : « J'apprécie tout ce que tu as fait pour moi. »

Elle m'a répondu froidement : « C'est un plaisir ! » Elle a regardé le bar misérable autour d'elle, la pièce aux boiseries sombres et bon marché. Il n'y avait pas une ampoule de plus de quarante watts, sauf dans la cuisine violemment éclairée au fond.

Le poulet n'avait pas entièrement dégelé. Quand j'ai mordu dedans, j'ai senti le chaud et puis le froid. Le morceau de Lois avait la même allure. Elle s'est levée pour aller dire deux mots au type, qui s'est éclipsé derrière un comptoir, et je l'ai entendu hurler. J'ai dit : « Ce n'est pas vraiment un restaurant. »

Lois a élevé la voix : « C'est pourtant ce qui est écrit à l'extérieur. »

J'ai dit : « Tu as raison. »

Nos assiettes sont revenues. Avec les mêmes morceaux. Le type m'a donné celui de Lois et le mien à Lois, mais je me suis tu.

J'ai goûté le morceau de poulet et j'ai dit : « C'est du très bon poulet. » J'ai regardé Lois : « Je veux dire, si l'on considère que j'ai pris mon dernier repas en prison. »

Chapitre 33

Plus tard, dans la soirée, j'ai reçu un coup de téléphone du commissaire. Il a appelé chez Lois, où je me trouvais. C'est Lois qui a répondu. J'ai essayé de ne pas le prendre, j'ai articulé « C'est qui ? » mais elle a dit à haute voix : « C'est le commissaire. »

Il a dit : « Vous êtes suspendu administrativement jusqu'à nouvel ordre.

— Qu'est-ce que ça veut dire exactement ?

— On vous paie pour que vous restiez chez vous pendant quelque temps.

— Ça me semble une bonne solution.

— Je veux que vous me rendiez votre arme et votre carte.

— Commissaire, s'il vous plaît, on peut se voir, simplement pour discuter ?

— Je ne pense pas avoir quoi que ce soit à vous dire. »

J'ai crié : « Ne me mettez pas sur la touche, espèce de salaud, vous m'entendez ? »

J'ai entendu un clic. Le commissaire avait raccroché.

Un rayon de lumière sortait par le trou de la balle que j'avais tirée dans la caravane du maire, alors que je montais l'escalier de fer. Il a levé les yeux et m'a dit :

« J'espère que vous n'avez pas d'arme cette fois. » Puis il a eu son sourire habituel.

J'ai souri comme lui. « Non, je n'ai pas d'arme. J'imagine que vous savez qu'on m'accuse d'extorsion de fonds et d'escroquerie à l'assurance ? » J'ai soufflé longuement. « Je ne sais pas à quel moment les choses ont mal tourné. Je veux dire, dans ma vie, comment je n'ai pas arrêté de faire des erreurs.

— Vous avez un bon avocat ? »

J'ai fait oui de la tête.

« Nous sommes avec vous, Lawrence, je veux que vous le sachiez. »

J'ai dit : « Merci. Alors on va peut-être vous appeler à témoigner.

— J'espère que ce n'est pas une menace voilée ?

— Je veux simplement que vous m'aidiez. »

Le maire a passé la langue sur ses dents. Il attendait. Il a secoué la tête. « Vous savez, ce que je trouve le plus triste, Lawrence, le plus emblématique de votre... appelons ça votre dépression, c'est la façon dont vous avez tué votre chien. » Il s'est penché vers moi. « Bains a découvert qu'on avait déposé au moins six plaintes à cause de votre chien qui aboyait dans votre sous-sol. C'est un fait. Votre chien subissait de mauvais traitements. Vous vouliez vous débarrasser de lui, n'est-ce pas ? Quand vous avez pointé votre revolver sur votre femme, j'ai pensé qu'il s'agissait d'un incident isolé, mais c'était une erreur. Je me suis trompé sur votre compte. »

J'ai senti ma gorge se serrer. « C'est ce que vous avez répété ?

— Je vous dis simplement comment je vois les choses. On ne peut pas compter sur vous. Regardez ce que vous m'avez fait, vous m'avez tiré dessus.

— Vous êtes un vrai salaud, vous savez, monsieur le maire ? »

Il s'est redressé pour fouiller dans un tiroir, puis il a sorti un revolver à la hauteur de la table, le canon pointé sur ma poitrine. Sa voix tremblait quand il a parlé et le coin de sa bouche tressautait. « Un simple geste de légitime défense – voilà ce que je vais dire. Tout s'additionne, vos problèmes d'argent, la pension alimentaire non payée, les conseils d'immobilier que vous avez demandés à ma femme, votre maison que vous voulez vendre, la découverte qu'il vous fallait des fonds pour démarrer, l'incendie mystérieux de votre cabane. J'en ai assez que vous me preniez en otage. »

J'ai vu son doigt se replier sur la détente et, sans savoir pourquoi, j'ai dit avec une froide résolution : « Je suis équipé d'un micro. Mon avocat m'a mis un micro. » J'ai fait comme si j'allais soulever ma chemise, comme ils le font dans les films, mais je me suis arrêté.

Le maire tenait toujours son revolver, mais il regardait derrière moi comme si quelqu'un allait faire irruption dans la caravane, puis ses yeux sont revenus vers moi et il a baissé son arme.

J'ai dit : « Mon avocat a vérifié la carte grise de la voiture que vous avez vendue à Earl. Vous l'avez vendue un centime. Vous êtes marchand de voitures à un centime ou il s'est servi d'un revolver ? »

J'ai dû lui poser la question une deuxième fois.

Le maire avait les yeux fixés sur ma poitrine. Il a cligné des paupières, puis nos regards se sont croisés. « Kyle Johnson était un garçon exceptionnel. J'ai voulu faire quelque chose pour lui, pour sa famille, pour ce qu'il faisait pour la ville, sa façon de remporter les matches. »

La voix du maire avait totalement perdu son autorité habituelle. Il ne pensait plus à me tuer. Il a levé les yeux vers les photos de la Ligue des cadets et a tendu le doigt.

« Votre fils est là aussi. Pendant des années je n'ai fait qu'encourager ces jeunes avec des rêves. J'ai acheté des gâteaux et des bonbons aux filles des scouts. J'ai rendu ce que cette communauté m'a permis de gagner. J'ai vendu des voitures sans bénéfice, avec des paiements minimum. J'ai embarqué des gosses dans des rêves, dans une voiture qui leur offrait la liberté d'aller à leur premier vrai rendez-vous, dans un drive-in, de se tenir la main, de s'embrasser pour la première fois. » Le maire n'a pas précisé son sentiment.

« Ils viennent me voir avec des bocaux pleins de pièces. Des gosses qui ont fait des économies, qui ont fait des petits boulots après l'école, qui ont travaillé avec un but, l'indépendance. C'est de ça qu'il s'agit, l'*indépendance*. J'ai relié les vacances et la bonne volonté à l'économie. C'est pour ça que ces satanés drapeaux sont à l'extérieur, la célébration de la liberté, c'est ce que signifie l'automobile, ça fait partie de notre destin ! »

La voix du maire avait retrouvé toute sa mesure. Il parlait au magnétophone qui n'était pas attaché à ma poitrine.

« Vous allez m'accuser de m'être intéressé aux jeunes ? Ce qu'on fait aux joueurs au lycée et à l'université est une abomination, des gosses qui se crèvent le cul, et qu'est-ce qu'on leur donne en échange, des compliments, une grande claque dans le dos ? Il n'y a qu'à regarder autour de soi, comment les autres en profitent, ceux qui vendent des hot-dogs, le lycée qui vend des tee-shirts, sans parler de ce qui ne se voit pas, les gens qui viennent dans mon garage, ou au centre commercial, parce qu'ils sont contents d'eux-mêmes ! La force de caractère n'a jamais été remise en cause parce qu'on donne à quelqu'un le juste salaire de ses efforts ! Alors j'ai donné une voiture à Earl Johnson. Si c'est la question, si c'est l'accusation, je me déclare coupable mais, que Dieu m'en soit témoin, je ne vous ai jamais demandé d'aller voir les Johnson pour prendre votre part. »

Le maire a secoué la tête. « Vous avez décidé ça tout seul, Lawrence, de votre propre chef. »

Pendant l'après-midi, j'ai appelé Hayden de chez Lois alors qu'elle était au travail. Je lui ai dit que le maire avait braqué un revolver sur moi et qu'il avait donné une voiture à Earl.

J'ai dit : « Le maire nie toute implication dans l'étouffement de l'affaire pour Kyle.

— Je croyais qu'on s'était mis d'accord que nous ne remettions pas sur le tapis l'idée que l'affaire avait été étouffée. Ce que vous me dites, c'est que vous nous avez aliéné un témoin potentiel. » Hayden s'est arrêté. « Ne quittez pas, s'il vous plaît. »

Il a repris la ligne quelques instants plus tard. « J'ai d'autres incendies à éteindre. J'ai envoyé un type enquêter là où vous êtes allé quand votre cabane a été détruite. Il a retrouvé les endroits où vous avez utilisé votre carte de crédit. J'ai un vrai problème.

— Quel problème ?

— Le propriétaire d'un restaurant allemand où vous avez mangé dit qu'il se souvient de vous. Il se souvient que vous vous êtes violemment disputé avec une femme. Vous vous rappelez avoir mangé dans un restaurant allemand ?

— Oui.

— La femme, c'était qui ?

— Lois.

— Vous vous souvenez du sujet de la dispute ?

— Je ne sais plus...

— Avez-vous dit que vous alliez mettre le feu à votre maison pour toucher l'assurance ? »

J'étais secoué.

« Vous êtes toujours là ? »

J'ai respiré un grand coup.

« Je ne sais pas si l'accusation va déterrer tout ça. On doit attendre, mais ce n'est pas bon. »

J'ai élevé la voix : « Il a répété des choses hors de leur contexte.

— Ne prétendez même pas qu'il y avait un contexte. Si vous reconnaissez ça devant un jury, l'affaire est close. »

Petey était dans sa cage, mais il restait tranquille. Je pense qu'il avait fini par accepter ma présence. Il écoutait, comme un juré.

La voix de Hayden me résonnait dans l'oreille. « Le problème, c'est que plus je creuse, plus je trouve de liens entre Kyle et vous. J'ai une déclaration, ici, de la secrétaire du lycée qui dit que vous avez interrogé Kyle au lycée, juste après l'admission de Cheryl à l'hôpital. »

Hayden s'est arrêté un instant. « Alors ? »

Je ne lui ai pas répondu.

« D'accord, vous permettez que je vous pose une autre question ? Avez-vous jamais téléphoné chez les Johnson ?

— Non.

— Merde, arrêtez de me mentir. J'ai vérifié vos appels téléphoniques. »

J'ai baissé la tête. « J'ai appelé une fois.

— Pourquoi ?

— Je ne sais pas.

— Allez, il va falloir trouver une meilleure réponse. »

J'ai senti que je rougissais. « J'ai téléphoné pour leur dire que je savais qui avait essayé de me tuer dans la cabane, mais que je les avais à l'œil. »

Hayden a poussé un sifflement : « Qui a répondu ?

— Earl.

— Vous êtes en train de me dire qu'Earl a essayé de vous tuer ? »

J'ai attendu un instant. « Oui. » Mon cœur battait la chamade. « Cheryl et moi, nous étions les maillons faibles du secret de l'étouffement de l'affaire. Ils ont essayé de nous éliminer tous les deux le même week-end. »

J'ai entendu Hayden qui appuyait nerveusement sur son stylo-bille. « Il va falloir que j'y réfléchisse... Dites-moi, ce coup de téléphone à Earl, vous l'avez passé avant ou après avoir rempli la déclaration de sinistre à l'assurance ?

— Après.

— Ainsi vous reconnaissez avoir rempli une déclaration de sinistre alors que vous soupçonniez qu'il s'agissait d'un incendie criminel ? C'est de l'escroquerie à l'assurance. L'affaire est entendue pour cette accusation ! Maintenant, est-ce que vous avez quelque chose d'inattaquable pour la tentative d'extorsion de fonds ? »

Je n'ai rien répondu.

Hayden a perdu son ton sarcastique et m'a dit franchement : « J'analyse d'autres listes d'appels téléphoniques. Pour quelle raison avez-vous téléphoné à Lisa Kendall ? »

J'ai eu envie de raccrocher.

« Lawrence ? »

J'ai dit : « Écoutez, je ne tiens pas à poursuivre cette conversation.

— J'ai une plainte qui dit que vous êtes resté en planque devant chez Kendall. Que faisiez-vous là ? »

La tête de Petey a pivoté. Il a lissé ses plumes.

Ma poitrine s'est serrée : « Je n'ai pas de réponse.

— Est-ce que vous savez que cette femme, Lisa Kendall, a disparu ? »

J'ai secoué instinctivement la tête.

« Lawrence ? Répondez-moi !

— Non, je ne le savais pas. » J'ai ajouté froidement : « Est-ce qu'on peut revenir à mon affaire ?

— Vous n'êtes jamais monté chez elle ? » À la façon dont il posait la question, j'ai su qu'il avait parlé à Laycock. « J'ai un témoin qui dit vous avoir vu déposer des plats devant la porte de son appartement. »

Je me suis accroupi en serrant le téléphone entre mon menton et mon épaule. J'avais la chair de poule. J'ai dit : « J'étais désolé pour elle. J'avais trouvé sa petite fille.

— Vous êtes en train de me dire que vous en pinciez pour cette femme ?

— J'ai dit que j'étais désolé pour elle !

— Et vous avez commencé à l'appeler, à la poursuivre, et à lui apporter des petits plats. Avez-vous jamais parlé avec elle en personne ?

— Écoutez, ce n'est pas du tout comme vous le laissez entendre. Je ne suis pas un pervers, si c'est ce que vous insinuez.

— Vous n'avez pas répondu à ma question.

— Non. Je ne l'ai jamais rencontrée. Écoutez, je ne vois pas quel rapport cela a avec le reste. Je lui ai téléphoné, et alors ? Je vous l'ai déjà dit, c'est moi qui ai retrouvé sa fille. J'étais malheureux pour elle. Qu'est-ce qu'il y a de mal à vouloir aider quelqu'un ? Pourquoi est-ce que je dois me défendre devant vous ?

— Dites-moi, êtes-vous au courant qu'un dernier rapport sur la mort de l'enfant de cette femme a déterminé que deux véhicules différents avaient roulé sur le corps la nuit d'Halloween ? »

J'ai répondu : « Oui.

— Permettez-moi de vous poser une question : Était-ce comme vous l'avez dit ? Étiez-vous désolé pour elle ou soupçonniez-vous quelque chose d'autre ?

— Vous me demandez de vous donner mes impressions ?

— Écoutez-moi, nous allons devoir présenter une réponse acceptable qui explique pourquoi vous avez téléphoné à Kendall. Je sais que Bains a déjà interrogé Laycock. Bains a établi un lien entre vous et Kendall. Je pense que nous pouvons travailler à partir de vos soupçons qu'il y a peut-être autre chose étant donné qu'une seconde voiture a roulé sur le corps de la petite fille la nuit où elle est morte. D'accord ? »

J'ai dit : « Écoutez, je vais vous dire quelque chose que j'aurais dû vous dire plus tôt. Je sais que ça n'a pas beaucoup de sens. C'est la raison pour laquelle j'étais devant chez les Johnson à attendre Kyle.

— Je vous écoute.

— Kyle connaissait Kendall. »

J'ai reconnu la surprise dans la voix de Hayden : « Quoi ?

— Kyle connaissait Kendall, ou il l'a connue après l'accident. La nuit où l'on a porté plainte contre moi parce que j'étais en planque devant l'appartement de Kendall, j'ai vu Kyle la déposer devant chez elle. »

J'ai senti que Hayden ne me croyait pas. « Je pense que Kyle a dit à Kendall que ce qu'il avait fait était un accident.

— Pourquoi ? »

J'ai hésité. « Vous n'avez pas connu Kyle. C'était un garçon très simple. Quand je l'ai rencontré après l'évanouissement de Cheryl au lycée, il a failli devenir fou. Il ne savait pas que Cheryl avait avorté, pas à ce moment-là en tout cas. Il a pensé que Dieu lui avait pris son enfant, une sorte de vengeance œil pour œil. C'était le Dieu auquel il croyait. Il voulait se livrer à la police. Je lui ai dit que ce qu'il devait faire c'était d'atteindre la grandeur, pour sauver des femmes comme Kendall qui n'avaient pas de mari, des femmes abandonnées comme elle, qu'il leur distribuerait son argent quand il serait riche. Je lui ai dit que c'était ainsi qu'il pourrait se racheter. »

J'ai entendu craquer le fauteuil de bureau de Hayden. « Comment se fait-il que ce Laycock a dit vous avoir vu, mais qu'il n'a jamais dit que Kyle allait la voir ?

— Vous savez que ce type est un petit dealer ? Ce qu'il dit ne vaut pas tripette.

— Ça ne répond pas à ma question.

— Kyle est bien allé chez elle. Reposez la question à Laycock. »

J'ai entendu Hayden fouiller dans des papiers. « Laycock dit que de nombreux garçons de l'équipe de football venaient dans l'appartement. Il dit qu'ils avaient l'impression que Kendall était morte et qu'elle était revenue comme un fantôme. »

J'ai élevé la voix : « C'est à cause de Laycock. C'est un mythe, qu'il a fait courir pour attirer les gosses chez lui. »

Hayden m'a interrompu : « Eh bien, si nous pouvons la retrouver, nous le saurons, n'est-ce pas ? » Mais j'ai pensé qu'il croyait qu'on ne la retrouverait pas.

J'ai dit : « Retrouvez-la. »

Hayden s'est éclairci la gorge. « Je ne sais pas si c'est vraiment mon travail... Ce qui nous amène au point suivant. Nous allons devoir renégocier les termes de notre accord avant que je continue. L'affaire est bien plus compliquée que ce que vous m'avez fait croire. Permettez-moi de vous rappeler ce que vous m'avez dit jusqu'ici, pour notre bénéfice à tous les deux, parce que aujourd'hui, les arbres me cachent la forêt, et peut-être à vous aussi. Pour commencer, vous avez tout nié, puis vous vous êtes présenté comme une simple victime, qui avait participé à l'étouffement de l'affaire, qui voulait tout dire et mettre en cause ceux qui se trouvaient derrière – le commissaire et le maire. C'était votre premier mouvement, le matin où on vous a arrêté, tout dire, mais nous avons décidé de ne pas suivre cette stratégie. Puis il est apparu que vous étiez en rapport avec Kyle et sa famille, vous n'aviez pas seulement rencontré Kyle, vous aviez aussi téléphoné chez les Johnson à deux heures du matin, vous l'avez nié, puis vous l'avez reconnu quand on vous en a présenté la preuve, et maintenant on apprend que vous vous intéressiez à cette femme, Lisa Kendall, ce que vous devez encore expliquer clairement, une femme qui a disparu comme on vient de l'apprendre, une femme dont l'enfant a été écrasée non pas par une mais deux voitures, et maintenant vous me dites que Kyle était devenu ami avec Kendall, qu'il lui avait peut-être dit qu'il avait écrasé sa fille. Vous suivez ? »

J'ai dit sèchement : « Vous voulez combien ? »

J'ai entendu à nouveau le craquement de la chaise de Hayden. « Si vous voulez prendre ça de haut, nous n'avons plus rien à nous dire.

— Je veux seulement savoir combien cela va me coûter.

— Je vais y réfléchir.

— Donnez-moi un chiffre quand vous serez prêt. » J'ai attendu qu'il parle et j'ai ajouté : « Il y a autre chose que je devrais savoir ? »

Hayden a dit tout net : « J'ai interrogé votre femme hier.

— Et alors ?

— À mon avis, vous n'êtes pas près de vous remettre ensemble. Elle m'a dit que vous aviez braqué un revolver sur elle quand elle a essayé de vous quitter. Vous vous souvenez d'avoir défoncé la porte d'un motel d'un coup de pied et d'avoir hurlé que vous alliez la tuer ?

— Le revolver n'était pas chargé.

— Je suis heureux de vous entendre éclaircir ce point. » Il y avait une touche de mépris dans la voix de Hayden. « Ce sera efficace devant un jury. "Mesdames et messieurs, le revolver n'était pas chargé..." Écoutez, on voit apparaître une constante, un foutu comportement fantasque et potentiellement homicide. Je vous jure que je n'arrive pas à imaginer ce qui se passe, et ce sera peut-être à votre avantage au bout du compte. Je ne sais pas. Mais je veux que vous vous demandiez pourquoi vous vous êtes adressé à moi. »

Il y a eu un son étouffé dans l'appareil. « Écoutez, j'ai un autre appel. Nous allons devoir décider de vive voix où nous voulons aller à partir de maintenant. »

J'allais raccrocher quand il a dit : « À propos, avez-vous parlé avec votre commissaire, étant donné que vous avez menacé le maire et que votre femme est une catastrophe ? »

J'ai dit : « C'est une situation compliquée. Nous ne nous adressons plus la parole.

— Pourquoi ?

— Le commissaire est amoureux de la femme qui a payé ma caution.

— Cette réceptionniste, Lois ?

— Oui.

— D'accord, j'attends le mot de la fin. »

Chapitre 34

La frontière du Canada n'est qu'une ligne sur la carte. Il n'y a aucune séparation visible, aucune barrière physique.

J'ai dit : « Est-ce que le Canada a un traité d'extradition avec les États-Unis ? »

Lois était assise devant la table de la cuisine. Nous avons étalé la carte devant nous. « Je ne sais pas. Ils n'ont jamais été rechercher Sam. Ils n'ont jamais retrouvé aucun déserteur réfugié là-bas pendant la guerre du Vietnam.

— C'est peut-être différent pour les criminels ? »

Lois a répondu : « Je ne sais pas. »

Le frère de Lois, Sam, habitait près du Saint-Laurent. Nous avons sorti les encyclopédies de Lois, nous avons cherché les entrées « Canada » et « Québec », et nous avons trouvé la ville où habitait Sam. Lois m'a appris qu'il parcourait le monde entier dans la marine marchande quand il était plus jeune et qu'il s'en tirait bien.

Lois a dit : « Je l'ai déjà appelé. Il m'a dit qu'on pouvait trouver facilement du travail. On n'a pas besoin de beaucoup d'expérience. » Elle était tout près de moi et nous regardions l'encyclopédie.

« Allez, tu pourrais finir par t'en tirer. Penses-y. »

Je l'ai regardée : « Et l'argent de la caution que tu as versé pour qu'on me libère ?

— Ta liberté vaut bien dix mille dollars.

— Si je m'enfuis, c'est comme si je disais que je suis coupable de quelque chose. »

La veille, Hayden m'avait appris que Kendall se servait peut-être d'un pseudonyme. On aurait beaucoup de mal à la retrouver. Je n'avais pas parlé à Lois de la disparition de Kendall. J'avais toujours pensé qu'elle allait réapparaître et que mes relations avec elle ne prouveraient rien d'autre que mon sentiment de solitude.

Pendant le reste de la journée, j'avais essayé de cacher la possibilité de sa mort. Mais je m'étais rendu dans son appartement et peut-être qu'à ce moment-là, je savais, non pas qu'elle était morte, mais qu'elle était partie, qu'elle avait disparu de nos vies. Quelle personne laisserait derrière elle les reliques de l'existence de son enfant ?

Parmi tout ce qui concernait Kyle, un mystère plus profond était apparu. J'en étais sûr. Parfois, je voyais en esprit Kyle tuer Kendall. À d'autres moments, je repensais à la voix suppliante de cette femme au téléphone, qui demandait pardon – à qui et de quoi ?

Quand je fermais les yeux, je voyais une voiture, puis deux, rouler sur le tas de feuilles mortes dans la rue.

Au bout du compte, il n'y avait qu'une échappatoire : le Canada.

Lois a préparé un déjeuner léger, des sandwiches grillés au fromage, avec des pickles. Nous ne parlions pas. Quand nous avons eu terminé, elle s'est levée et a débarrassé les assiettes. J'ai commencé à les mettre dans le lave-vaisselle. Elle a pris ma main. « On ne fait pas comme ça. On doit remplir un lave-vaisselle comme on remplit une église, en commençant par le fond. »

C'était un de ces instants parfaits pendant lesquels je souhaitais qu'on soit mariés, que les choses aient été différentes, j'aurais aimé pouvoir remonter le temps. Je suppose qu'elle devinait mes pensées.

Lois est sortie chercher le journal dans l'allée. Elle est revenue dans le salon et elle a donné à Petey la page sur les défilés de mode et la cassette de Jane Fonda. La photo de Jane était sur la boîte. Petey l'a tirée dans sa cage et l'a picorée pendant un petit moment. Puis il s'est mis à bâtir un nid. Il y a passé tout l'après-midi, en déchirant et en mâchant le papier pour faire un nid très compliqué.

Lois a mis un rôti dans le four et l'odeur de la viande a rempli la maison. Je suis resté assis près d'elle devant la table de la cuisine. Elle regardait les journaux et découpait des bons de réduction.

Je me suis levé et j'ai vu que Petey se construisait toujours une maison, en s'agitant dans sa cage.

J'ai dit : « Comment Fonda est-elle passée du treillis militaire au collant, de l'opposition à la guerre et du féminisme à ça ? »

Lois n'a pas levé les yeux. Je crois qu'elle savait que je parlais tout seul.

J'ai dit : « Quand Fonda s'écrie : "On élimine !" je ne pense qu'au napalm. » Je suis allé dans le salon et j'ai observé Petey. Je parlais pour le plaisir de parler.

Au fond de la cage, l'œil de Petey me regardait. Il avait installé Jane Fonda sur le nid.

Je suis resté dans l'entrée, entre la cuisine et le salon. Le rôti grésillait dans le four. Lois a levé les yeux. Elle avait découpé des bons pour moi. Elle a dit : « Je pourrais t'en mettre des tas de côté. C'est comme si on découpait de l'argent... »

Elle avait le visage bouffi à cause du manque de

sommeil. Elle continuait à parler mais je lui ai posé un doigt sur la bouche et là, dans la lumière violente de la cuisine, sur la table, au milieu des bons de réduction, nous avons fait l'amour.

Au petit matin, alors qu'il faisait encore nuit, Lois m'a conduit près de chez moi. Je me suis glissé dans l'obscurité, je suis entré par la porte de derrière et je n'ai pas allumé. Dans la lueur du clair de lune, j'ai pris des vêtements, mais ce que je voulais vraiment c'était une photo d'Eddy et de Max, que j'avais prise quand Eddy n'avait pas deux ans. Elle était dans la chambre que je gardais pour lui quand il venait passer la nuit. Sur le mur, il y avait une photo de Luke Skywalker et une autre d'Obi-Wan Kenobi, le père de substitution de Luke. J'ai refermé la porte, je suis descendu, j'ai pris aussi le répondeur téléphonique, simplement pour emporter la voix d'Eddy. Puis j'ai fermé la porte à l'arrière de la maison et j'ai quitté la seule vraie vie que j'avais réellement connue.

Cela se terminait rapidement et sans cérémonie.

Lois a sursauté quand j'ai mis le visage près de la vitre du conducteur. Je suis monté en voiture. Elle a démarré et n'a allumé ses phares que deux rues plus loin.

Je me suis retourné pour voir si quelqu'un nous suivait.

J'ai rempli un bidon d'essence dans une station ouverte vingt-quatre heures sur vingt-quatre. L'odeur douceâtre s'est répandue dans la voiture.

Lois gardait la voiture de Lionel dans l'entrepôt même où je louais un local. Elle ne l'avait jamais vendue. À l'origine, un frère de Lionel avait voulu l'acheter. C'est ce qu'il avait dit à Lois pendant l'enterrement, mais il n'avait pas donné suite. Elle l'avait fait remorquer depuis la ville où Lionel s'était pendu.

Elle m'avait raconté tout ça chez elle. Je m'étais contenté d'écouter. Je pensais qu'elle organisait mon départ à sa façon.

Mais je dois reconnaître qu'à certains moments je me disais, malgré tout ce qu'elle faisait pour moi, qu'elle voulait sans doute me voir partir.

Quand nous sommes arrivés, les lampadaires qui suivaient la clôture éclairaient faiblement les lieux. Nous sommes entrés en utilisant la clef.

La voiture de Lionel dégageait une odeur froide de moisi. Après avoir versé l'essence dans le réservoir, je l'ai poussée à l'extérieur. La batterie était à plat. En frissonnant, j'ai déroulé les câbles que nous avions apportés, puis, penché sous le capot, j'ai fixé les mâchoires sur les plots pour relier les deux batteries.

Je me suis retourné. Lois m'observait. Je me suis arrêté un instant, frappé par le désespoir de ce que je faisais.

À mon avis, nous pensions la même chose.

Quand j'ai mis le contact, il y a eu un bruit, mais le moteur n'a pas démarré, même si la lumière intérieure s'est allumée. Sur une étiquette collée à la boîte à gants, il était écrit : *Dans chaque vie, une légère pluie doit tomber.*

Je me suis dit le prénom de Lionel. Je ne voyais pas Lois parce que le capot était relevé. Je me suis penché par la vitre ouverte et j'ai crié : « Appuie sur l'accélérateur, Lois », ce qu'elle a fait, et j'en ai fait autant pour amorcer la pompe, j'ai à nouveau tourné la clef de contact, et la voiture est revenue à la vie pour la première fois depuis l'époque où Lionel s'était suicidé.

À quatre heures et demie, j'avais une valise remplie des vêtements de Lionel sur la banquette arrière, et Petey. Lois l'avait mis dans la voiture juste au moment où je partais, avec la cassette de Jane Fonda.

Elle avait les larmes aux yeux. « Je te l'ai dit, Petey, je ne supporterai pas d'être trahie. » Elle a dit ça en posant la cage sur la banquette arrière.

« Tu sais, Lawrence, les perroquets restent en couple toute leur vie. Petey a commis la plus grande infidélité qu'on puisse imaginer. »

Elle a passé la tête par la vitre ouverte côté conducteur. Elle avait toujours le visage tendu. « Le fils de mon frère a toujours voulu un perroquet. J'ai tout arrangé avec lui. Tu n'auras qu'à le leur donner en arrivant là-bas. »

Petey était perché sur le repose-tête du siège du passager, et se balançait d'avant en arrière. Il a dit · « Éliminez. »

C'était la diversion dont nous avions besoin tous les deux.

Chapitre 35

J'ai conduit la voiture de Lionel pendant des heures confuses, loin de tout ce que j'avais connu, en laissant les parasites de la radio m'emplir le crâne. J'ai roulé pendant trois heures avant de me rendre compte qu'il y avait un lecteur de cassettes. J'ai enfoncé celle que Lionel écoutait le jour de sa mort.

C'était une chanson de Burt Bacharach, *Épouses et Amantes*, et cette voix de crooner m'en a plus appris sur Lionel que tout le reste.

Les épouses devraient toujours être des amantes,
Courir dans ses bras dès qu'il revient,
Je te préviens...
Ne le repousse pas avec des bigoudis dans les cheveux,
Tu pourrais ne jamais le revoir.

J'ai continué à rouler pendant des kilomètres et des kilomètres, en remettant continuellement cette chanson, et chaque fois je voyais Lois avec des bigoudis dans les cheveux.

Une semaine plus tôt Hayden avait ri de ma relation avec Lois. J'avais eu deux fois de ses nouvelles dans l'intervalle. Il m'avait envoyé un rapport sur les produits chimiques utilisés pour mettre le feu à ma cabane. L'incendie criminel ne faisait plus de doute.

On avait saisi ma voiture et des experts l'avaient examinée. Je n'avais jamais eu les résultats.

Hayden n'avait pas reparlé de Kendall, ce qui signifiait qu'il ne l'avait pas retrouvée. Elle était toujours portée disparue. Je pense que c'était sa disparition qui avait modifié l'intérêt qu'il portait à l'affaire, une suite de coïncidences qui, dans son esprit, formait un faisceau de preuves contre moi. D'une certaine façon, je ne pouvais pas lui en vouloir.

C'était la raison pour laquelle j'étais parti au Canada, la raison pour laquelle j'avais emporté un revolver.

Je suis arrivé aux chutes du Niagara en fin de soirée. Petey était dans sa cage et ses yeux noirs brillaient. Il gelait et tout était désert. Ça ne ressemblait pas du tout aux films d'amour et d'aventures que j'avais vus dans les années cinquante. Le côté américain n'était qu'un parc désolé qui conduisait à des points d'observation où l'on aurait cru que des gens songeaient à sauter dans le vide.

Je le sais, je l'avais fait.

Je me suis arrêté dans un motel près du parc et c'est alors que Petey s'est excité. C'était peut-être un reste de souvenir de ce qui était arrivé à Lionel, peut-être avait-il gardé un certain sentiment de désespoir. J'ai dû recouvrir la cage pour qu'il reste tranquille, mais même cela n'a pas vraiment marché.

J'ai fini par m'en aller et j'ai roulé dans l'enfer sinistre du parc avant de m'arrêter dans un autre motel délabré, *Les jeunes mariés en fuite*, qui avait connu des jours meilleurs. Le « en fuite » avait quelque chose d'ironique.

J'ai pris une suite au tarif hors saison. Il y avait un lit en forme de cœur et un jacuzzi qui ne fonctionnait plus. On pouvait aussi louer un magnétoscope en déposant une caution. J'ai mis la cassette de Jane Fonda et j'ai installé Petey.

J'étais censé téléphoner au frère de Lois, Sam, à vingt-trois heures, aussi j'ai réglé le radio-réveil avant de m'allonger sur le lit et de m'endormir. La sonnerie a retenti et je me suis réveillé comme si je n'avais pas dormi du tout, pas de rêves, rien, j'ai ouvert les yeux dans la stérilité froide de la chambre.

Le temps s'était arrêté. Je me sentais peut-être comme Janine quand elle m'avait quitté, et pendant un moment j'ai regretté ce que je lui avais fait.

La télé était allumée au fond de la pièce. Il y avait un film où l'on voyait une femme qui tuait son mari en lui défonçant le crâne avec un gigot surgelé. La police arrivait mais ne trouvait pas l'arme du crime. La femme avait mis le gigot à cuire alors même que la police fouillait la maison.

Je suis sorti dans la nuit. Il me restait du temps à tuer avant d'appeler Sam. Il y avait une galerie de jeux devant le parking du motel. Tout avait l'air en ruine.

Au loin, j'entendais le grondement des chutes d'eau. Une brume humide tombait et rendait tout brillant. Sur un panneau publicitaire on pouvait lire : « *La Fée de la brume*, visite des chutes. »

Je ne sais pas pourquoi j'ai fini par appeler Janine, peut-être pour lui dire au revoir. J'étais un fugitif, et on retrouverait l'endroit d'où j'appelais. Même en téléphonant de là, je pensais que la police saurait que j'allais au Canada, mais j'ai appelé quand même.

Je frissonnais. La cabine téléphonique n'était pas loin des chutes. Seth a répondu, pas Janine. Cela m'a pris au dépourvu.

J'ai dit : « Où as-tu appris à piloter un avion, Seth ? » J'ai dit ça de façon aimable.

Seth a mis quelque temps à se réveiller, puis il a demandé : « Oh, tu veux parler de Thanksgiving ?

— Oui, Thanksgiving. Où as-tu appris à piloter ? »

Je l'ai entendu bâiller, un petit claquement de la mâchoire. « Dans l'armée de l'air.

— Je ne savais pas que tu étais un ancien militaire. Je ne le savais pas, Seth. »

Il a dit : « Comment tu l'aurais su ?

— Bien sûr, je ne pouvais pas le savoir, Seth. C'est sans doute la plus longue conversation qu'on a jamais eue.

— Je crois bien que tu as raison. Oui, c'est vrai. »

J'ai dit : « Ce n'est pas une bonne situation, que ce soit toi qui élèves mon gosse. Je pense qu'on devrait devenir amis, ou au moins se parler.

— Il n'est jamais trop tard pour commencer. »

J'ai dit : « J'aime bien ton attitude, Seth.

— Merci. »

Je sentais monter une gueule de bois : « Tu permets que je te demande quelque chose, Seth ?

— Vas-y.

— J'espère que tu ne m'en voudras pas de te demander ça, mais est-ce que tu considères Eddy comme ton fils ou comme le fils de Janine ?

— Qu'est-ce que tu cherches à faire, Lawrence ? Tu vas bien ? J'entends quelque chose derrière toi.

— Seth, si tu veux bien, c'est moi qui pose les questions. On a une bonne petite conversation, non ?

— Ça, c'est sûr. »

Je me suis retourné pour regarder dans le parc, et au travers des écharpes de brume qui venaient des chutes, j'ai vu des lumières clignotantes qui s'approchaient, depuis l'autre côté.

Seth parlait : « Je ne l'ai jamais dit à personne, mais je suis un enfant adopté. On m'a abandonné dans un grand magasin, à Saint Louis. C'était pendant la crise économique. »

J'ai dit : « Je ne le savais pas.

— Comment est-ce que tu l'aurais su ?

— Ça me plaît que tu me mettes dans la confidence. Je veux simplement te dire, j'espère que tu ne m'en veux pas trop de ne pas avoir payé la pension alimentaire pour Eddy, mais je suis complètement fauché en ce moment. C'est seulement économique. Ça n'a rien à voir avec le fait que j'aime ou non mon fils. Mais j'ai voulu mettre les choses au clair.

— Je n'en ai jamais voulu à ma mère de m'avoir laissé dans ce grand magasin. Parfois on est confronté à des forces que ni la foi ni la bonne volonté ne peuvent vaincre.

— Je ne demande pas qu'on me tire d'affaire, Seth.

— Je parlais en général, pas spécialement de toi. C'est simplement ce que je pense. »

J'ai dit : « Oh... » J'avais le souffle court, les pieds engourdis. J'avais l'impression de chuchoter, ce que je faisais, je crois. « Peut-être que tu pourrais expliquer les choses à Eddy, si je ne peux pas le faire, Seth. » J'étais trempé à cause de la brume.

« Bien sûr, compte sur moi.

— Encore un truc.

— Quoi ?

— Il n'y avait pas moyen que tu trouves quelqu'un sans enfant ? Je te pose simplement la question, Seth. Je ne t'accuse pas. J'essaie seulement de comprendre tes motivations.

— Je ne pense pas que les gens prévoient de tomber amoureux. Ça arrive, c'est tout. »

J'ai dit : « D'accord, je te crois. » Ça m'a fait de la peine de l'entendre employer le mot « amour » à propos de Janine. À ce moment-là, je n'étais pas aussi costaud que je le croyais.

« Je vais être franc avec toi, Lawrence. En te parlant, je suis en infraction avec une décision du tribunal. »

J'ai dit : « Seth, je suis content que nous ayons eu l'occasion de parler comme des êtres humains.

— Moi aussi.

— Bonne nuit, Seth.

— Bonne nuit, Lawrence. »

J'ai appelé le frère de Lois, le déserteur, à partir de la même cabine. Il viendrait me chercher le lendemain. Il a parlé de sa vie de déserteur, mais je n'écoutais pas vraiment. Je regardais les chutes d'eau.

On se serait cru au bout du monde avec ce bruit, comme si tout était aspiré au centre de la terre.

Sam a dit mon prénom et j'ai fait : « Ouais.

— Tu as apporté les papiers de la voiture ? » C'étaient les termes du marché. Il m'aidait à condition de récupérer la voiture de Lionel.

J'ai dit : « J'ai aussi Petey. »

Sam a répondu : « Je ne crois pas qu'on va pouvoir le prendre maintenant. »

J'ai croisé un couple enlacé sur un belvédère et j'ai continué mon chemin vers le suivant. En m'approchant, j'ai vu un tourbillon de brume rougeâtre illuminée. Le sol était couvert de glace. J'ai dû marcher en crabe rien que pour atteindre la barrière métallique.

J'ai regardé et j'ai vu les chutes à demi gelées en langues de glace, des chandeliers de glaçons qui pendaient des parois escarpées.

J'ai appelé Lois depuis la même cabine. Elle attendait dans un bar comme nous l'avions décidé avant mon départ afin qu'on ne puisse pas localiser l'appel.

Quand elle a décroché, j'ai senti que quelque chose n'allait pas. Elle n'a rien dit pendant un petit moment.

J'ai dû prononcer son nom et elle a répondu froidement : « Où es-tu ?

— Aux chutes du Niagara. Qu'est-ce qui ne va pas ? »

J'entendais le bruit d'un flipper.

« Lois, qu'est-ce qu'il y a ? »

Je l'ai entendue prendre une grande respiration. « Ton avocat m'a appelée pour me dire qu'il te cherchait. Il veut te parler. Tu sais pourquoi ? » Sa voix s'est brisée. « Il m'a dit que Lisa Kendall a disparu. Il m'a dit que tu le savais. Pourquoi est-ce que tu ne me l'as pas dit ? »

Je me suis appuyé contre le métal glacé de la cabine.

« Qu'est-ce qui se passe, Lawrence... s'il te plaît, je t'ai donné tout ce que j'avais. »

Je frissonnais. « Je ne sais pas ce qui se passe. » J'ai hésité. « Quel rapport entre sa disparition et moi, Lois ? Elle est peut-être partie, tout simplement.

— Elle a disparu. Elle n'a rien emporté, même pas les souvenirs de sa petite fille. Une mère n'abandonnerait pas ça, hein ? » Elle s'est mise à pleurer. « Tu es allé chez elle, n'est-ce pas ? »

J'ai ressenti une douleur au creux de l'estomac. J'ai voulu répondre quelque chose mais elle a dit dans un sanglot : « Ne nie pas, ne nie pas ! Ils ont retrouvé tes empreintes. »

Je l'entendais qui tremblait. Elle a ajouté d'une voix grave et crispée : « Oh, mon Dieu. » Elle parlait à voix basse. « Je ne sais plus qui tu es ! Je ne sais plus. »

Elle s'est tue.

Je n'ai pu que crier : « Mais qu'est-ce que tu veux dire, Lois ? Que je lui ai fait quelque chose ? Écoute-moi bien, je ne suis pas ton pervers de mari, Lionel, tu m'entends ? »

Chapitre 36

Le soir, j'étais assis dans un petit restaurant, devant un café très noir, j'avais peur de rentrer au motel, et pour la première fois de ma vie, je me suis demandé ce qu'il y avait après la mort. Est-ce qu'on voit, de là-haut ? Est-ce que cette consolation nous est accordée ?

Je regardais les gens entrer et sortir et j'ai compris ce qu'était la liberté, ces journées gaspillées quand on ne pense pas à la maladie ni à la mort, quand on vit en dehors de cette réalité qu'un jour on devra cesser d'exister.

J'étais nerveux à cause du café. Ma tasse tremblait dans ma main. Une serveuse m'observait comme si elle avait su que j'avais des problèmes. Je suis parti quand elle avait le dos tourné.

À l'extérieur, le froid m'a tranché la gorge. Je me suis recroquevillé et j'ai filé vers la voiture de Lionel. Les sièges de cuir étaient raides. J'ai laissé le moteur chauffer en regardant la serveuse derrière les vitres qui débarrassait ma table.

Elle a levé les yeux quelques instants, puis elle a glissé le pourboire dans la poche de son tablier et essuyé la table d'un mouvement lent.

Tout un univers de lumières clignotait dans la suite de restaurants et de motels. À la radio, ils prévoyaient un ciel clair et des chutes de température. J'ai fait le plein avec de l'essence ordinaire puis j'ai fait plusieurs fois le tour du motel avant de conclure que je n'étais pas surveillé.

Je suis allé dans ma chambre et j'ai chargé mon revolver. Petey m'observait. Il avait l'air de pouvoir être à nouveau le témoin principal d'un suicide. Il se balançait d'avant en arrière sur le perchoir, en roulant la tête et en tendant le cou.

J'ai branché le répondeur que j'avais emporté et j'ai écouté à n'en plus finir les messages d'Eddy. C'est ce qui m'a permis de franchir ces heures sombres de doute et de peur, ce qui m'a littéralement conduit vers la lumière qui passait autour du rideau de la fenêtre.

Quelqu'un qui frappait à la porte m'a réveillé. Je m'étais endormi. J'ai entendu une clef qui tournait dans la serrure et la porte s'est ouverte. J'ai rampé sur le lit pour attraper mon revolver.

Petey a poussé un cri en battant des ailes. Mais ce n'était que la femme de chambre. Il était onze heures du matin.

Quelques minutes plus tard, je suis sorti de la douche dans un banc de brume. Le ventilateur était en panne. J'ai fait un trou dans la buée sur le miroir pour me raser. Des gouttes d'eau y traçaient des lignes d'argent. J'avais l'impression de me voir à travers des barreaux d'acier.

J'ai pris en réserve le shampooing miniature, les savons et le bonnet de douche.

Quand j'ai ouvert la porte la lumière du jour m'a ébloui pendant quelques instants et j'ai dû m'abriter les yeux. Mes mains sentaient le savon à la lavande, et ma peau était sèche.

Petey était accroupi dans sa cage posée sur le lit en forme de cœur. Il s'agitait dans l'air froid. Les rideaux se sont gonflés.

J'étais au premier étage, au-dessus de tout. Je suis sorti, je me suis arrêté et j'ai regardé les toits plats et goudronnés et les antennes de télé. Dans le motel de l'autre côté de la route, un type en salopette réparait un élément du système de chauffage. Derrière lui, il y avait un immense panneau publicitaire, fixé à de hauts pylônes gris, face à l'autoroute. On pouvait y lire « Buffet à volonté ».

Je voyais des voitures qui passaient sur l'autoroute surélevée. Quand il s'est redressé, le type a paru tout petit devant le panneau publicitaire. De l'endroit où je me trouvais, il donnait l'impression d'être sur la trajectoire des voitures qui arrivaient. J'entendais sa radio. Quelque part, une voiture a klaxonné. Une sonnerie de téléphone a retenti dans une chambre, et Petey a poussé un cri.

En bas, dans le parking du motel, les places de stationnement en épi étaient vides. Il n'y avait que la voiture de Lionel.

Une femme courtaude, avec l'uniforme des femmes de chambre, fumait à côté de son chariot. La piscine du motel en forme de larme était fermée pour l'hiver.

Je suis parti à midi tapant.

J'ai roulé au hasard du côté américain des chutes. Dans la gorge du Niagara, j'ai vu la Skylon Tower avec son restaurant tournant au sommet. C'était comme si je regardais dans l'avenir.

J'ai franchi la frontière sans problème. J'avais mis Petey dans le coffre, recouvert d'un tissu pour qu'il se tienne tranquille.

Je me suis arrêté dans une aire de repos très bien entretenue, je suis descendu de voiture en frissonnant, j'ai renversé la tête, désorienté comme lorsque le ciel se déplace rapidement au-dessus de soi, quand on ressent pendant un bref instant ce qu'on ne connaît que par de rares expériences, que l'on est emporté à toute vitesse dans l'univers sur un rocher qui tourne sur lui-même.

Je m'étais enfui. Et maintenant ?

J'ai marché devant des vitrines remplies de napperons de dentelle et de bibelots, des stylos souvenirs avec la « Fée des brumes » qui flottait à l'intérieur. J'en ai acheté un pour Eddy. C'est le genre d'objet qu'un gosse veut à tout prix.

Il y avait des assiettes de porcelaine avec l'image du mariage de Charles et Diana, des torchons avec le portrait de la reine et de sa mère, des cuillers en argent avec des armoiries familiales – la nostalgie coloniale d'une époque surannée. Je me rendais compte pour la première fois que tout cela avait de l'importance. Ici, l'histoire signifiait quelque chose.

Je suis descendu dans le ravin. Quand le vent soufflait, tout était enveloppé dans une brume humide et irisée.

J'ai lu une affiche sur laquelle on racontait qu'un Français avait traversé les chutes sur une corde raide, et la longue histoire de gens tombés dans les chutes à l'intérieur d'un tonneau.

Je suis monté dans la Skylon Tower par l'ascenseur qui ressemble à un insecte et j'ai contemplé le monde qui tournait en dessous. Je voyais les États-Unis de l'autre côté de la route.

Je suis redescendu sur terre, en ne pensant à rien, en laissant le temps filer. Loin de la façade pure des chutes du Niagara, j'ai découvert le spectacle des attractions foraines, un univers de carnaval et de machines à sous. Tout était dans un grand état de délabrement, les rouages de la nouveauté étaient à nu et les machines éventrées sentaient l'huile.

Je suis entré dans le « Mur de la mort », un espace qui tournait avec une telle force centrifuge que je suis resté collé à la paroi alors que le sol descendait. J'étais seul dans l'attraction. Je suis monté sur une grande roue et je me suis à nouveau élevé dans le ciel d'où j'ai regardé loin dans l'Ontario et au-delà, jusqu'au Québec.

Au musée de cire, j'ai payé pour voir l'homme le plus gros du monde, l'homme le plus grand du monde et l'homme le plus fort du monde. J'ai traversé l'histoire, je me suis retrouvé nez à nez avec Napoléon et Gengis Khan, Harry Houdini et Evil Knievel, Elvis Presley et Frank Sinatra, les Beatles, Gandhi et Hitler, Winston Churchill et Dolly Parton – pas dans cet ordre. Je ne me suis souvenu que de ceux-là.

C'était ma dernière chance de faire provision de souvenirs. J'ai mangé une barbe-à-papa et le soi-disant meilleur caramel du monde. On m'a lu les lignes de la main. On m'a dit que je partais pour un long voyage.

J'ai dit, sans aucune nuance d'ironie : « Vous ne savez pas à quel point c'est vrai. »

Je voulais tout connaître comme si c'était mon dernier jour sur la terre. Je me suis fait photographier dans un tonneau qui tombait dans les chutes. Ça imitait la première page d'un journal.

Je suis revenu vers les motels délabrés. Ils louaient des emplacements pour camping-cars, ce qui créait une sorte de camp de réfugiés pour retraités.

Quand le soir est tombé, je me tenais devant les lumières violentes et je regardais les personnes âgées assises devant des machines à sous avec des seaux de plastique remplis de pièces, dans un parc d'attractions délabré.

Je suis allé aux autos tamponneuses, le seul stand qui attirait du monde, et quand mon tour est arrivé, je suis entré dans la cage grillagée et je suis monté dans une voiture qui s'est mise à tourner en rond quand on a rebranché l'électricité.

Alors que j'essayais de la contrôler, on m'a bousculé et j'ai senti une suite de chaos, la voiture a reculé et brusquement tout m'est revenu, quand tout avait commencé avec cette petite fille, le moment de l'impact et de la mort.

Je suis retourné le long des chutes, en laissant derrière moi le fantasme des amusements pour la bizarrerie des façades coloniales.

J'ai appelé Lois une dernière fois. Je n'avais pas retrouvé son frère comme prévu. Il attendait la voiture. Je voulais lui dire que j'allais la garder encore un peu.

Quand elle a répondu, elle était hors d'elle. « Lawrence, mon Dieu... enfin tu appelles. » Je suis resté déconcerté, comme si c'était une ruse, comme s'ils essayaient de localiser l'appel.

J'ai dit : « Je n'ai pas retrouvé ton frère.

— Ça n'est plus important. Écoute-moi. J'ai contacté cette amie qui travaille pour la compagnie de téléphone. Elle a cherché à qui Kendall parlait la nuit où tu l'as appelée. Tu sais ce qu'elle a découvert ?

— Quoi ?

— Elle parlait au maire, la nuit où tu l'as appelée ! Elle lui a téléphoné sur la ligne de son bureau, à son garage. Elle a parlé avec lui pendant près d'une demi-heure avant que tu l'appelles ! »

Lois parlait à cent kilomètres à l'heure. « Ce n'est pas tout. J'ai demandé à mon amie de vérifier les appels de Kendall depuis le jour où elle s'est installée dans son appartement. Elle a téléphoné au maire pendant au moins deux ans. Deux ans – tu entends bien ? J'ai la liste des appels de Kendall devant moi. Écoute ça. C'est la surprise du chef. Kendall a parlé avec le maire la nuit même où sa petite fille a été écrasée, écoute bien Lawrence, pendant une heure ! »

La paroi métallique de la cabine téléphonique me glaçait le côté du visage.

« Ce n'est pas une histoire que tu as inventée ? Pour essayer de me faire revenir ?

— Non. » La voix de Lois est devenue plus calme. « Excuse-moi. Tu veux savoir la vérité ? Je ne te croyais pas. C'est pour ça que j'ai appelé mon amie. Je voulais savoir combien de fois tu lui avais téléphoné. »

Mon corps entier tremblait. « Et alors ?

— Je vais appeler ton avocat pour lui dire ce que j'ai découvert. Maintenant nous savons pourquoi le maire a toujours nié avoir étouffé l'affaire. Il était impliqué avec Kendall ! »

Je ne pense pas que j'avais encore vraiment assimilé ce qu'elle disait. Je tremblais toujours.

Lois a dit mon prénom. « Reviens aussi vite que tu le peux, avant que quelqu'un sache que tu es parti. »

Quand je suis sorti de la cabine téléphonique, j'ai vu la lueur rougeoyante de l'ouverture des chutes, comme si l'enfer avait gelé.

Chapitre 37

La rencontre au tribunal du comté a eu lieu à la demande de l'avocat du maire. Dans les immenses halls du vieux bâtiment, nous étions réunis par petits groupes – le maire, sa femme, Bains et un type du bureau du procureur. Lois et Hayden parlaient seuls. Il y avait aussi d'autres personnes, avec des serviettes, que je ne connaissais pas.

Nous restions tous à distance respectueuse avant le début de la réunion, et nous évitions autant que possible de nous regarder.

La pièce dans laquelle nous nous trouvions était vaste, avec une grande table en acajou au milieu. Des cruches d'eau et des verres étaient posés sur un plateau d'argent.

Le maire portait son blazer à carreaux et sa femme sa veste imitation amiral. Ils se tenaient la main, ce que je n'avais encore jamais vu. En fait, je ne les avais jamais vus ensemble.

Leur avocat était là. Il est arrivé avec une jeune stagiaire, en tout cas c'est à ça qu'elle ressemblait. Elle portait une serviette gonflée de documents.

L'avocat du maire appartenait à un gros cabinet d'Indianapolis, d'après ce que m'a dit Hayden, et il prenait cent vingt dollars par heure.

Hayden m'a dit : « Vous voyez les conditions que

je vous fais, Lawrence ? » Mais je n'étais pas d'humeur à plaisanter. Je voyais bien que Hayden était intimidé.

Je n'étais rentré des chutes du Niagara que depuis quelques jours et c'était l'enfer.

Je suis allé retrouver Lois. Elle était habillée comme pour la messe du dimanche.

Le commissaire est arrivé en retard. Il portait son uniforme. Il a dit qu'Arnold Fisher était de service, seul. C'est tout ce qu'il a dit en guise d'explication. Un type costaud avec un double menton l'accompagnait. J'ai pensé qu'il s'agissait d'un avocat, mais le commissaire ne l'a pas présenté.

Lois lui avait déjà parlé. Ils avaient déjeuné ensemble le jour où j'étais rentré des chutes du Niagara. Le commissaire n'adressait plus la parole au maire, depuis que Lois lui avait appris le genre de relation qu'il avait eue avec Kendall.

Dans une déclaration que son avocat a lue à haute voix, le maire reconnaissait avoir eu des contacts avec Lisa Kendall, mais il expliquait que l'appartement qu'occupait cette dernière était géré par l'agence immobilière de sa femme, et cela justifiait les contacts.

« Nous avons des documents qui prouvent ce fait. » L'avocat du maire a soulevé une liasse de papiers, mais ne les a pas distribués.

« Permettez-moi de préciser que le maire, ainsi que son épouse, ont entretenu une relation amicale avec Lisa Kendall étant donné sa situation personnelle. Fidèles à leur civisme et à leur sentiment de compassion, le maire et son épouse se sont montrés charitables envers Lisa Kendall. Leurs relations ne sont pas allées au-delà. »

Je voyais le visage du maire se contracter tandis que son avocat parlait. Il a posé la main sur celle de sa femme. Elle ressemblait à un mannequin derrière son masque de maquillage, pitoyable et blafarde. J'ai croisé son regard mais elle a détourné les yeux.

L'avocat du maire continuait à lire une déclaration préparée à l'avance. « Permettez-moi de répéter que les insinuations selon lesquelles le maire aurait eu une aventure extraconjugale avec Lisa Kendall sont totalement infondées, et nous avons l'intention de poursuivre en diffamation toute personne qui imprimerait de telles allégations. Enfin, je voudrais vous demander un peu de considération pour le maire et son épouse, Jean. Elle connaît une récidive de son cancer. Elle suit actuellement une chimiothérapie. »

L'avocat s'est assis et a regardé le maire qui a hoché la tête et s'est levé en serrant la main osseuse de sa femme. Il lui a dit : « Je t'aime. » Il s'est éclairci la gorge. « Je suis disposé à faire une déclaration en rapport avec les événements de la nuit du 31 octobre. »

Pendant une dizaine de minutes, le maire a évoqué son implication dans l'affaire, comment, après avoir été informé par le commissaire, il avait pris la décision d'appeler Earl Johnson, et comment Earl avait d'abord nié la responsabilité de son fils avant de déclarer qu'il allait tuer Kyle pour ce qu'il avait fait.

Le maire a dit : « Je devais gérer une situation de crise, avec un ivrogne bien connu. À ce moment-là, je ne pensais qu'à protéger Kyle, à le protéger d'Earl Johnson, du bourbier familial dans lequel il vivait... » Le maire s'est tu un instant. « Je pense que le commissaire peut corroborer que mon souci principal était de protéger Kyle de son père, Earl. »

Le commissaire allait répondre, mais son avocat a dit : « Nous n'avons aucun commentaire à faire pour l'instant. » Le commissaire a ravalé ce qu'il voulait dire.

Le maire s'est retourné vers nous qui étions assis devant la longue table. « Cela n'a jamais été mon style de me cacher derrière un écran de fumée politique ou juridique. Cela ne me ressemble pas, celui que je suis, ce pour quoi je me bats. Si vous voulez m'accuser de penser aux autres, alors allez-y, parce que je n'ai rien fait dans un but politique ou personnel, rien de tel, je n'ai fait que protéger un jeune homme d'un alcoolique violent, un homme qui vivait dans le passé, un homme dont toutes les ambitions ont échoué, un quarterback au lycée qui n'est arrivé à rien, et qui au lieu d'éduquer et d'aimer son fils, au lieu de partager les succès de son fils, l'a harcelé tous les jours de sa vie et l'a rabaissé. Quand j'ai appelé Earl Johnson, quand je lui ai expliqué l'implication éventuelle de Kyle dans l'accident avec délit de fuite, j'ai su tout de suite que je parlais à une bombe à retardement, que la vie d'un jeune homme promis à un grand avenir était menacée. »

Le maire avait le visage rouge. Il s'est arrêté et a bu. Son avocat s'est penché vers lui.

Le maire a secoué violemment la tête. « Ce que veut mon avocat, ce sont des faits, mais moi je veux que vous sachiez ce qui m'est passé par l'esprit, je veux que vous sachiez à quoi j'ai dû faire face la nuit où j'ai appelé Earl Johnson. »

Hayden l'a interrompu pour dire : « Avec tout le respect que je vous dois, pour en revenir au cœur de l'affaire, avez-vous convoqué mon client et l'avez-vous contraint à étouffer l'implication de Kyle Johnson dans la mort de Sarah Kendall avec délit de fuite ?

— "Contraint" n'est pas le mot que j'utiliserais dans ce contexte.

— Très bien, alors permettez-moi de le dire ainsi : comment avez-vous obtenu la coopération de mon client ?

— J'avais évité la prison à votre client... c'est-à-dire à Lawrence, à la suite d'un incident avec sa femme quelques années plus tôt. Je lui ai demandé une faveur. Je lui avais évité la prison, ce n'est pas vrai, Lawrence ? »

Hayden a posé une main sur mon épaule.

Le maire m'a regardé. « C'est ce que j'ai fait pendant toute ma carrière, je me suis toujours occupé des autres. D'après la loi, votre client devrait être en prison pour avoir menacé sa femme avec un revolver. »

Hayden est intervenu : « Si nous revenions à ce qui s'est passé pendant cette réunion. »

L'avocat du maire s'est levé et a dit : « Nous en avons fini avec cette réunion », mais le maire l'a interrompu : « Non, je veux encore dire ceci. Au cours des années, j'ai calculé les décisions prises pour le bien de la ville, pour son plus grand bien, et parfois j'ai contourné la loi qui est une chose abstraite. Elle ne prend pas en compte les peurs et les émotions des gens. Il y avait une autre loi qui réglait nos vies par ici, il n'y a pas si longtemps, une loi plus ancienne et qui montrait plus de compassion, qui connaissait les faiblesses de notre humanité, qui nous donnait une deuxième chance. » Le maire s'est penché en avant. « J'aimais ma ville comme une famille, une famille. Je n'ai jamais regardé quelqu'un de haut, je me suis toujours mis en dessous, pour essayer de soutenir tout le monde. »

Il a levé une main, comme s'il maintenait une charge très lourde, et il a posé l'autre sur l'épaule de sa femme. « Nous n'avons pas eu d'enfants, et Dieu sait pourtant que nous avons essayé, aussi à la place nous avons considéré cette ville comme un substitut, comme si elle était à nous. » Il n'a pas terminé ce qu'il s'apprêtait à dire.

Son avocat l'a interrompu : « C'en est fini de cette réunion », et le maire s'est assis. Sa femme me regardait droit dans les yeux.

J'ai vu qu'elle portait une perruque, qu'elle avait déjà perdu tous ses cheveux. C'était ainsi qu'elle allait vivre ses derniers mois, dans le bourbier et la confusion de ce que son mari avait fait.

Dans la lumière jaune de fin d'après-midi, je suis allé avec Lois à la cafétéria du second étage du tribunal. C'était comme si on m'avait ôté un poids immense des épaules. La suggestion que j'avais été un complice involontaire, qu'en fin de compte j'étais coupable d'avoir falsifié un rapport, rien que ça. Je ne pensais même plus à l'accusation d'incendie criminel. J'étais sûr qu'on abandonnerait cette charge après ce qu'on venait d'apprendre.

Lois regardait par la fenêtre en soufflant doucement sur son café. Elle semblait ailleurs.

Quand j'ai posé ma main sur la sienne, elle a souri, mais elle avait les yeux brillants.

À la radio, j'ai entendu l'avocat du maire faire la même déclaration qu'au tribunal. Puis il a annoncé que le maire démissionnait.

Hayden ne souriait pas quand il s'est glissé près de nous, ce qui m'a surpris. Il a dit : « Le procureur m'a dit qu'ils allaient requérir contre vous, pour avoir aidé et encouragé le maire à étouffer l'affaire. Vous allez être mis en examen avec le maire et le commissaire. »

L'euphorie a disparu.

Lois a parlé : « Lawrence a été contraint par le maire. »

Hayden a dit calmement : « Ils n'en tiendront pas compte. Lawrence a rédigé un faux rapport. Et il est aussi accusé de chantage. Le fait que vous ayez collaboré avec le maire et le commissaire pour étouffer l'affaire n'empêche pas que vous ayez essayé d'extorquer de l'argent à Kyle. Ils ont un témoin, cette femme dont m'avez parlé, qui doit venir témoigner que vous attendiez près de chez les Johnson. Cela confirme la véracité du propos d'Earl qui n'a découvert ce qui s'était passé qu'après. Je pense que cela suffit à protéger Earl de toute poursuite parce qu'il n'a pas parlé plus tôt. C'est une circonstance atténuante. Et cela conduit à conclure qu'il n'était pas à l'origine de l'étouffement de l'affaire. »

Hayden a attendu quelques instants avant d'ajouter : « Vous avez entendu le maire qui parlait de devoir civique et de responsabilité envers la ville. Cela jouera en faveur d'Earl. Son avocat pourra dire que le maire s'intéressait au succès de Kyle pour ses propres raisons, et qu'étant donné les dispositions d'Earl, le maire a peut-être évité de lui demander quoi que ce soit. »

Je me suis contenté de secouer la tête.

Lois a dit : « Et l'accusation d'escroquerie à l'assurance ?

— Elle est maintenue. Bains a interrogé le patron du restaurant allemand où vous vous êtes arrêtés. Il va être cité à comparaître afin de témoigner qu'il vous a entendus, Lawrence et vous, parler de mettre le feu à votre maison. »

Lois m'a serré la main.

Hayden l'a regardée : « Vous allez aussi être convoquée comme témoin. »

J'ai dit : « Autre chose ?

— On a relevé vos empreintes dans l'appartement de Kendall. Vous allez être interrogé en relation avec sa disparition. On ne l'a toujours pas retrouvée. Il est évident qu'elle utilisait un pseudonyme. »

J'ai senti que le monde se refermait à nouveau autour de moi.

Lois a pris la parole : « Et la liste de ses appels téléphoniques ? Elle a bien dû téléphoner à quelqu'un d'autre, parfois. On est remonté jusqu'à quelle date ?

— Tout a déjà été vérifié. Il n'y a rien. » Hayden s'est tourné légèrement afin de me faire face. « Ils vont vouloir savoir pourquoi vous êtes allé dans son appartement. »

Je ne pouvais pas répondre à cette question, pas à ce moment-là en tout cas. J'avais l'impression d'avoir vécu toute une vie depuis que j'avais ressenti cet immense soulagement aux chutes du Niagara. Il m'avait semblé tellement évident que le maire était lié à Kendall. Nous étions-nous précipités vers une conclusion erronée ?

Hayden a prononcé mon nom. Je l'ai regardé.

« Je pense que nous devons suivre l'idée suivante : vous avez soupçonné quelque chose quand vous avez découvert que deux véhicules avaient écrasé l'enfant. Nous devons mettre au point un scénario crédible. Pour l'instant, on sait que vous êtes resté en planque devant chez Kendall la nuit, que vous avez déposé de la nourriture devant sa porte, que vous lui avez téléphoné et que vous êtes entré dans son appartement. Ce sont les faits que nous devons prendre en compte. »

J'ai dit, complètement stupéfait : « J'aurais mieux fait de me sauver... Pourquoi est-ce qu'une femme devrait vivre sous un pseudonyme ? Qu'est-ce qui s'est passé ? »

Hayden a secoué la tête : « Je ne sais pas, mais on va essayer de la retrouver. »

Lois a murmuré : « Est-ce qu'on peut disparaître sans laisser de traces ? »

Elle avait les yeux enfoncés, avec des cernes. Elle n'avait pas dormi depuis plusieurs jours.

J'ai pris ma tasse de café. Il avait refroidi.

Il ne semblait pas y avoir de réponse à la question de Lois. Nous nous taisions. Puis, dans la lumière de l'après-midi, Lois a levé les yeux et a dit : « Est-ce qu'elle ne pouvait pas être un témoin protégé ? On entend dire que certains le sont. Est-ce qu'ils existent vraiment ? »

Elle s'est animée : « Cela pourrait expliquer pourquoi elle se servait d'un pseudonyme. Peut-être que ceux dont elle se cachait ont fini par la retrouver. Et s'ils l'avaient eue comme ils ont eu sa petite fille ? »

Lois parlait à toute vitesse. « Comment sait-on si quelqu'un est un témoin protégé ? »

Chapitre 38

Je mangeais des céréales en regardant le visage d'un enfant disparu sur la boîte de lait. Vivions-nous la même chose, une de ces disparitions mystérieuses ? Le monde devait avoir perdu le sens de la bonté si des enfants pouvaient disparaître comme ça.

Cette photo en noir et blanc m'a donné envie de revoir Eddy.

J'ai appelé Janine, elle a répondu et pour la première fois j'ai dit : « Je suis vraiment désolé pour tout ce que je t'ai fait, Janine. » Je parlais très calmement.

Janine a dit sur le même ton : « Seth m'a dit qu'il pensait que tu allais te suicider. »

J'ai dit : « Je n'en étais pas loin. »

Janine a hésité : « La nuit où tu as appelé... » Elle a pris une grande respiration. « Il a voulu savoir ce qui n'allait pas entre nous.

— Je ne voulais pas vous créer de problèmes, à Seth et à toi. »

Janine a lancé brusquement : « Seth m'a raconté quelque chose la nuit où tu as appelé. »

Je n'avais pas envie de l'écouter. Nous attendions un appel de Hayden. Il devait revenir nous voir.

« Tu sais que Seth était observateur dans des avions de surveillance pendant la guerre de Corée ? Il devait identifier des cibles potentielles et guider les bombardiers. Parfois, les cibles étaient des réfugiés... des femmes et des enfants. »

Janine a hésité : « Seth m'a dit qu'il savait repérer un réfugié, retrouver une personne disparue. C'est lui qui le dit. »

J'ai répondu : « Où est Seth ?

— Assis en face de moi. Il écoute ce qu'on dit. »

Et pour la première fois, c'est moi qui ai reposé doucement le téléphone.

Johnny Carson venait juste de terminer son monologue et faisait son *putt* caractéristique qui précédait une page publicitaire quand je suis entré dans le salon.

Lois avait un plateau sur les genoux avec un verre de lait chaud et un cookie. Petey était posé sur son épaule. Il n'a pas sifflé quand je suis entré.

Lois a souri : « Tu veux que je te prépare du lait chaud ou du café ?

— Du café. »

Nous avons regardé Elizabeth Taylor qui parlait avec Johnny et qui disait à quel point elle aimait les fourrures et les diamants. Elle était sur le retour. Elle vous faisait sentir le poids de votre âge. Elle et Johnny ont calculé qu'à eux deux ils s'étaient mariés treize fois Ed McMahon, lui, comptabilisait trois mariages.

J'ai dit : « Comment peut-on devenir riche au point de pouvoir entretenir autant de femmes ? Je n'arrive pas à le faire avec une seule. »

Le nouveau mari de Liz portait une boucle d'oreille, ce qui inquiétait Johnny, mais Liz avait confiance en son mariage. Elle a dit que les hommes qui se faisaient percer une oreille étaient mieux préparés pour le mariage. Ils avaient connu la douleur et avaient acheté des bijoux.

Ed McMahon a éclaté de rire, il a failli tomber à la renverse, et Johnny tapait sur son bureau avec son crayon. Liz montrait ses nouveaux bijoux à la caméra.

C'était du beau travail. Je pense que nous avons tous besoin de terminer sur une note de ce genre.

Je me suis levé pour me servir du café. Une neige lourde tombait dans le soir, puis elle s'est calmée, en laissant le monde tout blanc.

Je suis allé fumer sous l'auvent où Lois rangeait sa voiture. Elle m'a rejoint pour fumer elle aussi. Il était vraiment tard pour que Hayden appelle encore. Il n'avait rien trouvé. Il n'y avait rien à découvrir. Je l'ai dit à Lois et elle m'a répondu : « Laisse-lui le temps. »

Tout d'un coup, j'ai ajouté : « Je ne sais pas si je vais pouvoir continuer. »

Lois m'a regardé : « Ne dis pas ça. Je ne crois pas que je pourrais supporter un autre homme qui se suiciderait.

— Ce n'est pas ce que je voulais dire. »

Lois a frissonné. « Tu sais que j'ai des cauchemars. »

J'ai dit : « Rentrons.

— Non ! Laisse-moi terminer. » Elle frissonnait toujours et dansait d'un pied sur l'autre. « Dans mes cauchemars, je voyais Lionel pendu dans cette chambre de motel, même si je ne l'ai jamais vu en réalité. C'était une image qui s'était glissée dans ma tête. Mais maintenant, quand je fais des cauchemars, c'est différent. »

Elle a tiré sur sa cigarette et a gardé longtemps la fumée avant de la souffler. « Je roule sur une route obscure dans une forêt et quelque chose attire mon regard, quelque chose qui brille dans un arbre. Je descends de voiture et tu diriges ta lampe vers l'arbre. Tu me dis de reculer mais tu braques toujours la lumière sur l'arbre. Max est pendu... mais brusquement la tête se relève et je vois le visage de Lionel sur le corps de Max. »

Lois ne m'a pas regardé, elle est simplement rentrée dans la maison. La porte a claqué derrière elle.

Je suis resté dehors debout dans le froid, pour lui laisser du temps.

Je pensais à Max. Quand je fermais les yeux je voyais Kyle lui trancher la gorge. C'était le même couteau avec lequel il avait tué Cheryl. Kyle avait égorgé Max et avait essayé de me tuer. Quand il m'avait vu en train de l'attendre dans le petit jour, il avait eu la peur de sa vie. D'une certaine façon, j'étais responsable de ce qu'il avait fait plus tard, cette nuit-là. Earl avait pensé que je voulais de l'argent. Il m'avait demandé combien je voulais. Il devait l'avoir dit à Kyle. Ils avaient pris peur, c'était aussi simple que ça. Earl avait peut-être vraiment l'impression que j'essayais de les faire chanter.

Je suis rentré dans la chaleur de la maison.

Lois écoutait les cassettes *Comment devenir riche*. Elle a dit, d'un air sérieux : « Je pense qu'il y a quelque chose dans ces cassettes. Je veux me lancer dans les affaires avec toi. Tous les jours, il y a des gens qui deviennent millionnaires. »

J'ai répondu : « C'est des conneries.

— Tu t'y es peut-être mal pris. »

Je lui ai parlé du rescapé de l'Holocauste qui habitait près de Chicago, comment il voulait vendre sa maison pas cher. J'ai dit : « C'est comme ça qu'on devient millionnaire. Il faut vouloir prospérer sur le malheur des autres.

— Certains appellent ça la libre entreprise.

— Je n'ai peut-être pas ce qu'il faut pour devenir millionnaire. »

Lois a dit d'un air de défi : « Moi je l'ai. »

Tandis que Lois se préparait pour se coucher, je me suis versé une rasade de whisky dans mon café. J'ai regardé la photo d'Eddy que j'avais prise quand il avait reçu un prix pour son costume. J'ai imaginé son visage, ses yeux fureteurs qui regardaient par les trous du masque. Et à côté d'Eddy, il y avait le maire, avec son grand sourire, le bras tendu pour serrer la main d'Eddy, en vrai politique, le visage tourné vers l'appareil photo.

Je suis allé chercher la liste des appels téléphoniques de Kendall dans le sac de Lois et je suis revenu m'asseoir, pour regarder la durée de ses appels au maire pendant la nuit d'Halloween – un long appel à six heures trente-cinq au garage du maire, puis un plus court à huit heures quarante chez lui. Ce dernier appel avait duré trois minutes.

Il était évident qu'il avait eu avec elle une relation qui allait au-delà de son rôle de propriétaire. Pourquoi Kendall avait-elle téléphoné au garage ? Il aurait été plus naturel qu'elle se confie non pas au maire, mais à sa femme. Le maire avait effectivement une relation particulière avec elle. J'en étais sûr. C'était obligatoire. Le problème c'était de trouver un moyen de l'atteindre. Sa femme le défendait.

Les cassettes *Comment devenir riche* tournaient toujours. J'entendais Lois dans la salle de bains.

Pendant quelques instants, j'ai écouté la voix qui parlait puis j'ai fermé les yeux et j'ai senti le sommeil m'envahir. J'ai posé la tête sur mes bras croisés en guise d'oreiller.

J'ai sursauté quand Lois a déposé un baiser au sommet de ma tête. Je m'étais endormi.

Quand j'ai levé les yeux j'ai vu son visage recouvert d'une épaisse crème de nuit verte. « Tu viens te coucher ? »

J'ai frissonné et j'ai regardé l'heure. Il était plus de

deux heures du matin. Lois m'a massé les épaules. J'ai baissé la tête et je l'ai laissée détendre mes muscles.

Dans le long couloir, Lois a envoyé un baiser vers la cage de Petey, puis elle a éteint, et j'ai eu l'impression qu'elle soufflait la lumière.

Le lit a craqué quand nous nous sommes couchés. Je ne me suis pas tourné vers Lois. Elle s'est d'abord approchée de moi, mais elle s'est retournée et nous sommes restés dos à dos.

J'ai dit doucement : « Excuse-moi. »

Je l'ai entendue ronfler quelques minutes plus tard.

Je me suis retourné vers la chaleur de son dos avant de me retourner à nouveau en essayant de trouver le refuge du sommeil. J'ai revu Sarah Kendall couchée dans les feuilles mortes, ce rêve récurrent d'une voiture fonçant sur elle. Je me suis réveillé en sursaut et j'ai vu les rideaux trembler comme si un esprit avait traversé la chambre.

Je suis parti dans la nuit, sans réveiller Lois.

Chapitre 39

Lois avait laissé un message sur le répondeur pendant que je rentrais chez moi. Elle pleurait. Je ne sais pas pourquoi je ne l'ai pas rappelée.

Je suis ressorti alors qu'il faisait encore nuit et j'ai fait le tour de la ville. J'avais l'intention de retourner la voir mais j'ai fini devant chez Janine et ensuite devant chez les Johnson.

J'ai vu une lumière au rez-de-chaussée de leur maison. Earl ou Helen ne dormait pas.

La vie continuait. Les caméras de télévision n'étaient plus là.

Et brusquement j'ai regretté de ne pouvoir revenir au premier soir, quand j'étais venu voir Kyle, quand tout avait commencé. La vérité, c'est que nous avions tous été victimes de ce premier soir, victimes d'un mystère bien plus grand. J'ai eu envie d'aller chez les Johnson pour leur dire que j'étais désolé, pour leur faire comprendre que je n'étais pas leur ennemi. Je voulais leur parler loin des avocats, leur parler en tant qu'être humain.

On avait été manipulés. J'ai dit ça à voix basse. Je voulais le leur dire. Je voulais qu'ils me rendent ma vie, qu'ils retirent leur déclaration dans laquelle ils affirmaient que j'avais voulu les faire chanter. Si j'avais pu atteindre Helen Johnson, si j'avais été sûr que c'était elle qui ne dormait pas là-bas, je l'aurais implorée en tant que chrétien.

Mais bien sûr, je ne pouvais pas savoir si ce n'était pas Earl qui ne dormait pas.

Je suis passé devant le garage du maire dans la lumière du petit matin. Une équipe de télévision filmait la première rangée de voitures dont les pare-brise étaient cassés.

Les lumières du garage couraient sur les nuages bas. Cela ressemblait à une fête foraine qui avait connu de meilleurs jours. Au-dessus de l'entrée, on pouvait lire sur une banderole : « Liquidation avant fermeture. Tout doit disparaître ! »

Je me suis garé de l'autre côté de la rue. J'ai regardé la rangée de voitures neuves du maire sur le parking, et j'ai vu que plusieurs étaient les mêmes que celle qu'il avait donnée à Earl et à Kyle.

Et brusquement, j'ai su que ce n'était pas Kyle qui avait déposé Kendall devant chez elle. Ce devait être le maire. J'en étais sûr. Cette révélation m'a presque fait mal. Je savais que j'aurais dû appeler Hayden pour lui dire, à propos de la voiture, mais je ne l'ai pas fait. J'avais bien le temps.

Je voulais affronter le maire moi-même.

J'ai refait le tour du garage, le temps de reprendre mes esprits, puis je suis revenu, j'ai traversé le parking et je me suis dirigé vers la caravane du maire en évitant les caméras.

Il était assis derrière son bureau. Il a levé les yeux vers moi mais n'a rien dit. Il portait une casquette de chasse dont les rabats lui cachaient les oreilles. Il avait les yeux rouges à cause du froid. On aurait dit un homme vaincu.

Il faisait très froid dans la caravane. Il n'avait pas mis le chauffage.

Je suis resté à la porte pendant quelques instants.

Je me suis retourné vers le parking, j'ai vu les membres de l'équipe de télévision qui s'étaient rassemblés et qui soufflaient dans leurs mains. Ils attendaient le commencement des premiers bulletins d'information.

J'ai dit : « La Chevrolet 75 Caprice décapotable, deux portes, que vous avez dehors, combien elle coûte ?

— Elle a un embrayage automatique. »

J'ai dit : « Ça m'intéresse peut-être. » J'ai regardé vers la grande fenêtre de la caravane qui faisait face au parking. L'équipe de télé avait allumé ses projecteurs. J'ai dit : « Et si on allait faire un tour ? »

Je suis allé mettre la Caprice en route. Un cameraman est venu voir ce qui se passait, il m'a vu et a pensé que je travaillais au garage. Il est retourné vers la camionnette de la télé.

Le maire attendait en frissonnant, dans l'allée, derrière. Je me suis arrêté et il est monté.

Je roulais dans les ornières gelées creusées par d'autres voitures. Tout avait un air de lendemain matin. Il tombait encore une neige légère. Un chasse-neige solitaire dégageait la Grand-rue, son gyrophare jaune clignotait.

Devant la mairie, j'ai vu le commissaire et Arnold Fisher qui attendaient avant de traverser pour se rendre au café. J'ai ralenti et ils sont passés devant nous, sans savoir que c'était le maire et moi. Le pare-brise de cette énorme voiture me faisait penser à un grand écran.

J'ai tourné à gauche dans Jackson et j'ai filé vers Oak, vers l'appartement de Lisa Kendall. Je me suis arrêté à l'endroit précis où Sarah Kendall avait trouvé la mort. J'ai regardé fixement la longue rue.

Cela ressemblait à un entonnoir avec la neige qui tourbillonnait et les arbres chargés d'un blanc éthéré.

J'ai laissé le moteur tourner au ralenti et j'ai dit : « Pourquoi est-ce que vous ne cessez pas de jouer un personnage ? »

Le maire ne m'a pas regardé. « Parfois, il n'y a rien derrière le personnage. »

J'ai demandé : « Où est Lisa ?

— Je ne sais pas. »

J'ai dit : « Je sais que c'est vous, et non pas Kyle, qui l'avez déposée devant chez elle. Vous aviez une aventure avec elle. » J'ai un peu élevé la voix. « Tous ces coups de téléphone à votre garage, vous ne pouvez plus nier. Tout le monde est au courant. »

Le maire a baissé la tête. « Est-ce que ma vie va se terminer comme ça ? Pourquoi est-ce que je me suis cramponné à ce garage, à ce mariage raté ? » Ses lèvres bougeaient comme s'il se parlait à lui-même. « Ce n'est pas parce que Jean a subi une mastectomie... pas du tout. Pendant des années, on a essayé d'avoir un enfant, ça n'a jamais marché. Je n'ai jamais accepté l'humiliation de découvrir lequel de nous deux avait un problème. Et puis, un week-end... » Sa voix a tremblé. « En un seul week-end avec Lisa, c'est arrivé. La nature... la nature me disait quelque chose. »

Le monde s'est refermé autour de moi. « Sarah, c'était votre fille ? »

Le maire m'a regardé pour la première fois depuis que nous étions montés en voiture. Ce n'était pas un visage – simplement un trou avec des mots qui en sortaient : « Oui... »

J'ai eu mal au creux de l'estomac. Je suis resté silencieux pendant quelques instants, puis j'ai dit : « Que s'est-il passé cette nuit-là ? Qui a écrasé Sarah ? »

Le maire a répondu d'une voix calme : « Je ne sais pas. » Il a secoué la tête. « Sarah est sortie, voilà ce qui s'est passé. La porte était ouverte et elle est sortie. » Sa voix tremblait de plus en plus. « Raccompagnez-moi, Lawrence, s'il vous plaît.

— Vous vous êtes disputé avec Lisa... Vous lui avez parlé plus d'une heure au téléphone. Pourquoi s'est-elle saoulée ? »

Le maire a tourné légèrement la tête. « Elle était déprimée... elle voulait que je vienne voir le costume de Sarah. » Il est devenu tendu. « Je ne pouvais pas... je ne pouvais pas à ce moment-là. » Il a poussé un long soupir. « On s'approchait de la fin. Je le lui ai dit. Le taux de survie pour un cancer comme celui de Jean était de moins de cinq ans. J'ai dit à Lisa de tenir bon, que c'était presque terminé. »

Il s'est encore arrêté quelques instants. « Je voulais laisser cette dignité à Jean. Je pensais qu'on n'avait qu'à patienter. Nous étions si près de la fin. » Sa voix s'est éteinte. Il secouait la tête.

Il s'est remis à parler doucement. « Je ne suis pas quelqu'un de mauvais, Lawrence, non... Ne me regardez pas comme ça... » Il a fermé et rouvert les paupières. « La vérité... d'accord. »

Il a dit cela comme si j'avais posé une question.

« La vérité, c'est que je ne pouvais pas abandonner Jean, d'accord ? Mon garage n'a pas réussi à trouver l'équilibre financier. C'est l'argent de Jean qui a tout payé. Sans son argent, je n'avais aucun avenir. Il fallait que j'attende qu'elle meure. Je ne pouvais pas la quitter. Comment dire ça à Lisa ? »

Les mains du maire sont devenues des poings sur ses cuisses. Sa pomme d'Adam tressautait dans sa gorge. « J'avais l'impression de faire ce qu'il fallait, vous voyez. Je croyais pouvoir tout maîtriser. Faire que tout continue... Je suis resté aux côtés de Jean pendant toutes ces années. Je lui ai donné cette dignité. »

J'ai dit : « Jean devait être au courant pour Lisa. »

Le maire a tourné la tête lentement : « Non... elle n'est pas au courant. Lisa est venue vivre ici quand Sarah avait près d'un an. Je l'ai envoyée dans l'agence de Jean pour trouver une location. Lisa a inventé une histoire, elle fuyait une mauvaise relation, elle se cachait. Jean a tout cru. Elle l'a aidée par charité.

— Et le pseudonyme utilisé par Lisa ?

— Au cas où Jean aurait l'idée de vérifier, au cas où elle deviendrait soupçonneuse. »

J'ai dit : « Vous aviez tout prévu.

— Qu'est-ce qu'il y a de mal à vouloir ce qu'il y a de mieux pour tout le monde ? C'est ce que j'ai essayé de faire. » Le maire a ajouté d'un ton catégorique : « Le monde a changé, pas moi. »

Je sentais qu'il m'entraînait loin de ce qui s'était passé la nuit d'Halloween. Cette fois encore, il se cachait derrière les mots. J'ai demandé : « Que s'est-il passé quand Lisa a appelé Jean ? »

Le maire a changé de position : « Qu'est-ce que vous voulez dire ?

— Lisa a téléphoné chez vous alors que vous étiez déjà au centre commercial. J'ai la liste des appels téléphoniques. C'est à ce moment que Lisa a dit à Jean que Sarah était votre fille ? » Mais au moment où je posais ma question, le visage du maire a blêmi. J'ai compris qu'il n'avait pas su que Lisa avait appelé Jean.

Aucune des deux femmes ne le lui avait dit.

Le moteur tournait au ralenti dans le froid du petit matin. Il neigeait à nouveau.

J'ai dit : « Où est Lisa ? » mais avant qu'il ait pu répondre, un journaliste de télévision a frappé sur la fenêtre du passager, et instinctivement j'ai accéléré, les roues de la voiture ont patiné, l'arrière a chassé avant que les pneus accrochent le sol.

J'ai déposé le maire devant son garage, mais je lui ai demandé une nouvelle fois : « Où est Lisa ? »

Il m'a répondu calmement : « Je vous jure que je ne le sais pas. Vraiment. Si je le savais, je vous le dirais. »

Chapitre 40

J'ai attendu chez moi que le jour s'achève, en réfléchissant au fait que le maire n'avait jamais su que Lisa avait parlé à Jean. Qu'est-ce que Lisa lui avait dit ? L'enfant avait-elle déjà disparu à ce moment-là ? J'ai inventé beaucoup de scénarios.

Mais bien sûr, seule Lisa – et peut-être Jean – le savait.

J'ai imaginé que le maire était confronté à la même interrogation, les deux femmes de sa vie avaient agi derrière son dos. Elles seules gardaient le secret de ce qui s'était passé.

La télévision a diffusé en direct depuis le garage du maire, avec les drapeaux qui claquaient au vent et la caravane vide. La caméra s'est attardée sur les pare-brise cassés. Puis j'ai vu la séquence avec le maire et moi, dans la voiture garée à l'endroit où l'enfant était morte. Ensuite la caméra a reculé pour montrer la façade blanche de la maison abritant l'appartement de Lisa Kendall, et la rue où l'enfant avait trouvé la mort. Tout tenait dans la même image.

Puis un porte-parole de la police a déclaré que les enquêteurs réexaminaient les circonstances entourant la mort de l'enfant. Le porte-parole a demandé à nouveau à toute personne qui serait passée à proximité de la rue cette nuit-là de se faire connaître.

Le maire avait été interrogé tout l'après-midi. Il est apparu sur les marches de la prison du comté, en liberté sous caution. Il avait l'air épuisé. Son avocat le protégeait. Le maire était qualifié de « témoin capital » dans l'enquête en cours sur la disparition de Lisa Kendall.

J'ai reçu un coup de téléphone d'un membre du conseil municipal m'informant qu'étant donné mon implication dans l'étouffement de l'affaire, on avait mis fin officiellement à mes fonctions.

Le téléphone a sonné une demi-heure plus tard. J'ai laissé le répondeur se mettre en marche. C'était Lois. Elle m'a dit qu'elle était en train de se saouler. Elle aussi avait été renvoyée, ainsi que le commissaire.

Elle a dit : « Je sais que tu es toujours là. Je t'ai vu à la télé... Je voulais simplement te dire, je trouve que c'est bien, hein, c'est bien ? J'écoute une chanson qui s'appelle *Je t'épouserai demain, mais faisons notre lune de miel ce soir* ! Tu la connais, cette chanson ? » Elle a reniflé et s'est éclairci la voix. « Où est-ce que t'es allé la nuit dernière, Lawrence ? J'espère que tu ne m'as pas quittée pour de bon. Je crois de plus en plus aux cassettes *Comment devenir riche*. Quel est le nom du survivant de l'Holocauste ? Je veux lui téléphoner. J'ai une proposition à lui faire. »

Le téléphone a encore sonné une demi-heure plus tard. Je n'ai pas décroché.

Le répondeur s'est mis en route. J'ai reconnu la voix de Janine. Elle a dit : « Il y a quelqu'un ici qui veut te dire ce qu'il aimerait pour Noël. » J'ai entendu la voix d'Eddy à côté d'elle, puis il a pris le téléphone. Il a parlé très vite, comme un gosse, en faisant la liste de ce qu'il voulait : C-3PO, R2-D2 et Chewbacca.

Je crois que j'aurais pu l'écouter jusqu'à la fin de ma vie.

Dans la lumière du soir, je suis allé dans la chambre d'Eddy, j'ai regardé sur le mur les affiches de *La Guerre des étoiles*, la trilogie, les plus beaux films de tous les temps dans sa courte vie. J'ai pensé à Darth Vader, alias Anakin Skywalker, le père qui est allé au-delà du côté obscur de la force, le visage caché derrière un masque, et dont le fils, Luke Skywalker, n'apprendrait que bien des années plus tard qu'il était son père. J'étais resté assis avec Eddy pendant deux heures, en regardant Luke Skywalker rechercher un père masqué qu'il n'avait pas connu, racheter son père, le ramener de la force obscure. C'est ainsi que nous avions fini par vivre et par mourir, derrière des masques. J'ai repensé à cette triste nuit d'Halloween, la nuit des masques, quand tout avait commencé, et à Kyle avec son casque de footballeur, se cachant de ce qu'il avait fait.

Je me suis à nouveau demandé ce que Lisa avait bien pu dire à Jean. Lisa était saoule. Elles avaient parlé trois minutes. La petite fille avait disparu à ce moment-là, c'était obligatoire. Prise de panique, Lisa avait-elle dit à Jean qui était Sarah ?

Elle l'avait sûrement fait, et le simple fait d'y penser m'a fait frissonner.

Je ne suis parti qu'après minuit, j'ai roulé dans les rues étroites avec de la neige entassée de chaque côté. Je suis passé devant la mairie. On ne voyait personne.

Je me suis garé dans un terrain vague dans le quartier des entrepôts et j'ai continué à pied. Il y avait trente centimètres de neige intacte.

Je ne savais pas si ma vieille clef pouvait encore ouvrir la porte de l'annexe, ou s'ils avaient changé la serrure après nous avoir renvoyés. Il n'en était rien.

Dans le silence de mort, j'ai suivi le chemin balisé

par les lampes des issues de secours, qui conduisait de la passerelle au bâtiment principal, et je me suis dirigé vers le bureau de fortune de Bains installé dans la réserve du gardien.

J'ai refermé la porte derrière moi et j'ai allumé. J'ai cherché un exemplaire du rapport de l'accident et je l'ai trouvé.

Il y avait la description des blessures de l'enfant, et des photos du corps prises sur les lieux, avec les détails sinistres des endroits où elle avait été touchée. Chaque blessure était entourée et accompagnée d'une lettre correspondant au rapport final du coroner. De la boue et des feuilles mortes étaient collées aux cheveux, au visage et aux bras de l'enfant. J'ai vu que l'armature métallique de ses ailes en Cellophane lui avait perforé le dos.

J'ai continué à feuilleter le rapport et je suis tombé sur une déclaration disant que l'enfant n'avait pas été renversée par l'impact. Des écorchures sur la partie gauche du torse conduisaient à la conclusion que l'enfant était couchée dans le tas de feuilles mortes quand elle avait été atteinte.

J'ai sorti l'ensemble des documents concernant les deux véhicules, j'ai étalé les deux séries de photos qui montraient les deux empreintes de pneus, la dernière photo de chaque série, la silhouette dessinée à la craie du corps de la petite fille.

J'ai lu le résumé de l'enquêteur.

Le véhicule B avait battu la rue sur une cinquantaine de mètres en laissant derrière lui des sacs de feuilles mortes crevés, alors que le véhicule A semblait avoir foncé directement sur le côté de la rue. Le rapport détaillait les dessins de la bande de roulement des deux véhicules. Il y avait une marque oblique inhabituelle sur le pneu avant droit du véhicule A.

J'ai levé les yeux et j'ai fixé l'ampoule nue ; la vérité sur ce qui s'était passé commençait à apparaître.

J'ai glissé les photos dans ma chemise, je suis parti et je me suis arrêté une dernière fois dans la lumière laiteuse du long couloir pour contempler l'endroit où j'aurais sans doute passé ma vie sans ce qui était arrivé.

La maison du maire se trouvait loin de la vieille ville, et donnait sur le fleuve. Il faisait moins froid et la neige qui tombait fondait aussitôt. Les nuages couraient devant un croissant de lune.

La lumière était allumée chez le maire.

J'aurais pu m'en aller et appeler Hayden. Au fond de moi, je savais que le maire m'attendait, mais je n'ai pas pu m'empêcher d'y aller. Quand j'ai regardé mes mains, j'ai vu qu'elles tremblaient.

Les vitres de la voiture se sont couvertes de buée. J'ai essuyé celle de la portière du conducteur, et j'ai regardé par le trou la maison au-dessus de moi.

J'ai mis la photo dans la poche de ma veste, je suis sorti dans le vent glacial et j'ai escaladé lentement l'entassement de neige. Je glissais et j'avais du mal à garder l'équilibre, penché en avant et en m'appuyant sur les mains. J'ai hésité au sommet, je me suis retourné vers la pâle lueur de la ville, j'ai vu la ligne sombre du fleuve dans lequel se reflétait la lueur de la lune. Le vent soufflait très fort au sommet de la colline.

Je suis allé vers l'ancienne remise des charrettes derrière la maison. Le rez-de-chaussée servait de garage. J'ai entrouvert une des portes, je me suis glissé dans l'obscurité et j'ai refermé derrière moi.

Il y avait une forte odeur d'huile. Les deux voitures étaient là.

Je ne pouvais pas voir grand-chose, je ne distinguais que des formes sombres. J'ai attendu que mes yeux s'habituent à l'obscurité. Le vent sifflait entre les planches de la remise et faisait trembler les portes sur leurs gonds.

Lentement le pâle rayon de lumière de la cuisine est devenu plus précis. Je sentais la présence menaçante de la maison. Je savais que le maire m'y attendait. Je l'ai vu derrière la fenêtre, mais je ne suis pas parti.

J'ai allumé ma lampe électrique, un rayon de lumière qui trouait la nuit.

J'ai sorti la photo du pneu avant droit et, en m'accroupissant, j'ai vérifié les sculptures sur la voiture de la femme du maire. On n'avait pas changé les pneus depuis longtemps. J'ai regardé tout le pneu avant droit jusqu'à ce que je trouve la marque qu'avait entourée le photographe.

Cela correspondait.

Je me tenais en appui sur un genou. Le froid m'enveloppait. J'ai levé mes yeux pour qu'ils s'habituent à nouveau à l'obscurité. Avec l'ironie la plus cruelle et la plus triste, j'ai cru comprendre ce qui s'était passé. Quand Lisa avait révélé à Jean qui était l'enfant et qu'elle avait disparu, Jean s'était précipitée comme une folle chez Lisa. Dans la confusion du moment, en se garant, elle avait roulé sur le tas de feuilles et écrasé la petite fille.

C'était ainsi que les choses avaient dû se passer.

Par les fentes de la remise, j'ai vu que le maire était sorti dans la cour.

J'ai éteint ma lampe torche.

La porte de la remise a tremblé et s'est brusquement ouverte sous la poussée du vent. Je l'ai entendue grincer et claquer contre le mur extérieur.

La voix du maire s'est élevée avec un tremblement

de peur. « Je n'ai pas eu besoin de vérifier. Mais je savais que vous alliez venir. » Il pointait son revolver dans le gouffre obscur de la remise.

Je me suis déplacé et je suis tombé par-dessus une bouteille de gaz.

Le maire a allumé sa torche électrique. La lumière a chassé l'ombre.

Le vent s'engouffrait dans la remise. La porte a claqué à nouveau et la photo que j'avais posée près de la voiture s'est envolée vers la porte. Le maire l'a suivie avec le rayon de sa lampe, il s'est avancé en hésitant, il s'est baissé et l'a ramassée tout en gardant son arme braquée sur l'intérieur de la remise.

Il s'est encore avancé. Sa lumière m'a trouvé accroupi dans le coin le plus éloigné. Il pointait son revolver sur moi. « Les mains en l'air. »

Je me suis mis debout, face à lui. J'ai levé les bras. J'étais toujours dans la remise.

Le maire tremblait. « Je ne crois pas que Jean savait que Sarah était ma fille. » Il a secoué lentement la tête. J'ai bien vu qu'il n'avait pas affronté Jean.

Il se cachait toujours.

Il a dit : « Voilà comment je vois les choses. Jean n'a rien fait de mal. C'était un accident, c'est tout. » Il tenait toujours son revolver braqué sur moi. Je ne voyais pas son visage parce que j'avais la lumière dans les yeux.

Il a continué à parler de façon décousue. « Vous savez, Jean est quelqu'un de bien, ici, et c'est ce qui compte. » Il s'est touché la poitrine avec sa lampe puis il a baissé le bras et la lumière n'a plus été qu'un rayon dirigé vers le sol.

Mes yeux se sont habitués à l'obscurité. Je levais toujours les mains.

« Parfois, on oublie pourquoi on tombe amoureux... Vous voyez ce que je veux dire, Lawrence ? Vous avez déjà été vraiment amoureux ? » Il y avait quelque chose d'inquisiteur dans sa voix.

J'ai dit : « C'est fini, monsieur le maire. » J'ai baissé les mains.

J'ai entendu qu'il armait son revolver. « Ne bougez pas, Lawrence. Ne bougez pas. »

Le vent soufflait dans la nuit et faisait claquer la porte de la remise.

J'ai dit : « Où est Lisa ? »

Jean était sortie. J'ai entendu sa voix. Elle a dit : « Il ne le sait pas. Elle est loin de lui maintenant. Elle est en sécurité. »

Le maire a dirigé sa lampe vers Jean et a fait un pas vers elle, mais elle a dit : « Ne t'approche pas ! » Dans la lumière de la lampe, à travers la neige fondue qui tombait, elle avait l'air pitoyable et malade. Elle ne ressemblait pas à celle que j'avais connue. Elle était chauve, à cause de sa chimiothérapie. C'était déjà un fantôme. Elle a dit d'une voix fragile : « Je sais que Sarah était ta fille, Lisa a téléphoné la nuit d'Halloween, affolée, ivre... Elle a dit que vous vous étiez battus. Elle s'était évanouie. Quand elle était revenue à elle, Sarah était par terre, près de la table basse, morte. Lorsque je suis arrivée, Lisa voulait se suicider. »

Jean faisait face au maire. Sa robe d'intérieur s'agitait autour d'elle dans le vent. « Tu sais quel est le pire de tes crimes ? Tu lui as volé sa dignité, tu l'as fait douter d'elle-même. Elle n'a pas pu être sûre qu'il ne s'agissait que d'un accident. Elle ne pouvait pas savoir ce qu'elle était capable de faire. Je ne pense pas qu'elle savait si elle avait tué ou non son enfant. Elle ne pouvait pas le dire... voilà ce que tu lui as fait. »

Jean pleurait, un de ses poings serrait sa robe d'intérieur. « Je ne pouvais pas les laisser trouver

Sarah morte dans l'appartement. Lisa était incapable d'affronter toutes les questions sur la mort de sa fille, toutes les accusations. Ils auraient fini par la mettre en prison, d'une façon ou d'une autre. Elle ne méritait pas ça... vraiment pas. »

Jean a semblé vaciller. « Je vais mourir en affrontant ce que j'ai dû faire cette nuit-là. J'ai sorti ton enfant dans la rue. J'ai roulé sur elle avec ma voiture... pas pour nous sauver, ni toi ni moi, mais pour sauver Lisa. » Jean s'est tue un instant. « Tu m'as envoyée en enfer. »

Une rafale de vent a refermé la porte de la remise et par les fentes des parois, j'ai vu le maire lever son arme, j'ai vu ma propre vie en un éclair dans l'incandescence du coup de feu, j'ai senti le cercle se refermer alors que le maire accomplissait les gestes que je m'étais interdits. Il a d'abord tiré sur sa femme, puis sur lui-même, en mettant fin au cauchemar de leur existence partagée.

Épilogue

Je suis arrivé chez Lois avant le lever du jour. Elle était dans sa cuisine. Les cassettes *Comment devenir riche* tournaient. Petey regardait *Good Morning America* à la télé. Lois avait téléphoné au survivant de l'Holocauste à Chicago. Elle avait trouvé la liste dans un manteau que j'avais laissé chez elle. Il voulait bien vendre.

C'était un début.

À neuf heures, on a appris l'histoire du meurtre de Jean et du suicide du maire. La vieille maison sur la colline a servi de spectre gothique alors qu'on annonçait leur mort, ce qui donnait à l'histoire le sentiment d'un monde ancien.

La télévision a présenté un montage de la vie du maire – habillé en pèlerin, devant son garage, avec les dindes de Thanksgiving ; en Gomez Adams, avec une moustache dessinée au crayon, au centre commercial, le soir d'Halloween ; à la réunion d'avant-match dans la course de tricycle, le visage rouge comme une betterave, sa taille grotesque sur le tricycle ; mettant son poing entier dans sa bouche pendant un discours de campagne électorale, l'année où il était devenu maire, et la caméra insistait sur ce sens du dénigrement de soi-même nécessaire pour prendre le pouvoir dans une ville comme la nôtre.

Ils montraient aussi cette séquence à la réunion d'avant-match, quand le maire ouvrait les bras pour présenter Kyle Johnson, l'autre personnage tragique de cette histoire. La caméra montrait la taille de Kyle et son allure, une combinaison que plus tard un journaliste citant un entraîneur appellerait « le paquet ».

Le commentaire rappelait l'ascension et la chute fulgurante de Kyle, la triste ironie de son implication dans le délit de fuite et l'étouffement de l'affaire qui avait suivi, en s'attardant sur l'image de Kyle et de Cheryl en roi et reine de la fête annuelle ; on passait ensuite brutalement à un plan de la clinique d'IVG où s'était rendue Cheryl, puis à un autre de sa voiture qu'on sortait de la rivière, et à l'image du corps de Kyle sur un chariot devant le lycée, avant de revenir aux sombres clochetons de la vieille maison du maire sur un fond de nuages poussés par le vent.

Cela devenait une allégorie, la tragédie de Hicksville, une de ces histoires qui marquaient une époque, et dans laquelle tous les protagonistes étaient morts. Vue depuis la maison du maire, la ville paraissait déserte, sans vie, et la mairie semblait un anachronisme au milieu des carcasses des entrepôts abandonnés près de la cicatrice obscure du fleuve.

La ville s'était déplacée, en abandonnant le centre ancien pour aller à une trentaine de kilomètres vers une suite de petits restaurants aux enseignes au néon sanglantes ressemblant à une piste d'atterrissage pour extraterrestres qui menait à l'énorme dôme du vaisseau ravitailleur du centre commercial, au milieu des champs couverts de neige. Il desservait de nombreuses villes.

La caméra a réussi à y trouver de la vie, des vieux en survêtement et chaussures de marche, faisant le tour du centre commercial, le nouveau purgatoire, se remettant doucement de choses comme des opérations de la hanche, des attaques cardiaques et des quadruples pontages, des mastectomies, des cancers de la prostate et du côlon, des survivants charcutés par la biologie et le temps. Un journaliste leur demandait ce qu'ils pensaient de ce qui venait d'arriver. La plupart ne s'arrêtaient même pas, pour maintenir leur rythme cardiaque, trop absorbés par leur propre survie.

DU MÊME AUTEUR

La Filière émeraude
Christian Bourgois, 2000
« Points », n°P887

Les Gardiens de la vérité
Christian Bourgois, 2001
« Points », n°P978

Les Profanateurs
Christian Bourgois, 2002
« Points », n°P1086

RÉALISATION : GRAPHIC HAINAUT
IMPRESSION : S.N. FIRMIN-DIDOT AU MESNIL-SUR-L'ESTRÉE
DÉPÔT LÉGAL : MARS 2005 - N° 66684 (72416)
IMPRIMÉ EN FRANCE